新潮文庫

悪魔はいつもそこに

ドナルド・レイ・ポロック
熊谷千寿訳

新潮社版

11756

今回も
パッツィに
捧ぐ

悪魔はいつもそこに

主要登場人物

アーヴィン・ユージン・ラッセル…ノッケムスティッフに住む少年
ウィラード……………………………アーヴィンの父
シャーロット…………………………　　〃　　母
エマ……………………………………　　〃　　祖母
アースケル……………………………ウィラードの叔父
アルバート・サイクス………………牧師
プレストン・ティーガーディン……アルバートの甥、牧師
ロイ・ラファティ……………………説教師
セオドア・ダニエルズ………………ロイの従弟
ヘレン…………………………………ロイの妻
レノラ…………………………………ロイとヘレンの娘
カール・ヘンダーソン………………〝狩猟者〟
サンディー……………………………カールの妻
リー・ボーデッカー…………………保安官代理、サンディーの兄

プロローグ

十月も終わりかけた雨降る暗い朝、アーヴィン・ユージン・ラッセルは、オハイオ州南部のノッケムスティッフという、岩だらけの細長いくぼ地を見下ろす草地の縁沿いに、父親のウィラードのあとを必死で追いかけた。ウィラードは長身で骨張っていた。アーヴィンは着いていくのに苦労した。そのあたりは野バラと枯れかけたハコベとアザミの茂み、そして地霧《じぎり》に覆《おお》われていた。霧は上空の灰色の雲に劣らぬ濃さで、この九歳の少年の膝下《ひざした》を隠していた。数分後、ふたりは森に入り、丘に延びた細い獣道を進み、一本の倒木があるほかには何も生えていないぽっかり空いた狭い土地に出た。何年も前に倒れた大きなアカガシワの木のなれの果てだ。ふたりが住んでいる畑に囲まれた家《ファームハウス》のうしろにあるぼろ小屋の裏の板を剝《は》がして継ぎ合わせたような古びた十字架が、ふたりの数メートル先の柔らかい地面に突き刺してあり、わずかに東側に傾いている。

ウィラードは倒木の枝側の前でひざまずくと、息子にも自分の隣を手振りで示し、ぐっしょり濡れた腐葉土にひざまずくよう命じた。ウイスキーが血管に流れていないかぎり、ウィラードは毎朝晩ここに来て、神に語りかける。酒飲みと祈りのどちらが悪いのか、アーヴィンにはわからなかった。記憶にあるかぎり、父親はいつも悪魔と戦ってきたような気がする。アーヴィンは霧のせいで少し身震いし、上着を体に引き寄せた。まだベッドの中にいられたらいいのにと思った。こんないやな思いをするなら、学校の方がまだましだが、その日は土曜日だから、どうしようもなかった。

ほとんど葉が落ちた木々のあいだに、半マイル（約八百メートル）離れたいくつかの煙突から立ち上るいく筋かの煙が見える。一九五七年、ノッケムスティッフには四百人ぐらいの人々が暮らしていた。欲望であれ、貧困であれ、単なる無知であれ、救いようのない不運のせいで、あるいはそんな不運が重なったせいでほぼ全員が血縁関係にあった。タール紙で屋根を葺《ふ》いた小屋や軽量ブロックづくりの家のほかに、このくぼ地には二軒の雑貨屋、チャーチ・オブ・クライスト・イン・クリスチャン・ユニオン、街では〝ブルペン〟として知られる飲み屋がある。ラッセル家はもう五年間もミッチェルフラッツの高台の家を借りているが、下の近所の住人の大半は一家をまだよそ者だと思っていた。スクールバスの中でだれとも親戚《しんせき》でないのは、アーヴィンだけだった。

三日前、また目の周りに痣《あざ》をつくって家に帰ってきた。「わけもなくけんかを大目に見たりはしないが、おまえにはのんびりしすぎているところがある」ウィラードはその夜アーヴィンにいった。「あの小僧どもはおまえより大きいかもしれないが、今度、妙な真似《まね》をされたら、懲《こ》らしめてやれ」ウィラードはポーチに立ち、仕事着を脱いでいた。干からびた血と脂《あぶら》がこびりついた茶色のズボンを、アーヴィンに手渡した。ウィラードはグリーンフィールドの精肉工場で働いていて、その日は千六百頭の豚を絞めた。R・J・キャロル精肉工場の新記録だった。大きくなったら何をしたいのか、アーヴィンはまだわからなかったが、豚を殺して生計を立てたくないということははっきりしていた。

　ちょうど祈りはじめたころ、背後で木の枝が折れるような鋭い音がした。アーヴィンが振り返ろうとすると、ウィラードが手を伸ばして制止した。だが、アーヴィンには淡い光に包まれたふたりの狩人《かりうど》の姿がちらりと見えた。モード・スピークマンの店の駐車場に駐《と》めた錆《さび》だらけの古いセダンの前部席にだらしなく座っているところをたまに見かける、薄汚くてぼろぼろの服を着た男たちだ。ひとりは底に真っ赤な染《し》みがじきた目の粗い茶色の麻袋を持っていた。「気にするな」ウィラードは小声でいった。「今は主に捧《ささ》げる時間だ。ほかのやつのための時間ではない」

ふたりの男がそばにいると思うと落ち着かないが、アーヴィンは向き直り、目を閉じた。ウィラードは、人が建てたどんな教会より倒木を神聖だと思っているかのようだった。アーヴィンにしてみれば、父親だけは絶対に怒らせたくなかった。うまくいかないこともよくあるような気はするが。葉から露がぽたぽた落ち、リスがそばの木に逃げ込む音を除けば、森はまた静かになった。男たちは歩き去ったのかと思いかけたとき、ひとりがしわがれた声でいった。「おい、復活の儀式をやってるぜ」

「声がでけえぞ」アーヴィンはもうひとりの男がそういう声を聞いた。

「くそ。あいつのかみさんのとこにお邪魔するチャンスじゃねえか。ベッドで寝てるから、今ごろちょうど暖まってるぜ」

「黙れって、ルーカス」もうひとりがいった。

「何だってんだよ？　おまえだっておこぼれに与《あずか》るくせに。よだれが出るくらい色っぽい。だろ？」

アーヴィンは不安げに父親を見た。ウィラードは目を閉じ、大きな両手を倒木の上で組んだままだ。唇が小刻みに動いているが、声が小さすぎて、発している言葉は神にしか聞こえなかった。アーヴィンはこの前ウィラードにいわれたことを思った。だれかにばかにされたら、自分のために立ち上がれといわれたことを。どうやら口だけだったらしい。スクールバスでの長い通学時間もぜんぜん楽にならないと思うと、どんよりした気持ちになった。

「こい、このまぬけ」もうひとりの男がいった。「まずいことになるぞ」アーヴィンが耳を澄ましていると、ふたりの男は来た道を引き返して丘を下っていった。ふたりの足音が消えてだいぶ経《た》ってからも、まだ口汚い男の笑い声は聞こえていた。

数分後、ウィラードは立ち上がり、息子がアーメンというまで待った。その後、ふたりは無言のまま家に戻り、靴の泥を玄関前の階段でこそげ落とし、暖かいキッチンに入った。アーヴィンの母親のシャーロットが鉄のスキレットでベーコンを何枚か焼き、青いボウルに落とした卵をフォークでかき混ぜていた。彼女はウィラードにコーヒーを注ぎ、アーヴィンの前には一杯の牛乳を置いた。シャーロットは黒くてつやつやの髪をうしろでポニーテールにしてゴムバンドでまとめ、薄れたピンク色の部屋着を着て、けば立った靴下をはいていた。かかとに穴の空いた靴下を。母親が部屋の中をあちこち歩くさまを見ながら、あの狩人の二人組が引き返さずに家に来ていたら、どうなっていたのだろうか、とアーヴィンは考えてみた。アーヴィンの母は彼の知るかぎりいちばんきれいな女性だった。母はふたりを中に入れただろうか。

ウィラードは食事を終えるとすぐに、椅子《いす》を引いて立ち上がり、暗い顔で外に出た。

祈りを終えてからひとことも話していなかった。シャーロットもコーヒーを持って席を立ち、窓際《まどぎわ》に歩いていった。ウィラードが庭を大股《おおまた》で歩いて小屋に入っていくさまを見ていた。ウィラードが酒を一本ぐらい隠しているかもしれない、と彼女は思っていた。シンクの下に置いてあるのには、数週間も手を付けていない。シャーロットは首を巡らして、アーヴィンを見た。「お父さんはあなたに腹を立てたりしてるの？」

　アーヴィンは首を振った。「ぼくは何もしてないよ」

「そんなこと訊《き》いてないでしょ」シャーロットはいい、カウンターに寄りかかった。「お父さんがどんな風になるか、あなたもわかるでしょ」

　祈りの木で何があったのか母親に話そうかと、アーヴィンは少し考えたが、情けなくてとても話せないと思った。父親がよその男に自分の妻をあんな風にいわれて、ただ黙っていたと思うだけで、吐きそうだった。「復活の儀式をしただけさ」アーヴィンはいった。

「復活の儀式？」シャーロットはいった。「どこでそんな言葉を覚えてきたの？」

「知らない。どこかで耳にしただけだよ」アーヴィンは立ち上がり、廊下から自分のベッドルームに行った。ドアを閉め、ベッドに横になり、毛布をかぶった。横向きになり、ひっかき傷だらけでくたびれたタンスの上にウィラードが掛けた、磔《はりつけ》にされたイエスを描いた額縁入りの絵を見つめた。救世主の処刑場面を描いた似たような絵が、キッチン以外、どの部屋にもある。シャーロットはそこで一線を引いた。ウィラードがアーヴィンを森に連れていって祈らせるようになったときも、同じように線引きをした。「週末だけにして、ウィラード。週末だけ」シャーロットはいった。彼女にいわせると、宗教を信じすぎるのは、信じないのと同じくらい悪い。ひょっとすると信じないより悪いかもしれない。でも、夫の性格には中庸というものが欠けていた。

一時間ほどあと、アーヴィンはキッチンの方から聞こえる父親の声に起こされた。慌《あわ》ててベッドから出て、ウールの毛布の皺《しわ》を伸ばし、ドアの前に行って、耳をぴたりとつけた。ウィラードが店で買ってくるものはないかとシャーロットに訊いていた。「仕事用のピックアップにガソリンを入れてくるんだが」ウィラードがシャーロットにいった。廊下を歩く父の足音が聞こえてくると、アーヴィンは素早くドアから離れ、部屋の奥に行った。窓際に立ち、窓敷居に置いてあるわずかばかりの宝物コレクションから矢じりをつまみ上げ、観賞しているふりをした。ドアがあいた。「ドライブに行くぞ」ウィラードがいった。「飼い猫みたいに一日中ここに閉じこもっていてもしかたないだろう」

ふたりが玄関から外に出るとき、シャーロットがキッチンから声をかけた。「砂糖を忘れないでよ」ふたりはピックアップに乗り、わだちだらけの小道を抜けてボームヒル・ロードに出た。一時停止の標識のある交差点で左に折れ、ノッケムスティッフをほぼ真っ二つに分けるように走る舗装路をしばらく走った。モードの店までは五分とかからないが、アーヴィンにとっては、フラッツから離れるたびに異国に足を踏み入れるような気がした。パターソンの家では、アーヴィンよりも若い子を含む数人の少年たちが、崩れ落ちそうな車庫のあけっぱなしの戸口の前にたむろし、煙草《たばこ》を回し飲みしたり、梁《はり》から吊《つ》り下げられている腸抜《わたぬ》きされた鹿《しか》の死骸《しがい》を代わる代わる殴ったりしていた。前を通りすぎたとき、少年のひとりが雄叫《おたけ》びを上げながらひんやりした風を切って拳《こぶし》を何度か突き出した。アーヴィンは少しだけ座席で首を縮めた。ジェイニー・ワグナーの家の前では、桃色の幼子が庭のカエデの木の下まで這《は》い出していた。ジェイニーがたわんだ玄関に出て赤ちゃんを指さし、ガラスが割れたところに段ボールを貼《は》った窓から、中にいるだれかに向かって声を上げていた。ジェイニーはいつも学校に着てくるものと同じ服を着ていた。赤いチェックのスカートとほつれた白いブラウス。ジェイニーはアーヴィンのたったひとつ上の学年なのに、帰りのバスではいつも年長の子たちと後部席に座っていた。あの子は足を広げて、男の子たちに〝指マン〟させてるから、うしろに座らせてもらっているのよ、とほかの女の子たちが噂《うわさ》しているのを、アーヴィンは耳にした。いつかもう少し年長になったら、それがどういうものか確かめてみたいと思った。

ウィラードは店に寄らず、急カーブを右に折れて、シェイディーグレンと呼ばれている砂利道を走った。ピックアップにガソリンを入れ、ブルペンを取り囲む何も生えていないぬかるんだ庭に入った。瓶の蓋《ふた》や煙草の吸い殻やビールケースが散乱している。いぼいぼの皮膚癌《ひふがん》が吹き出たスヌーク・ハスキンズという元鉄道員が、嘆きの寡《か》婦《ふ》を装《よそお》い黒服で日がな一日窓際に座っている行き遅れた妹のアグネスと暮らしている。スヌークは玄関前でビールとワインを売っていて、かすかにでも見覚えのある顔になら、もっと強いやつも売る。サービスの一環として、蹄鉄《ていてつ》投げ場と、いつ倒れてもおかしくなさそうな屋外トイレのほかに、大きなスズカケの木の下にピクニックテーブルをいくつか置いている。アーヴィンが朝、森で見かけたふたりの男が、テーブルの天板に腰かけてビールを飲んでいた。ショットガンはうしろの木に立てかけられている。

ピックアップがまだしっかり停ってもいないうちに、ウィラードがドアを勢いよくあけ、外に飛び出した。狩人のひとりが腰を上げ、瓶を投げた。瓶はピックアップのフロントガラスをかすめ、路面に落ちて派手に割れた。すると、その男は背中を向け、汚らしいコートをはためかせ、血走った目を激しく動かして、追いかけてくる男を見ながら逃げ出した。ウィラードは男に追いつき、屋外トイレのドアの前にたまっていた脂ぎった汚水に押し倒した。男を仰向けにして、瘦《や》せこけた肩を膝で押さえつけ、男のひげ面《づら》を拳で殴りはじめた。もうひとりの狩人は自分の銃を引っつかみ、茶色の紙袋を脇《わき》に抱えてグリーンのクライスラー・プリマスの方に急いで走っていった。車に乗ると、ゴムのすり減ったタイヤで砂利を教会のずっと向こうまで飛ばして走り去った。

数分後、ウィラードは殴るのをやめた。手の痛みをほぐしながら、大きく息をして、男たちが座っていたテーブルに歩いていった。木に立てかけてあったショットガンを手に取り、二発の赤い実包を抜き、銃をバットのようにして、ばらばらになるまでスズカケの木に打ち付けた。手を止めてピックアップに戻りはじめたとき、スヌーク・ハスキンズが銃身を短くした拳銃《けんじゅう》をウィラードに向けて戸口に立っているのに気付いた。「じいさん、あんたもあいつみたいになりたいなら」ウィラードは大きな声でいった。「ここまで出てこいよ。その銃でケツの穴をきれいにしてやる」ウィラードがじっと待っていると、スヌークはドアを閉めた。

ピックアップに戻ってくると、ウィラードは座席の下に手を伸ばして布きれを取り、手についていた血を拭《ふ》き取った。「この前おれがいったことは覚えているか？」ウィラードはアーヴィンに訊いた。

「バスの連中のこと？」

「ああ、そのことだ」ウィラードはいい、狩人に向かって顎《あご》をしゃくった。そして、ウインドウから布きれを放り投げた。「やるなら時は選べ」

「わかった」アーヴィンはいった。

「ろくでもないくそ野郎は大勢いる」

「百人以上いる？」

ウィラードは少し笑い、ピックアップのギアを入れた。「ああ、それくらいはいるだろうな」ウィラードはクラッチをつなぎはじめた。「このことはおれたちの秘密にしておくほうがいいと思うんだが、いいか？　母さんに気をもませてもしかたないからな」

「そうだね、気をもませたくないもんね」

「よし」ウィラードはいった。「さて、キャンディーバーを買ってやる」

長いあいだ、アーヴィンはこの日が父親とすごした最高の日だとよく思い返すことになる。その日の夕食後、アーヴィンはまたウィラードに連れられて、祈りの木に行った。着いたころには月が昇りはじめていた。きらめくひとつ星をしたがえて、あばただらけの太古の骨のような細い三日月が浮かび上がろうとしている。ふたりはひざまずき、アーヴィンは皮が剝《む》けた父の拳をちらりと見た。どうしたのと訊かれたとき、パンクを修理していてけがしたのだとウィラードはシャーロットに答えた。アーヴィンが父のついた嘘《うそ》を聞いたのはそれがはじめてだったが、きっと神様も許してくれると思った。その夜は静かで、暗くなっていく森では、くぼ地から丘を駆け上がる音が特にはっきりと聞こえた。下のブルペンでは、馬蹄が金属のペグに当たる音が、教会の鐘のように響き、酔っ払いたちのわめき声や罵声《ばせい》を聞いて、アーヴィンは泥の中に血まみれで倒れていた狩人を思い出した。父はあの男にも二度と忘れられない教訓を教えてやった。今度ちょっかいを出してくるやつがいたら、アーヴィンも同じことをしてやるつもりだった。彼は目を閉じ、祈りはじめた。

第一部　生贄《いけにえ》

1

戦争が終わってまもない一九四五年の秋の水曜の午後だった。グレイハウンドはいつものようにオハイオ州ミードに停車した。コロンバスから南へ車で一時間ほど走ったあたりにある、腐った卵のようなにおいが漂う取るに足らない製紙業の街だ。よそ者はひどいにおいだとこぼすが、地元の連中はカネの甘いにおいだとうそぶく。バスの運転手である、厚底の靴をはいて蝶《ちょう》ネクタイをだらしなく巻いた背の低い男は、停車場脇《わき》の路地にバスを停め、四十分休憩しますと乗客に伝えた。コーヒーでも飲めればいいのだが、また潰瘍《かいよう》が痛み出していた。彼はあくびをして、ダッシュボードに載せていた瓶入りのピンク色の薬をぐいと飲んだ。州のこのあたりではダントツで高い建物である、街を見下ろす巨大煙突が、また汚い茶色の煙を吐き散らかした。つんと細くなった頂上を今にも吹き飛ばしそうな活火山のように、ときどき煙を噴き出しているその煙突は、何マイルも先から見える。

バスの運転手は座席にそっくり返り、革の帽子を目深《まぶか》にかぶり直した。フィラデルフィアの外れに住んでいて、オハイオ州ミードのようなところに住むくらいなら、拳《けん》銃《じゅう》自殺するほうがましだと思っていた。この街にはレタスひと玉も見当たらない。ここの連中が食っているのは脂《あぶら》ぎったものだけ、とことん脂ぎったものだけだ。こいつらのようにぎとぎとのものばかり食っていたら、二カ月でくたばってしまうだろう。

あの人はやわなのよ、と妻は友だちにいうが、本心では夫を思いやっているのではないか。そういう感じの声色だ。こんな潰瘍さえなければ、ほかの男たちと戦争に行っていた。ドイツ軍の一個小隊をひとりでやっつけて、どのくらいくされやわか妻に見せつけてやっていたのだが。勲章をいくつも集められなかったことが、いちばんの心残りだった。父親は勤続二十年で一日も休まなかったとして鉄道会社から表彰状をもらっていて、退職後も二十年にわたって、病弱な息子の顔を見るたび、そのことを自慢した。その父親がようやくくたばったとき、バスの運転手は例の表彰状をもう見たくなかったから、亡骸《なきがら》と一緒に棺に入れたらどうかと母親の説得を試みた。だが母親は、おなかが痛くなったりしなければ、どんなすごいことができるのかを示すものだからリビングルームに飾っておくといって譲らなかった。バスの運転手はこの葬式をずっと待ち望んでいたが、あんな薄汚れた紙切れ一枚をめぐって口論になったせいで、危うく式が台無しになるところだった。彼は除隊した兵士たちなどもう見たくないから、みんな行くべきところにたどり着けばいいと思っていた。他人の手柄を見ていても、むかついてくるだけだ。

ウィラード・ラッセル一等兵はバスのいちばんうしろの席でジョージア州出身の水兵ふたりと酒を飲んでいたが、水兵のひとりは酔って寝てしまい、もうひとりも飲んでいたときに戻してしまった。家に帰ったら、二度とウエストバージニア州コールクリークを離れまいと考えていた。あの山の中でもきついことはあったが、南太平洋で見たものとは比べ物にならない。ソロモン諸島のある島にいたとき、隊の数人と歩いていてひとりの海兵隊員を発見した。日本軍に生皮を剝《は》がされ、二本のヤシの木でつくった十字架に釘《くぎ》で磔《はりつけ》にされていた。むき出しで血みどろの体は黒い蠅《はえ》にびっしり覆《おお》われていた。海兵隊員の心臓がまだ脈打っているのがわかった。認識票《ドッグタグ》が片方の足の親指の残骸《ざんがい》に引っかけられていた。ミラー・ジョーンズ一等軍曹。してやれることはわずかばかりの情けをかけることしかなく、ウィラードはこの海兵隊員の側頭部を撃ち抜き、遺体を十字架の足下に下ろして石で覆って隠した。そのときから、ウィラードの頭の中は変わってしまった。

休憩がどうのというずんぐりしたバスの運転手の声が聞こえたとき、ウィラードはふたりの水兵にあきれ顔を向けつつ立ち上がり、ドアに向かって歩き出した。海軍は酒も禁じられている連中が集まっているようなところなのだろう。ウィラードは陸軍に三年いたが、飲んだ酒を戻さなかった水夫にはついぞお目にかかったことがない。海軍では洋上で頭がいかれたり、男同士でやったりしないように、兵隊に硝石《しょうせき》を食わせているからだと聞いたことがある。ウィラードはふらりとバスの発着所から外に出ると、通りの向かい側にウッデンスプーンという小さなレストランが見えた。本日のおすすめミートローフ三十五セントと書いた白い段ボールが、窓枠に挟んであった。入隊する前の日、母親がミートローフをつくってくれていたので、ウィラードは縁起がいいと思った。彼は窓際《まどぎわ》のブースに座り、煙草《たばこ》に火をつけた。ポプラ材でつくった棚が店内の壁際にぐるりと巡らされ、そこに置かれた曇った古くさい瓶や、変色した調理器具や、過去の人々が写っているひび割れた白黒写真が埃《ほこり》をかぶっている。ブース近くの壁に、ミードの警官がバスの発着所の前で銀行強盗の凶弾に倒れたという色あせた新聞記事が、鋲留《びょうど》めされていた。ウィラードは近づいて見た。日付は一九三六年二月十一日だった。彼の十二歳の誕生日の四日前か、と思った。彼のほかにひとりだけ店内にいた年配の男性客が、中央のテーブル席で突っ伏すようにして一杯の野菜スープをすすっている。目の前のバターの塊に、入れ歯が載っている。

ウィラードが煙草を吸い終え、店を出ようかと思った矢先、黒っぽい髪のウエイトレスがようやく厨房《ちゅうぼう》から出てきた。レジ横のメニューの束から慌《あわ》てて一部を取り、ウィラードに手渡した。「ごめんなさい」ウエイトレスがいった。「入ってきたの気付かなくて」何にしますかと訊《き》かれたとき、その高い頬骨とふっくらした唇、すらりと伸びた長い脚を見て、ウィラードは口の中がからからに乾いていることに気付いた。なかなか言葉が出てこなかった。これまでそんなことは、ブーゲンビル島で最悪の戦闘を繰り広げていたときでさえなかった。ウエイトレスが注文を厨房に伝え、コーヒーを運んでくるあいだ、こんな思いが脳裏をよぎっていた。ほんの二カ月前には、太平洋の真ん中に浮かぶじっとりしたちっぽけな島で命を落とすのだろうとあきらめていたのに、今もまだこうして息をしているし、あと数時間もバスに揺られれば家に着くところにいて、ピンナップの映画スターになっていてもおかしくないような女に給仕してもらっている。ウィラードの記憶にあるかぎり、彼が恋に落ちたのはこのときだった。ミートローフがぱさぱさで、サヤインゲンがゆですぎで、ロールパンが＃５石炭の塊並みに固くても関係なかった。ウィラードにいわせれば、このウエイトレスは、彼が生まれてこの方、最高の料理を出してくれたのだ。食べ終えたあと、シャーロット・ウィロウビーの名前さえ知らずにバスに戻った。

　ハンティントンの川を渡ったところで、バスがまた停車したとき、ウィラードは酒屋を見つけ、保税倉庫留めウイスキーを五パイント買い、ダッフルバッグに詰めた。運転手のすぐうしろの前部席に座り、レストランにいたウエイトレスのことを考え、家に近づいていることを示す目印はないかと探した。まだ少し酔っていた。運転手が出し抜けにいった。「勲章は持ち帰ったか？」運転手がルームミラーでウィラードをのぞいた。

　ウィラードは首を横に振った。「持ち帰ったのは、おれの魂が入ってるこの痩《や》せこけた死骸だけだ」

「おれも行きたかったが、入隊させてもらえなかった」

「よかったな」ウィラードはいった。例の海兵隊員を見つけた日には、島での戦闘はほとんど終わっていて、ウィラードたちは飲み水を探してくるよう軍曹に命じられた。皮を剝がれたミラー・ジョーンズの体を埋めた二時間ばかりあと、餓死しかけていた四人の日本兵が、血の滴《したた》る鉈《なた》を手に岩陰から出てきて投降した。ウィラードとふたりの仲間が日本兵を十字架の前に連れていこうとすると、日本兵がひざまずき、命乞《いのちご》いだかわび入れだか、どっちかわからないことをしはじめた。「彼らは逃亡しようとしたんです」ウィラードはキャンプに戻ると、軍曹にそう嘘《うそ》をついた。「ああするしかありませんでした」日本兵を処刑したあと、一緒にいたひとり、敵弾が当たらないように湿地に棲《す》む鼠《ねずみ》の脚を首に巻いているルイジアナ出身のガキが、西洋剃刀《かみそり》で日本兵の耳を削《そ》いだ。そいつは干した耳が一杯詰まった葉巻の箱を持っていた。文明の地に戻ったら、その戦利品をひとつ五ドルで売るらしい。

「潰瘍があってね」バスの運転手がいった。

「見逃して困るようなものはなかったよ」

「そんなもんかね」バスの運転手がいった。「勲章をいくつかもらってみたかったんだが。たぶん、ふたつ分ぐらいはドイツ野郎をやっつけられたのにな。おれはけっこうすばしこいんだ」

バスの運転手の後頭部を見ながら、ウィラードは帰国の艦上で従軍牧師を相手に海兵隊員を撃って苦しみから解放したと打ち明けたあと、その牧師とした話を思い出した。牧師もおびただしい死を目にし、幾重にも並んだ将兵の遺体やその一部を前に祈りを捧《ささ》げて、つくづくいやになったらしい。そして、歴史の半分でも真実であるなら、この堕落して腐敗した世界では、あの世へ旅立つ準備をするくらいしかできないとウィラードに語った。「知ってるか？」ウィラードは運転手にいった。「古代ローマ人はロバの腸《はらわた》を抜いて、代わりにキリスト教徒を生きたままそこに縫い込んで、腐るまで日にさらしておいたらしい」牧師はそんな話をやたら知っていた。

「それが勲章と何の関係があるんだ？」

「いいから考えてみろよ。鍋《なべ》に入れる七面鳥みたいにぐるぐる巻きにされて、ロバの尻穴《しりあな》から頭だけ出されて放置される。ウジ虫に食われながらゆっくりくたばっていく」

バスの運転手は顔をしかめ、ハンドルを握る手に少し力を込めた。「なあ、何がいいたいのかわからんな。立派な勲章を胸につけて凱旋《がいせん》するって話をしてるんだが。その古代ローマの連中は、キリスト教徒に勲章を与えてからロバに詰めたのか？ そういうことなのか？」

ウィラードはどういうことなのか、自分でもわからなかった。牧師がいうには、人の道を理解しておられるのは神のみということだった。ウィラードは乾いた唇をなめた。ダッフルバッグの中のウイスキーが脳裏をよぎった。「おれがいいたいのは、結局のところ、みんな苦しむってことだ」ウィラードはいった。

「まあ」バスの運転手がいった。「そうなる前に勲章をもらいたいもんだ。うちのかみさんときたら、勲章を見るたびに大騒ぎするのさ。苦しむといえば。長距離バスで家を離れるたびに、あいつが名誉戦傷勲章《パープルハート》をもらったやつと逃げやしないかと胸が苦しくてたまらんよ」

　ウィラードが顔を近づけたらしく、運転手は兵士の熱い息遣いを太い首のうしろに感じ、ウイスキーの香りと安い昼食のすえたにおいが漂ってきた。「ミラー・ジョーンズはかみさんが浮気しまくっていたとしても、気にすると思うか？」ウィラードはいった。「なあ、あいつはいつだってあんたと交代するぜ」

「ミラー・ジョーンズってのは何者だ？」

　ウィラードがウインドウの外に目を向けると、グリーンブライアー・マウンテンのかすんだ頂上が彼方《かなた》に現れはじめた。両手が震え、額が汗でてかっていた。「だまされて戦争に連れて行かれて戦ったかわいそうなやつだ」

　ウィラードは待ちきれず、ウイスキーを一本あけようかと思っていたとき、おじのアースケルのがたぴしのフォードが、ルイスバーグのワシントン・ストリートとコート・ストリートの交差点にあるグレイハウンドのバス停前に停った。ウィラードは三時間近く外のベンチに座り、紙コップの冷たくなったコーヒーをちびりちびり飲みながら、人々がパイオニア・ドラッグストアのあたりを行き交うさまを眺めていた。バスの運転手にあんな口を利《き》いて悪いことをしたと思った。海兵隊員の名前まで出すべきではなかった。ウィラードは誓った。ミラー・ジョーンズ一等軍曹のことは死ぬまで忘れられないだろうが、もう二度と人に話しはしない。車で帰途につくと、ダッフルバッグに手を入れ、一本のウイスキーとドイツ軍のルガーを出してアースケルに差し出した。除隊の少し前、メリーランドの基地にいたとき、ウィラードは持っていた日本軍の軍刀とドイツ軍のルガーを交換していた。「ヒットラーが頭を撃ち抜いたときに使った銃ってことだ」ウィラードはにやつきを押し殺そうとしながらいった。

「嘘つけ」アースケルがいった。

ウィラードは噴き出した。「何？ あいつがおれに嘘をついたとでも思ってるのか？」

「笑わせるぜ！」年かさの男がいった。瓶のキャップをひねり、長々と飲み、身を震わせた。「おお、こいつは上物だ」

「いっぱい飲んでくれ。ダッフルバッグにあと三本あるんだ」ウィラードはもう一本、キャップをあけ、煙草に火をつけた。そして、腕をウインドウから突き出した。「母さんはどんな調子だ？」

「まあ、そうだな、ジュニア・カーヴァーの遺体が戻ってきたときには、ちょっと頭がおかしくなっていた。だが、今はだいぶよくなってるようだ」アースケルがまた瓶をあおり、膝《ひざ》に挟んだ。「ただ、ずっとおまえのことを心配してる」

ふたりはコールクリークに向かって、ゆっくり山道を上っていった。アースケルは戦争の話を聞きたかったが、その後、一時間ほどのあいだに甥《おい》が語ったのは、オハイオ州で出会った女の話だけだった。甥っ子の話をこんなに聞いたのは、甥っ子が生まれてはじめてだった。新聞で報じられているように、日本兵は死んだ味方の肉を食うというのは本当かどうか、アースケルはウィラードに聞きたかったが、あとにしたほうがよさそうだと思った。それに、運転にも気をつけないといけない。ウイスキーが急に回りはじめているし、目も昔ほどよくなくなっている。エマは息子の帰りを首を長くして待っている。事故を起こしてふたりとも死んで、息子の顔を見せられなくなったら目も当てられない。アースケルはそんなことを思って、ひとりかすかな笑いを漏らした。姉はアースケルの知るなかでも指折りの信心深い人だが、事故死なんかしたら、弟を懲《こ》らしめるだけのために、すぐに地獄の果てまで追いかけてくるだろう。

「それで、その子のどこが気に入ったんだい？」エマ・ラッセルがウィラードに訊いた。アースケルが山のふもとでフォードを停め、そこから細い道を歩いて小さな丸太小屋にたどり着いたのは深夜零時近くだった。ドアから中に入ったとき、エマはウィラードにしがみついて軍服の胸元を涙で濡《ぬ》らし、長いこと取り乱していた。母親の肩越しに、ウィラードはおじがするりとキッチンに入っていくのを見ていた。この前見たときに比べて、母親の髪には白いものが一気に増えていた。「一緒に膝を突いて、イエスに感謝のお祈りをしてほしいところだけど」エマがいい、エプロンの縁で顔の涙をぬぐった。「でも、息が酒くさいね」

　ウィラードはうなずいた。酔っているときには決して神に語りかけてはいけないといわれて育てられた。本当に神頼みしかないときが来るかもしれないから、主にはいかなるときも誠実でいないといけない。酒の密造をしたばかりに悪運と面倒に追い回されて、結局パーカーズバーグの刑務所で肝臓をやられて死んだ父親のトム・ラッセルでさえ、そう信じていた。どんなに深刻な状況でも――父親は何度もそういう状況に陥ったが――ウィラードは少しでも余力が残っていれば、天に助けを乞わなかった。

「さあ、キッチンに戻って」エマはいった。「コーヒーをいれるから、食べてなさい。ミートローフをつくったのよ」

　午前三時になると、ウィラードとアースケルはウイスキー四本をあけ、密造酒も一杯やり、さらに店で買った最後の一本を飲みはじめていた。ウィラードの頭はぼやけていて、うまく言葉をつなげられなかったが、どうやらレストランで見たウエイトレスのことは母親にもいったようだった。「質問は何だっけ？」ウィラードはエマに訊いた。

「あんたがいってた子の話さ」エマはいった。「その子のどこが気に入ったんだい？」

エマが鍋で沸騰《ふっとう》する直前のコーヒーをウィラードにもう一杯注いでくれた。舌の感覚がなくなっているが、きっともう何度かやけどしているのだろう。天井の梁《はり》からぶら下がっている石油ランプが部屋を照らしていた。母親の幅の広い影が壁で揺れている。

ウィラードがテーブルに敷いている防水のクロスにコーヒーをこぼした。エマがやれやれと首を振り、うしろに手を伸ばしてふきんを取った。

「すべてだ」ウィラードはいった。「見ればわかるさ」

エマは酔った勢いでいっているだけだとは思ったものの、息子に女と出会ったと打ち明けられて胸が騒いだ。ミルドレッド・カーヴァーはコールクリークでもそうはいない善良な女性クリスチャンで、毎日、息子の無事を祈り続けたのに、棺に入って帰ってきた。棺の付添人がこの軽さからすると中には何も入っていないと思うというのを耳にして、エマはすぐにウィラードが必ず無事に帰ってくるために彼女がすべきことを示す啓示を探しはじめた。そんなとき、ヘレン・ハットンの家が火事になり、哀れなヘレンひとりを残して家族が亡《な》くなってしまった。二日後、よく考え抜いたあと、エマは神の前で膝を突き、息子を無事に家に帰していただけるなら、必ずヘレンと結婚させ、面倒を見ますと約束した。しかし、こうしてキッチンに立って、息子のうねる黒髪と彫りの深い顔を見ていて、そんなことを誓った自分がばかだったとつくづく思った。ヘレンは薄汚れたボンネットをかぶり、顎《あご》の下で結んでいて、祖母のレイチエルにそっくりの馬面《うまづら》だから、山だらけのグリーンブライアー郡でいちばん不細工だと思われていた。そのときまで、約束を守れなければどんなことになるか、エマは考えたこともなかった。醜男《ぶおとこ》な息子だったならどれだけよかったか、と思った。主はご自身の怒りを人間にわからせるときには、変わった手を使われる。

「見てくれだけがすべてじゃないよ」エマはいった。

「だれだよ、そんなことというやつは？」

「お黙り、アースケル」エマはいった。「その子は何て名前だって？」

ウィラードは肩をすくめた。ドアの上に掛けてある、十字架を背負うイエスの絵を横目で見た。またミラー・ジョーンズのことを思い出して、せっかくの帰還《ホームカミング》に水を差したくなかったので、キッチンに入ってから、そっちを見ないようにしてきた。だが、今ちらりとその絵に目を向けた。その絵はウィラードが物心ついたときにはそこにあり、安っぽい木のフレームは古くなってしみが浮き出ていた。石油ランプの揺らめく光を受けて、絵は生きているように見える。鞭《むち》の鋭い音、ピラト（キリストの処刑を許可したローマ帝国の総督）の兵士たちの冷酷なあざけりが聞こえてくるかのようだ。ウィラードは、アースケルの皿のそばのテーブル上に置いてあるドイツのルガー拳銃に目を落とした。

「どうしたのさ？　名前も知らないのかい？」

「訊かなかった」ウィラードはいった。「でも、チップを一ドル置いてきた」

「なら、その子も忘れないだろうよ」アースケルがいった。

「まあ、オハイオまでてくてく歩いていく前に、お祈りでもしておいたほうがよさそうね」エマはいった。「だいぶ遠いよ」それまでずっと、彼女は自分の心ではなく主の御心《みこころ》に従うべきだと信じてきた。この世ではすべて定められたとおりにしかならないと、固く信じていなければならないのだ。でも、エマはそんな信条を忘れて、主と取り引きしようとしてしまった。まるで嚙《か》み煙草を口に入れた馬の売買人とか、ぼろを着て行く先々で金物を売り歩く鋳掛《いか》け屋を相手に、物々交換を持ちかけるみたいに。こうなったら、どんなことになろうと、せめて自分の約束したことを守る努力ぐらいはしないといけない。そこから先は主のおぼしめししだいだ。「それくらいしても罰は当たらないんじゃないか？　お祈りくらいしてもさ？」そういうと、エマは息子から目を離し、ミートローフの残りをきれいなタオルで覆った。

　ウィラードはコーヒーに息を吹きかけ、ひとくち飲んで顔をしかめた。あのウエイトレスのことを考えた。彼女の左眉《ひだりまゆ》の上に、ほとんど見えないくらいに小さな傷跡があった。二週間だ、と彼は思った。二週間したら、あの店に戻って彼女と話してみよう。煙草を巻きながら、おじに目をやった。アースケルの手はリウマチでこぶだらけでねじれていた。手の甲の関節は二十五セント硬貨ぐらい大きくて丸い。「たしかに」ウィラードはいい、残っていたウイスキーをカップに注いだ。「罰が当たることはないな」

2

ウィラードは二日酔いでふらつきながら、ホーリーゴースト・サンクティファイド・コールクリーク教会のうしろのベンチに、ひとりで座っていた。木曜の夜の七時半近くだったが、礼拝はまだはじまっていなかった。その日は、主に背教者や、救済されてこなかった人たちに向けた、毎年恒例の一週間に及ぶ教会の伝道集会の四日目の夜だった。ウィラードは帰宅して一週間以上がすぎていたが、酒くさくない息を吐いていたのは、この日がはじめてだった。前の晩にはアースケルとふたりでルイス・シアターに行き、ジョン・ウェインの『バターンを奪回せよ』を観《み》た。ウィラードはあまりの嘘っぱちにうんざりし、途中で映画館を出ると、並びにあるビリヤード場でけんかしてしまった。体を起こし、あたりを見て、ひりひりする手を動かした。エマはまだ前のほうでおしゃべりしている。壁沿いにすすけたランタンが掛けてある。通路右手の奥にへこんだ薪《まき》ストーブがある。マツ材のベンチは二十年を越える礼拝ですり減り、すべすべになっている。教会は昔から変わらずつつましいところだが、ウィラードは国を出て以来、自分がだいぶ変わってしまったのではないかと思っていた。アルバート・サイクス牧師は一九二四年に教会をはじめた。炭坑崩落により、即死したふたりの男と暗い坑道に閉じこめられた事故の少しあとだ。彼はその事故で両脚を何箇所か折った。フィル・ドルーリーのポケットに入っていたファイブブラザーズの嚙み煙草の箱には手が届いたが、バール・メドウズがいつも上着のポケットに入れているバター・ジャム・サンドイッチには、目一杯手を伸ばしても届かなかった。サイクスは三日目の夜に精霊の恩寵《おんちょう》に触れたのだという。すでに強烈な死のにおいが漂い、じきにそばにいるふたりの男と同じ運命をたどると思ったが、もうどうでもよくなった。数時間後、眠っているあいだに、救助班ががれきをかき分けてきた。一瞬、救助班が彼の目に当てた光を主のお顔にちがいないと思った。教会で披露するには持って来いの話で、そのくだりになると、いつも方々からハレルヤの声が上がった。ワニスを塗った説教壇の前で、脚を引きずりながら行き来しつつその話をする老牧師の姿を、ウィラードは百回ほど拝んだろうか。話を締めくくるとき、サイクスは決まってすり切れた上着のポケットから空のファイブブラザーズの箱を出し、両手のひらに載せ、天井に向かって掲げた。彼はそれを肌身離さず持っていた。コールクリークの女たち、とりわけまだ夫や息子が炭坑で働いている女たちの多くが、それを聖なる遺物か何かだと思っていて、機会があるたびにそれにキスするのだった。メアリー・エレン・トンプソンなどは、臨終のときに医者など呼ばなくていいからそれを持ってきてほしいと頼んだくらいだ。

　ウィラードは母親が痩せた女と話している様子を見ていた。その女は細長い顔に細縁眼鏡を斜めにかけ、褪《あ》せた青いボンネットをかぶり、とがった顎先で結んでいた。数分後、エマは女の手をつかみ、ウィラードが座っているところに連れてきた。「ヘレンにご一緒しましょうとお願いしたんだ」エマが息子にいった。ウィラードは立ち上がり、ふたりを奥に通した。ヘレンがそばを通るとき、饐《す》えた汗のにおいがして目が潤《うる》んだ。ヘレンはすり切れた革張りの聖書を持っていて、エマに紹介されたときもずっとうつむいていた。ここ数日、器量だけが大切じゃないとエマがしきりにいっていた理由が、ウィラードにはようやくわかった。たいていはそのとおりで、見てくれより心が大切だが、それにしても、おじのアースケルだって、たまには脇の下ぐらい洗う。

　教会には鐘がないから、礼拝がはじまる時間になると、サイクス牧師はあいているドアの前に行き、まだ煙草や噂話《うわさばなし》や不信をもてあそびつつ表でうろついている連中に向かって声を上げる。男ふたり女三人の小さな聖歌隊が立って、〝罪人《シナー》よ、覚悟しろ《ユー・ド・ベター・ゲット・レディ》〟を歌った。その後、サイクスが説教壇に上がった。会衆を見渡し、白いハンカチで額の汗を拭《ふ》いた。ベンチには五十八人が座っていた。二度、数を数えていた。サイクス牧師は欲深い男ではないが、今夜はカンパのバスケットに三、四ドルぐらい入っていないものかと思っていた。この一週間というもの、サイクスと彼の妻は堅パンと蛆《うじ》のたかったリスの肉しか口に入れていなかった。「おお、暑いな」彼はそういってにやりとした。「だが、もっと暑くなる。ちがうか？　特に主をしっかり敬わない者たちには」

「そのとおりだ《アーメン》」だれかがいった。

「まったくだ」別の者がいった。

「さて」サイクスは続けた。「それについてはあとに回そう。そこに控えているトッパーヴィルの方から来たふたりの男性が、今夜の礼拝を執り行う。だれに訊いても、このふたりはいいことをいうと答えていた」祭壇の脇の陰でほつれた黒いカーテンに隠れて座っているふたりの見知らぬ男たちに、サイクスが目配せをした。「ブラザー・ロイとブラザー・セオドア、こっちに来て、道に迷う者たちを救う手伝いをしてくれ」サイクスはいい、ふたりに陰から出てくるよう手招きをした。

長身で痩せた青年が立ち上がり、もうひとりの太った青年が乗るきしる車椅子《くるまいす》を押してカーテンの陰から出て、祭壇の中央近くにやってきた。脚の悪くない方はだぶだぶの黒いスーツを着て、ぼろぼろの作業靴《ブローガン》をはいていた。茶色の髪をオイルでうしろになで付け、くぼんだ頬には紫色のにきびのあばたが残っている。「ロイ・ラファティという者です」男が小さな声でいった。「そして、こちらはいとこのセオドア・ダニエルズです」脚の不自由な男がうなずき、会衆に笑みを見せた。ぼろぼろのギターを膝に載せていて、スープボウルのような髪形だった。オーバーオールは飼料袋の布きれで継ぎを当て、細い脚を鋭角に折って正座していた。薄汚い白いシャツを着て、派手な花柄のネクタイを締めている。あとになって、ウィラードはひとりは闇の王子のようで、もうひとりは運に見放された道化師のようだと評した。

沈黙のなか、ブラザー・セオドアがフラットトップ・ギターの弦を調律した。会衆の中にはあくびをする者もいれば、ひそひそと話しはじめる者もいた。どこの馬の骨ともわからないふたり連れの内気な新参者が退屈な礼拝をはじめるのだろうと思って、すでにざわついている。ウィラードも、礼拝がはじまる前に表の駐車場に抜け出して、酒を持っているやつを探しておけばよかったと思った。ひとつ屋根の下に集まり、他人と一緒に神を礼拝していると、いつも居心地が悪くなる。「みなさん、今夜はカンパのバスケットを回したりしません」足の悪い方の男がうなずき、準備が整ったことを伝えると、やっとブラザー・ロイがいった。「主の業をするのにカネなどほしくないからです。おれとセオドアは、必要とあらば甘美な空気だけでやっていけるし、実際、そんなことは何度もあった。人助けは汚いカネ儲《もう》けとはわけがちがう」ロイがサイクスに顔を向けると、サイクスはどうにか弱々しい笑みを見せた。「今夜、この小さな教会に精霊を呼ぶ。誓っていうけど、呼べなければ、死ぬまで呼び続ける」そういうと、太った男がギターの即興演奏《リック》をはじめ、ブラザー・ロイが背を反らし、天国の扉を震わせてあけようとするかのような気持ち悪い金切り声を上げた。会衆の半分ほどがびっくりして、思わず腰を上げた。母親がびくりとして身を寄せてきたとき、ウィラードは声を殺して笑った。

若い説教者は通路の真ん中あたりで行きつ戻りつしながら、大きな声で問いかけはじめた。「さて、みなさんがいちばん恐れているものは何だい？」ブラザー・ロイは両手を動かしながら、地獄の恐ろしさ——穢《けが》れ、恐怖、絶望——と、果てしなくとこしえに眼前に広がり続ける来世を説いた。「みなさんのいちばん恐れるものがドブネズミなら、悪魔は必ずドブネズミをどっさり持ってくる。兄弟姉妹のみなさん、そのドブネズミは、みなさんが指一本動かせずに横たわっているときに、みなさんの顔を食いちぎるんだ。しかも、そこで終わらない。来世の百万年は、この世のコールクリークではまだ午後にもなっていない。頭に思い描いたりしても無駄だ。そんな苦痛を想像できるほど大きな頭を持つ人間はいないんだから。去年、ミラーズバーグで一家が寝ているときに惨殺《ざんさつ》された事件は覚えてるか？ 頭のいかれたやつに目をくりぬかれた事件だけど？ 一兆年ものあいだ——百万年の百万倍だよ、みなさん、おれは調べたんだ——そんな風に拷問《ごうもん》され続けても、死ぬことはない。血まみれの古いナイフで何度も、永遠に目をくりぬかれ続けるんだ。犯人が窓から入って凶行に及んだとき、あのかわいそうな人たちが主の御許《みもと》に行ったことを祈ってる。心の底から。それから、いいかい、兄弟姉妹のみなさん、悪魔がどんな責め苦を与えるか、おれたちには思い描くこともできないんだ。最後の審判の日、魔王が罪人に与える報いの数々を思いつくような邪悪なやつはいない。かのヒットラーでさえも無理だ」

ブラザー・ロイが説教をしているあいだ、セオドアは目で相棒の動きを逐一追いながら、言葉の流れに合わせてギターでリズムを刻み続けていた。ロイは母方のいとこだが、そんなに近い親戚《しんせき》でなかったらよかったのに、とセオドアはたまに思う。ロイと福音を広められるだけで満足だが、祈りでは振り払えない気持ちがずっとあった。ロイ聖書に書いてあることは知っているが、主がそんなことを罪と見なすとはとても思えない。セオドアにいわせれば、愛は愛だ。だってさ、そのことならこの身をもって示したよな？　だれよりロイを愛していると神に示したよな？　歩けなくなるまであの毒を飲み、信心を持っていることを主に示した。もっとも、ちょっとやりすぎたか、と思わずにいられなくなることもある。だが、今のところ、セオドアには神がいて、ロイがいて、ギターがある。二度と二本の足で立てないとはいえ、この世でやっていくうえで必要なのはそれだけだ。それに、どれだけロイを愛しているか、ロイに示さなければならなくなっても、喜んで示してやる。やれといわれたら何でもやる。神は愛だ。神はあらゆるところにいて、あらゆるものに宿っている。

　そのとき、ロイがまた祭壇にひょいと乗り、ブラザー・セオドアの車椅子の下に手を伸ばすと、一ガロンの瓶を取り出した。だれもがベンチに座ったまま身を乗り出した。瓶の中では、黒い塊が沸騰しているかのように見える。だれかが声を上げた。「神を讃《たた》えよ」するとブラザー・ロイがいった。「そのとおりだ、友よ。そのとおり」ロイは瓶を掲げ、激しく揺すった。「みなさん、ひとついっておく」彼は続けた。「精霊を見つける前、おれは蜘蛛《くも》が死ぬほど怖かった。そうだよな、セオドア？　母のロングスカートの中に隠れていたちびだったころからずっと。蜘蛛は夢にまで忍び込み、悪夢の卵を産み落とした。だれかに手を握ってもらわないと、外の便所にさえ行けなかった。そこらじゅうに張った巣でおれを待ち伏せていた。ひどい毎日だった。四六時中、怖かった。起きていようが、寝ていようがおかまいなしだ。地獄というのはそういうものだ、兄弟姉妹のみなさん。あの八本脚の悪鬼のせいで安らげなくなった。だが、主を見つけてからぜんぶ変わった」

ロイは両膝を突き、また瓶をゆすり、蓋《ふた》を回してあけた。セオドアが音楽のリズムを遅くし、悲しげで不気味な哀悼歌のような調べを奏《かな》でると、その場はひんやりと静まり、会衆の首筋の毛が逆立った。ロイは瓶を頭上に掲げると、会衆を見渡し、大きく息を吸ってから瓶を逆さにした。茶色いのやら黒いのやらオレンジと黄色のやら、ありとあらゆる種類の蜘蛛の大群がロイの頭と肩に降り注いだ。すると、電流のような衝撃が体中を駆け巡り、ロイは立ちあがり、瓶を床に投げつけた。ガラス片があたり一面に飛び散った。ロイはあの恐ろしい金切り声を上げ、四肢を震わせると、蜘蛛がぼろぼろと床に落ちて、四方八方に這《は》っていった。編んだ肩掛をまとっていたご婦人が慌ててベンチから腰を上げて出入り口へと逃げ出し、さらに数人が悲鳴を上げた。そんな騒ぎのただなかで、ロイは汗まみれの顔に数匹の蜘蛛にたかられたまま一歩前に出て、叫んだ。「よく聞いてくれ、みなさん。主はみなさんの気持ちしだいで恐怖をすべて消し去ってくださる。主がおれにしてくださったことを見てくれ」そういうと、ロイは咳払《せきばら》いをし、口から黒いものを吐き出した。

ひとりの女が着ていた服を払いはじめ、嚙まれたとわめいた。子供もふたり、おいおいと泣き出した。サイクス牧師はあたふたと走り回り、混乱をいくらかでも鎮《しず》めようとしたが、すでに会衆はパニックに陥り、狭い出入り口に向かって殺到していた。エマもヘレンの腕をつかみ、教会から連れ出そうとした。だが、ヘレンはかぶりを振り、反対側の通路に出た。聖書をしっかり胸に抱き、ブラザー・ロイを見つめた。セオドアはまだギターをかき鳴らしながら、いとこが耳にたかっていた蜘蛛を平然と払い落とすのを眺め、かよわくて不器量な若い女に微笑《ほほえ》んだ。ロイがその女に来いよと手招きするまで、セオドアはギターをやめなかった。

家へ帰る車中、ウィラードはいった。「まいったな、あの蜘蛛は傑作だった」彼はこっそり右手を上げ、ぶるぶると揺れている母親の太い腕に指をそっと這わせた。

エマが悲鳴を上げ、ウィラードをぴしゃりと叩《たた》いた。「やめなさい。それでなくても今晩は眠れそうもないんだから」

「これまでにもあの若い男の説教を聞いたことはあるのか？」

「ないけど、あの連中はトッパーヴィルの教会でも、おかしなことをしてるらしいね。

あんなのを呼んでしまって、きっとサイクス牧師もしまったと思ってるだろうよ。車椅子の方はストリキニーネ（殺鼠剤のほか、医療用として健胃薬や痙攣誘発薬、強精剤としても使用される毒性の強い薬物）だか、ラジエーター液だかを飲みすぎて、だから歩けなくなったそうだけど。ばかばかしいったら。信仰心を試したとか。でも、わたしにいわせれば、そこまでするのはやりすぎだね」エマはため息をつき、座席の背もたれに頭を持たせた。「ヘレンも一緒に来てくれたらよかったのにね」

「まあ、あの説教じゃだれも寝てられなかった。その点は認めてやろう」

「ねえ」エマがいった。「おまえがもう少し目をかけてくれたら、来てくれたかもしれないのに」

「ああ、おれが見たところ、あの子が望むかぎり、ブラザー・ロイが目をかけんじゃないかな」

「そうなってほしくなかったんだがね」エマがいった。

「母さん、おれは明日か明後日にはオハイオに行ってくるんだ。わかってるだろう」

エマはかまわず続けた。「いい奥さんになるのにねえ、ヘレンは」

ウィラードが例のウエイトレスのことを調べようとオハイオに発《た》ち、数週間がすぎたころ、ヘレンがエマに会いに来た。十一月の小春日和《びより》の昼すぎだった。エマは居間に座り、ラジオを聞いたり、朝に届いた手紙を読み返したりしていた。ウィラードとウエイトレスが一週間前に結婚したと書いてあった。ふたりはオハイオにとどまる。ともかく、当面はとどまるという。ウィラードは精肉工場の仕事に就いていた。生まれてこの方、こんなにたくさんの豚は見たことがないという。ラジオでしゃべっている男によると、戦争に勝つためについに落とした原子爆弾の死の灰のせいで、こんな季節外れの天気になったということらしい。

「わたしのことを心配してくれてたから、あなたに最初に伝えたくて」ヘレンがいった。ボンネットをかぶっていないヘレンを見たのははじめてだった。

「どんな話だい、ヘレン？」

「ロイに結婚を申し込まれたの」ヘレンがいった。「わたしたちは一緒になる運命だという神のお告げがあったって」

エマはウィラードの手紙を手に戸口に立ち、守れなかった約束のことを考えていた。大事故に巻き込まれたり、恐ろしい病気にかかったりするんじゃないかと危惧《きぐ》していたが、これはいい知らせだった。結局、万事うまくいってくれるのかもしれない。目が涙でぼやけはじめるのがわかった。「どこで暮らすつもりだい？」エマは訊いた。

ほかにいうことが考えられなかった。

「ええと、トッパーヴィルのガソリンスタンドの裏手にロイの家があるから」ヘレンはいった。「セオドアも、あの人も一緒に住む。とりあえず、しばらくのあいだは」

「車椅子の人かい？」

「ええ」ヘレンはいった。「ずっと一緒だったから」

エマはポーチに出て、ヘレンをハグした。最近、お風呂《ふろ》にでも入ったのか、アイボリー石鹸《せっけん》のかすかなにおいがした。「上がって、ちょっと休んでいくかい？」

「いいえ、もう行かないと」ヘレンがいった。「ロイが待ってますから」エマはヘレンの肩越しに丘を見下ろした。亀《かめ》のような形をした糞《くそ》色の車が、アースケルの古いフォードのうしろの駐車スペースに停っている。「あの人、今夜はミラーズバーグで説教をするんです。目をくりぬかれる事件が起きたところです。わたしたち、午前中はずっと蜘蛛を集めてました。こんな天気で、かなり見つけやすかったから、ほんとに助かりました」

「気をつけてね、ヘレン」エマはいった。

「まあ、心配しないでください」ヘレンはいい、ポーチの階段を下りはじめた。「慣れたら、そんなに気持ち悪くありませんよ」

3

その後の二年ほど、エマがウィラードから受けた知らせといえば、クリスマスの時節に届いた、短いメッセージを殴り書きしたカードだけだったが、一九四八年の春、エマはついにおばあちゃんになったという電報を受け取った。ウィラードの妻は、アーヴィン・ユージンと名付けられた健康な男の子を生んでいた。そのころには、エマは少しばかり信頼を裏切ったことを神が許してくださったと信じて疑わなくなっていた。もうじき三年になるが、何も起きていない。一カ月後、スパッドランに住むエディス・マクスウェルの三人の子供たちとはちがって、目が見えなかったり知恵が足りなかったりもせず、孫が無事に生まれてきたことを、エマはまだ神に感謝していた。そんなとき、ヘレンがある知らせを持って戸口にやってきた。ヘレンがロイと結婚し、トッパーヴィルの教区に移ったので、エマがヘレンと会う機会はめっきり少なくなっていた。「立ち寄って、お知らせしたくて」ヘレンはいった。腕や脚は見たこともないほど青白くて細かったが、腹は枕《まくら》でも入れているかのように突き出ていた。身ごもっていたのだ。

「なんとまあ」エマはいい、網戸をあけた。「入って少し休んでいっておくれ」もう時間も遅く、灰色がかった青い影が雑草だらけの庭を覆っていた。鶏がポーチの下で静かにクックと鳴いた。

「今はお邪魔できません」

「まあ、そんなに急いでもしかたないだろう。食べるものを用意させておくれ」エマはいった。「もう長いこと話してないじゃないか」

「ありがたいんですが、ミセス・ラッセル、また別のときに。戻らないと」

「ロイは今夜も説教するのかい？」

「いいえ」ヘレンはいった。「もう一カ月くらい説教はしていないんです。聞いてなかったんですね？　例の蜘蛛にひどく噛まれてしまって。頭が腫《は》れてカボチャみたいになっていました。ひどかった。一週間以上も目をあけられませんでしたよ」

「そうかい」エマはいった。「電力会社に入るのもいいかもしれないね。人を募集してるとかいってたが。もうじきここにも電気を繋《つな》ぐみたいだよ」

「あら、それはどうかしら」ヘレンはいった。「ロイは説教をやめません。お告げを待っているところだし」

「お告げ？」

「しばらくないそうで、それでロイが心配しているんです」

「だれのお告げだい？」

「もちろん、主のお告げです、ミセス・ラッセル」ヘレンはいった。「ロイが話を聞くのは主だけです」ヘレンがポーチの階段を下りはじめた。

「ヘレン？」

ヘレンは立ち止まり、振り向いた。「はい？」

エマは何をいえばいいのかよくわからず、いいよどんだ。ヘレンの背後に目を向けると、丘を下ったところに糞色の車が見えた。黒い人影が運転席で背筋をぴんと伸ばして座っている。神を信じなさい、とエマは自分にいい聞かせた。すべてうまくいく。

「あんたならいいお母さんになるね」エマはいった。


蜘蛛に嚙まれたあと、ロイはほとんどずっと寝室のクローゼットに閉じこもり、お告げを待っていた。主がロイにもっと大きなことをさせようとして、少し休ませることにしたのだと、ロイは信じ込んでいた。セオドアにしてみれば、ロイがあの女をはらませたとき、もう限界だと思った。酒を飲んで夜通し騒ぎ、辺鄙《へんぴ》なところにある秘密クラブや違法な飲み屋で演奏するようになった。そして、配偶者を裏切ったり、冷血に人を殺したり、獄中で人生を無駄にしたりといった内容の罪深い歌をいくつも覚えた。最後までセオドアに付き合っていたやつが、酔っぱらって小便の染《し》みだらけのセオドアを家の前にただ置き去りにするのが常だった。夜明け前にヘレンが表に出て、セオドアを中に入れてやらないといけなかった。そのときもずっと、ヘレンや、動かない自分の脚や、ヘレンとやってるいんちき説教師の悪態をつき続けるのだった。ヘレンはすぐにふたりが怖くなり、セオドアと部屋を交換して、セオドアにロイのクローゼットのそばの大きなベッドを使ってもらうことにした。

幼虫のようにうごめく、レノラと名付けた女の赤ちゃんが生まれて数カ月がすぎたある日の午後、ロイは死者を生き返らせることができると確信して、ベッドルームから出てきた。「くそが、頭がいかれただけだろ」セオドアはいった。生ぬるい缶ビールを飲んで胃を落ち着けようとした。小さな金属のやすりとクラフツマンのドライバーを膝に載せていた。前夜、彼は十ドルとフィフス（五分の一ガロン、七百五十ミリリットル）ボトルのロシア製ウォッカ一本をもらって、ハングリー・ホラーでの誕生日パーティーで八時間ぶっ続けで演奏した。どこかのくそ野郎が彼の障害をからかい、車椅子から引きずり下ろしてダンスさせようとした。セオドアはビールを置き、ドライバーの先端をやすりで削りはじめた。このくされ世界全体が憎い。今度あんな風にちょっかいを出してくるやつがいたら、そいつは腹に風穴があくことになる。「もうお告げなんか来ないぞ、ロイ。主はおまえを見放した。ちょうどおれを見放したようにな」

「いや、セオドア、ちがう」ロイがいった。「それはちがう。今、主と話したところだ。一分前までおれとそこに座ってた。それに、主の姿は絵に描いてあるものとは似てない。ひとつには、あごひげなんか生やしてなかった」

「いかれきってるぜ」セオドアはいった。

「証明してみせられる！」

「どうやって証明すんのさ？」

ロイは空中からひらめきを呼び起こそうとしているかのように、両手を回しながら、部屋の中をうろうろと歩き回った。「猫を殺してみよう」彼はいった。「それで、その猫を生き返らせてやる」蜘蛛の次にロイが恐れているのが猫だった。ロイが赤ちゃんだったころ、猫がロイの息を吸い取ろうとしていた、と彼の母はよくいっていた。それで、ロイとセオドアは何年にもわたって、何十匹もの猫を殺してきた。

「まさか冗談だよな？」セオドアはいった。「くされ猫かよ？」彼は笑った。「いや、もっとまじめにやってくれないと、信じられない」そういうと、彼は親指をドライバーの先端に押し当てた。先端はとがっていた。

ロイは赤ちゃんの汚れたおむつで顔の汗を拭いた。「何ならいいんだよ？」

セオドアは窓の外に目を向けた。ヘレンがピンク色の顔の赤ちゃんを抱いて、庭に立っている。赤ちゃんを起こすからうんざりしているとかいって、今朝もセオドアに腹を立てていた。近ごろは文句ばかりいっている。いわせてもらえば、文句しかいっていない。セオドアが家にカネを持ち帰らなかったら、みんな飢え死にするくせに。

セオドアはロイに陰険な目を向けた。「ヘレンを生き返らせたらどうだ？　そこまでしたら、おまえが口先だけじゃないとはっきりわかるだろうな」

ロイはかぶりを激しく振った。「だめだ、だめだ、それはできない」

セオドアはにやりと笑い、缶ビールをつかんだ。「ほらな？　おまえなんか口先だけだってわかってた。いつもこれだ。おまえなんか、おれが毎晩ギターを弾いてやってる酔っ払い連中と変わらない。もう説教師じゃない」

「そんなこというなよ、セオドア」ロイがいった。「どうしてそんなことをいうんだよ？」

「昔はよかったのによ、くそったれ、結婚するなんていいだしたからだ。おかげでおまえの光が消えちまったというのに、おまえは鈍すぎてそんなこともわからない。ちゃんと生き返らせたら、またふたりで福音を広めてやるよ」

ロイはクローゼットで交わした話を思い出した。神の声は頭の中で鐘の音のようにはっきりと聞こえた。窓の外に目を向け、郵便受けのそばで赤ちゃんにやさしく歌っているヘレンを見た。セオドアには何かの考えがあるのかもしれない。どのみち、ヘレンには主がついているし、ロイの知るかぎり、これまでもずっとそうだった。それなら、復活もしやすいだろう。それでも、まずは猫で試したかった。「考えておくよ」

「いかさまじゃだめだぜ」セオドアはいった。

「そんなことをするのは悪魔だけだ」ロイはキッチンのシンクで水を口に含んだ。ちょうど唇が潤《うるお》うくらい。すっきりした気分でまた少し祈ろうと思い、寝室に向かって歩きはじめた。

「ロイ、そんなまねができたら」セオドアはいった。「おまえの説教を聞きにくる会衆がぜんぶ入るほどでかい教会は、ウエストバージニア州にはなくなるだろうな。くそ、おまえはビリー・サンデー（一九～二〇世紀に活躍したアメリカの福音伝道者で、産業化による大衆感情の激変を反映した説教で有名）より有名になるぜ」

数日後、子供を知り合いのラッセルのおばさんに預けて、ドライブに行かないかと、ロイはヘレンを誘った。「しばらく息苦しい家を出るのもいいんじゃないか」ロイはいった。「約束する。クローゼットに籠《こ》もるのはやめた」ヘレンはほっとした。ロイは急に昔のロイのように振る舞いはじめ、説教活動を再開すると話している。さらに、セオドアも夜に飲み歩くのをやめ、新しい宗教の曲を練習し、酒ではなくコーヒーを飲むようになった。それまで一度もしたことがなかったのに、少しのあいだ赤ちゃんを抱っこしたりもした。

レノラをエマの家に預けたあと、彼らはコールクリークの数キロ東の森に向かって三十分ほど走った。ロイは車を停め、ちょっと散歩しようとヘレンに持ちかけた。セオドアは後部席で寝たふりをしていた。数メートルばかり歩いたあとで、ロイはいった。「まず祈ったほうがいいかもな」ロイは今回のことについて、セオドアと意見を戦わせていた。自分と妻のふたりきりでやりたいといったが、セオドアはふたりがずるしないように、ヘレンから精霊が抜け出るところをこの目で見させてもらうといって譲らなかった。ふたりでブナの木の下で膝を突いたとき、ロイはだぶだぶのシャツの中に隠し持っていたセオドアのドライバーを出した。彼はヘレンの肩に腕を回し、引き寄せた。ヘレンがロイの愛情の現れだと思って、ロイにキスしようと顔を向けたとき、ロイは先のとがったドライバーをヘレンの首の横に深く突き刺した。ロイがヘレンを放すと、ヘレンは横にくずおれ、また体を起こし、ドライバーを必死でつかもうとした。ヘレンが首に刺さったドライバーを引き抜くと、穿孔《せんこう》から血があたりに飛び散り、ロイのシャツの前身ごろが赤く染まった。ヘレンが這って逃げようとするさまを、セオドアはウインドウから見ていた。ヘレンはほんの数メートル這ったところで、落ち葉の上に突っ伏し、一、二分のあいだもがいていた。セオドアには、レノラの名を何度か呼ぶ声が聞こえた。彼は煙草に火をつけ、しばらく待ってから車を降りた。

三時間後、セオドアはいった。「何も起こらないぞ、ロイ」彼はドライバーを持ったままのヘレンの遺体から二、三メートル離れたところで、車椅子に座っていた。ロイは妻のそばにひざまずき、手を握って、なだめるように復活を呼びかけていた。はじめは信仰と情熱のこもった言葉が森に響いていたが、いくら続けてもヘレンの冷たくなった体がぴくりとも動かないので、その呼びかけはしだいにくぐもり、混乱していった。セオドアは頭が割れるように痛くなった。酒でも持ってきていたらよかったと思った。

ロイは涙をぼろぼろとこぼしながら、脚の不自由ないとこを見上げた。「何てことだ、おれはヘレンを殺してしまった」

セオドアは近くに寄り、汚れた手の甲をヘレンの顔に押し当てた。「たしかに、死んでる」

「ヘレンに触るな」ロイが声を荒らげた。

「助けようとしてるだけだろう」

ロイは地面に拳を叩きつけた。「こんなはずじゃなかった」

「いいたくはないが、こんなことをしてつかまったら、マウンズヴィルの連中にベーコンみたいにかりかりに焼き殺されるぞ」

ロイは首を振り、シャツの袖《そで》で鼻水をぬぐった。「どこでまちがえたのかわからない。絶対いけると思ったのに……」ロイの声はすぼんでいき、ヘレンの手を放した。

「くそ、見込みちがいをしたな。ただそれだけのことだ」セオドアはいった。「だれだってやる」

「この先おれはいったいどうすればいい？」ロイがいった。

「逃げればいいさ」セオドアはいった。「こうなったからには、逃げるしかない。なにしろ、いいか、失うものなんかあるか？」

「どこへ逃げる？」

「これまでずっと考えてきたが、あのおんぼろ車でも、だましだまし乗ればたぶんフロリダまで行ける」ロイがいった。

「無理じゃないか」セオドアはいった。「いいか、フロリダに入ったら車を売って、またふたりで説教して回る。はじめからそうしておけばよかったんだ」セオドアは土気色で血まみれのヘレンに目を落とした。ヘレンの泣き言を聞かされる日々は終わりだ。自分の手で殺してやりたかったとさえ思った。この女のせいですべてが台無しになった。今ごろは自分たちの教会が建っていたかもしれない。ラジオにも出ていたかもしれないというのに。

「ふたりで？」

「ああ、そうさ」セオドアはいった。「ギター弾きが必要だろうが？」ずっと前から、フロリダに行って海の近くに住むのが夢だった。足がまともに動かないのに、こんなろくでもない山や森に囲まれて暮らすのはきつい。

「だが、あれはどうする？」ロイがいい、ヘレンの遺体を指さした。

「深い穴を掘って埋めないとな、兄弟」セオドアはいった。「万が一期待どおりにならなかったときのために、トランクにシャベルを入れてきた」

「レノラは？」

「悪いことはいわない。あの子はラッセルのおばさんと一緒にいるほうがいい」セオドアはいった。「警察の手から逃げながら子供を育てたいか？」彼は木々のあいだから空を見上げた。太陽は黒雲の壁の陰に隠れ、空はすっかり灰色に変わっていた。じっとり湿った雨のにおいが漂っている。ロッキーギャップあたりの上空から、ゆっくりと、かすかな雷鳴が響いてきた。「ずぶ濡《ぬ》れになる前に、早いとこ穴を掘りはじめたほうがいい」

その夜、アースケルが帰ると、エマは窓際《まどぎわ》の椅子に座り、レノラを抱いてやさしく揺らしていた。十一時近くで、ちょうど嵐《あらし》が弱まってきていた。「ヘレンは一、二時間で戻るといっていたんだけどねえ」エマはいった。「ミルクも一本しか置いていかなかったし」

「ああ、説教師の連中ときたら」アースケルがいった。「出かけていって、たんまり飲んでしまったんだろう。なにしろ、聞いた話じゃ、あの脚の不自由な男はおれよりはるかに飲めるようだしな」

エマは赤ちゃんのうっすらした髪をなでた。「電話があればよかったのに。今回は何だかいやな感じがする」

アースケルは眠っている赤子をのぞいた。「かわいそうに」彼はいった。「母親そっくりじゃないか?」

4

アーヴィンが四歳のとき、ウィラードはいかれた連中ばかりのミードで子供を育てたくないと思い立った。結婚して以来、彼らはクリーニング店二階にあるシャーロットの古いアパートメントに住んでいた。オハイオ州南部のあらゆる変質者がミードに集まってきたかのようだった。最近の新聞は吐き気を催すような珍事の記事で埋め尽くされている。つい二日前も、シアーズ・アンド・ローバックで、長さ三十センチのポーランド・ソーセージを太ももに結びつけたカルヴィン・クレイターという男が逮捕された。『ミード・ガゼット』によれば、容疑者は素肌にぼろぼろのカバーオールだけをまとい、〝卑猥《ひわい》で刺激的な腰つき〟で年配のご婦人方に身体《からだ》をこすりつけていたという。ウィラードにいわせると、例の引退した州議会議員よりたちが悪いのだった。その元議員は街外れのハイウェイ沿いに停めた車中で、鶏に陰部を噛まれた状態で保安官代理につかまった。近くの農場から五十セントで買ったロードアイランドレッド種の鶏だ。病院に担《かつ》ぎ込まれてやっと鶏をあそこから切り離すことができた。元議員を救急治療室に連れて行くとき、保安官代理はほかの患者あるいは鶏に嚙まれた被害者の体面を慮《おもんぱか》って、自分の制服の上着で鶏を隠した。「その野郎はだれかのお母さんにあんなことをしやがったんだぞ」ウィラードはシャーロットにいった。

「どっちの人？」シャーロットは訊いた。彼女はコンロの前に立って、鍋《なべ》に入れたスパゲティーをかき混ぜていた。

「決まってるだろ、シャーロット。ソーセージの方だ」ウィラードはいった。「そいつの口にソーセージを突っ込んでやればよかったのにな」

「どうかしらね」シャーロットがいった。「動物にいやらしいことをする人よりは悪くないような気がするけど」

ウィラードはアーヴィンに目をやった。床に座って、おもちゃのトラックを前後に走らせている。どこに目を向けても、国が真っ逆さまに奈落《ならく》に転落しつつあるようにしか見えない。二カ月前、彼の母親はヘレン・ラファティの遺体というか、その残骸《ざんがい》が見つかったと手紙を書き送ってきた。コールクリークから数マイル離れた森に埋められていたとのことだった。ウィラードは一週間ほど毎晩その手紙を読んだ。以来、新聞でさまざまな事件が報道されるたび、ウィラードが不安を募らせていることに、シャーロットは気付いていた。ロイとセオドアがヘレン殺しの第一容疑者だが、三年近くも行方知れずで、保安官事務所は、そのふたりも殺害されてどこかに遺棄された可能性を排除できなかった。「まだわかりません。ミラーズバーグで何人も殺した犯人の仕業だったのかもしれません」ヘレンの遺棄現場が、朝鮮人参《にんじん》を探していた二人組に発見されたことを伝えに来たとき、保安官はエマにそういった。「被害者の女性を殺害し、そのあとで男性ふたりをばらばらに切断してあちこちに捨てたのかもしれません。車椅子に乗っていた方なら造作もないし、残りのひとりもたいして機転が利《き》かないのは周知の事実です」

法執行機関が何といおうと、エマはきっとあのふたりが犯人で、まだ生きているから、彼らが牢屋《ろうや》に入るか、墓に入らないうちは、安心できないと思っていた。そして、残された娘をできるかぎり育てるつもりだと手紙に書かれていた。ウィラードは、恥ずかしくないお葬式に役立ててほしいと、エマに百ドルを送った。こうして息子を見守っていると、ウィラードは無性に祈りたくなった。十字架に磔《はりつけ》になった海兵隊員を見つけて以来、何年ものあいだ、祈願も感謝の言葉も神に語りかけていないが、腹の奥底から湧《わ》き上がる欲求を感じた。家族に悪いことが起こる前に、どうしても造物主と和解したかった。しかし、せせこましいアパートメントを見回すと、教会でも無理なのだから、こんなところで神の御心《みこころ》を感じることはできないと思った。存分に祈るなら、森に行く必要がある。「どうしてもここを出たい」ウィラードはシャーロットにいい、新聞をコーヒーテーブルに置いた。

ふたりはヘンリー・デラノ・ダンラップという弁護士から、ひと月三十ドルでミッチェルフラッツの高台の農場付きの家を借りた。ミード・カントリークラブの近くに住み、道楽で不動産を転がしている、傷ひとつないぴかぴかの爪《つめ》の女々しいでぶだ。はじめシャーロットは乗り気でなかったが、荒れ果てて雨漏りのする家を一目で気に入った。井戸から水を汲《く》むことになってもかまわないという。越してきて数週間のうちに、いつかこの家を買いたいというようになっていた。シャーロットの父親は、彼女がまだ五歳のときに結核で死に、母親は彼女が九年生になってまもなく、血液感染で命を落とした。それからずっと、シャーロットは週単位か月単位で借りるゴキブリだらけの陰鬱《いんうつ》なアパートメントで暮らしてきた。まだ生きている家族は姉のフィリスだけだが、フィリスがどこにいるか、シャーロットにはもうわからなかった。六年前のある日、フィリスは新しい帽子をかぶってウッデンスプーンに入ってくると、ふたりで借りていた、ウォールナットストリートに面したクリーニング店の二階にある三部屋のアパートメントの鍵《かぎ》をシャーロットに手渡した。「それじゃ、シャーロット」フィリスはいった。「ここまで育てたんだから、次はわたしの番よ」姉はそういい残して店から出ていった。家を買えば、ついに生まれてはじめて、安定が得られることになる。母親になった今だからこそ、何よりほしいものだ。「アーヴィンにも家《ホーム》といえるところがないといけないものね」シャーロットはウィラードにいった。「わたしにはそれがなかったから」ふたりは頭金を捻出《ねんしゅつ》しようと、毎月三十ドルを必死で貯《た》めた。「焦《あせ》らずにやりましょう」シャーロットはいった。「この家はいつかきっとわたしたちのものになるわ」

しかし、この大家とはどんなことで交渉するのも、一筋縄では行かなかった。弁護士などたいてい腹黒くて心のねじ曲がった連中だとは、よく耳にしていたが、ヘンリー・ダンラップはその面では超一流だった。ウィラードとシャーロットが家の購入を考えていることを知ると、ある月に値を上げ、翌月に下げてみたり、気が変わったから、そもそも売らないかもしれないとにおわせてみたり、駆け引きをしかけてくるのだった。また、ウィラードが事務所に家賃を払いに行くと、ヘンリーはウィラードが精肉工場で汗水たらして稼いだそのカネをどんなことに使うか、事細かに教えたがった。どういう理由があるのかは知らないが、この金持ちの男は、丸めてくしゃくしゃになった三十枚のドル札など自分にとってははした金だと、貧しいウィラードに何としてもわからせたいらしい。赤黒い唇をゆがめてウィラードに笑みを見せると、日曜の晩餐《ばんさん》用に厚めの肉か、息子のテニスクラブの友だちにアイスクリームを買っておしまいだといい放つのだった。何年かすぎても、ヘンリーは飽きもせず店子《たなこ》を嘲笑《ちょうしょう》し続けていた。毎月ちがうネタで侮辱してきて、そのたびにそのでぶのケツを蹴《け》りたくなる理由もひとつ増えた。ウィラードが思いとどまっているのは、シャーロットのことを思うからにほかならなかった。キッチンテーブルでコーヒーを飲みながら、ウィラードが立ち退《の》きだといわれずに帰ってくるのを待っているシャーロットの姿を。彼女が口を酸《す》っぱくしていうように、あのうぬぼれ屋のいうことなどまったく関係ないのだ。金持ち連中は自分が持っているものを人がほしがるものだと思っているが、それはちがう。とにかく、ウィラードについていえば、絶対にちがう。大きなオーク材のデスクを挟んでヘンリーの向かいに座っているとき、ウィラードは森にこしらえた祈りの木のこと、家に帰り、夕食を食べ、その前に行ったときに感じる安らぎと静けさのことを考えた。月に一度の事務所詣《もう》でのあと、祈りの木の前でいつも唱える祈りの言葉を、頭の中で練習することもあった。「神よ、ヘンリー・ダンラップの太い首を絞めたい気持ちをこらえる力をくださり、ありがとうございます。あのくそ野郎にこの世で食いたいものをすべて食わせてください。ただ、正直に申し上げて、主よ、いつかあの男が喉《のど》を詰まらせるところを、ぜひとも見てみたいです」

ウィラードが知らなかったのは、ヘンリー・ダンラップが恥ずべき意気地なしの人生を歩んできたことを隠すために、尊大な口ぶりを使っていたということだった。一九四三年、ロースクールを出たばかりで結婚したはいいが、初夜からほどなくして、妻エディスが見知らぬ男を食いまくっていることに気付いた。彼女はヘンリーに隠れて何年も浮気し続けていた――新聞配達の少年、自動車の整備士、セールスマン、牛乳配達の男、友人、クライアント、かつての弁護士事務所のパートナー――リストはどこまでも続く。ヘンリーは我慢し、受け入れようとさえしていたが、しばらく前のことだが、いくら何でもそこまで落ちぶれることはないだろうと思い、エディスが寝ていた白人のティーンエイジャーの代わりに、黒人の男を雇って芝の手入れをさせることにした。だが、それから一週間も経《た》っていないころ、ヘンリーが真っ昼間にいきなり家に戻ってくると、エディスがリビングルームのカウチに手足を突いて、尻を突き出し、のっぽでがりがりの黒人の庭師がこれでもかと腰を振っていた。エディスはヘンリーが聞いたこともないような声を上げていた。数分ばかり見物したあと、ヘンリーはそっと出て行き、事務所に戻り、スコッチを一本あけ、その情景を脳裏に何度も再現した。机から銀メッキのデリンジャーを取り出し、長いあいだじっと見つめていたが、やがて引き出しに戻した。まずはこの問題を解決するほかの手だてを考えないといけないと思った。その男の脳みそをぶちまけずに済むなら、それに越したことはない。ミードで十五年近くも弁護士をしてきたから、数百ドルも出せばエディスを始末してくれそうな連中を知っているオハイオ州南部の知人も数人いるが、信頼できそうな人はひとりもいない。「今は急《せ》くな、ヘンリー」彼は自分にいい聞かせた。「急いたら人はしくじる」

二日後、ヘンリーは庭師の黒人をフルタイムで雇い、そのうえ時給を二十五セント上げた。そして、エディスが新車のキャデラックを車道《ドライブウェイ》に停めたとき、やらせたい仕事をいいつけていた。ヘンリーと庭師は庭に立ち、エディスが買い物の袋を抱えて車を降り、家に入るのを見ていた。ぴったりした黒いスラックスと、大きくて垂れ下がっている胸を見せつけるようなピンクのセーターという格好だった。庭師が平べったいあばた顔をにやつかせて、ヘンリーを見ていた。すぐさま、ヘンリーも笑みを返した。

「まぬけもいいところだ」ヘンリーはゴルフ仲間に答えた。ディック・テイラーにまたノッケムスティッフの店子のことを訊かれたのだ。ミード近辺に住むほかの金持ちにとって、自慢していて墓穴を掘る話を聞く以外、ヘンリーにたいした用はなかった。ヘンリーはカントリークラブ一のお笑い草だ。ほかの会員はみんなヘンリーの奥方と一度はやっていた。エディスがプールで泳ごうものなら、嫉妬《しっと》に狂っただれかの奥方に目玉をくりぬかれかねない。風の噂では、今度は黒人に夢中だという。エディスとダンラップはじきにホワイトヘブンに引っ越すだろうという冗談も飛んでいた。白人天国《ホワイトヘブン》というのは、ミード西部の黒人街だ。「まちがいない」ヘンリーは続けた。「あれだけ仲むつまじいとなると、あいつは実の妹と結婚したんだと思う。だが、それにしても、あのかみさんは一目見たほうがいい。ちょっと手入れしてやったら、ぜんぜん悪くない。家賃の払いが遅れたりしたら、体で払ってもらってもいい」

「どんなことをするつもりだ？」エリオット・スミットが訊き、ディック・テイラーに目配せした。

「そうだな、あのおいしそうな女を四つんばいにして……」

「ハッ！」バーニー・ヒルがいった。「このひひおやじめ、もうその女の股《また》をぱっくりひらいたんだろ」

ヘンリーはバッグから一本のクラブを選んだ。ため息をつき、うっとりしたまなざしでフェアウェイを見て、胸に片手を置く。「諸君、私はだれにもいわないと彼女に約束したのだ」

その後、クラブハウスに戻ると、カーター・オックスリーという男が、バーにいた汗だくの太った弁護士の前に歩み寄り、こういった。「あの女についての言動には気をつけたほうがいい」

ヘンリーは振り向き、眉《まゆ》をひそめた。オックスリーはミード・カントリークラブに新しく入会した男で、製紙工場のナンバー2にまで登り詰めたエンジニアだった。バーニー・ヒルが連れてきて、ヘンリーたち四人組と一緒に回っていた。ラウンド中はほとんど口をひらかなかった。「女って?」ヘンリーはいった。

「コースにいたとき、ウィラード・ラッセルという男の話をしていたよな?」

「ああ、そいつはラッセルって名前だ。それで?」

「なあ、おれには関係のないことだが、そいつは去年の秋、かみさんを虚仮《こけ》にした男を素手で半殺しにしているぞ。やられた男はまだ体が元に戻らず、ずっと家にいて、コーヒー缶を首から下げてよだれを受け止めている。よく考えたほうがいい」

「私がいったのと、本当に同じやつか? 私が知っているのは、何をいわれても黙ってるぞ」

オックスリーは肩をすくめた。「無口な男なのかもしれない。そういうやつには気をつけろよ」

「どうしてそんなことを知っているんだ？」

「ノッケムスティッフに土地を持っているのは、あんただけじゃないさ」

ヘンリーはポケットから金ぴかの煙草《たばこ》入れを取り出し、新入り会員に一本勧めた。

「その男について、ほかに何か知らないか？」彼は訊《き》いた。その日の朝、エディスは庭師にピックアップトラックを買ってやってはどうかといってきた。彼女はキッチンの窓際でふわふわのペーストリーを食べていた。チョコレート・アイシングのトッピングがついているのに、ヘンリーは気付いた。ぴったりじゃないか、と思った。くされ売女《ばいた》め。だが、太ってきていることにも気付いて、いい気味だと思った。じきに尻《しり》の幅は斧《おの》の柄ぐらいになる。芝刈りのくそ野郎には好きなだけ突かせてやるさ。「新車じゃなくていいと思う」エディスはいった。「あちこち移動できればいいだけだから。ウィリーの足はとても大きくて、毎日歩いてここに通うのはたいへんなのよ」エディスは袋に手を入れて、もうひとつペーストリーを取り出した。「すごいのよ、ヘンリー、彼の足はあなたの足ふたつ分ぐらい大きいんだから」

5

その年の年初から、シャーロットのおなかが痛み出した。ただの下痢、それか消化不良だと自分にいい続けた。母親も胃《い》潰瘍《かいよう》でとても苦しんだ。亡《な》くなる前の数年のあいだ、母親が何もつけないトーストとライスプディングしか食べなかったことを覚えている。脂《あぶら》と胡椒《こしょう》を控えたが、変わりないように感じられた。すると、四月になって、ときどき下血するようになった。アーヴィンとウィラードが外出すると、何時間かベッドで横になった。横向きで体を丸めてじっとしていると、激しい腹痛もだいぶ和らいだ。医療費が心配だった。家を買うために貯めてきたお金がぜんぶなくなってしまうのではないかと思って、この痛みのことはだれにもいわず、どんな原因なのかは知らないけれど、そのうち痛みは消えて、勝手に治るだろうと、愚かにも期待していた。何といってもまだ三十歳だし、これだけ若ければ大事《おおごと》になるはずがない。しかし、五月半ばには、ぽたぽたと落ちてくるような下血が、ちょろちょろと途切れなく流れるようになり、痛みを少しでも和らげようと、ウィラードがキッチンのシンク下に置いているガロン瓶のオールドクロウからこっそりもらって飲むようになった。月末に近い、学校が夏休みに入る直前、アーヴィンがキッチンの床で、色の薄い血だまりの中で気絶しているシャーロットを見つけた。オーブンの中で皿に載ったスコーンが焦《こ》げていた。電話はなかったので、アーヴィンは母親の頭を枕に載せ、できるかぎり血を拭《ふ》き取った。床のシャーロットのそばに座り、浅い息に耳を澄まし、止まらないように祈った。夜、父が仕事から帰宅したときも、シャーロットはまだ意識を失ったままだった。検査結果が出たあとで、医者がウィラードに伝えたとおり、もう手遅れだった。いつもどこかでだれかが死んでいく。一九五八年、アーヴィン・ユージン・ラッセル十歳の夏は、母親の番だった。

二週間入院していたとき、シャーロットはベッドで体を起こし、ウィラードにいった。「夢を見たような気がするの」

「いい夢だったか？」

「ええ」彼女はいった。手を伸ばして夫の手を軽く握った。隣の女性患者のベッドとの仕切りになっている白い布に目を向けたあと、声を落としていった。「おかしな話なのはわかるけど、家に帰って、しばらくあの家がわたしたちのものになった気分に浸りたいの」

「どうやってそんな気分に浸るつもりだ？」

「こんなものを体につけているんだから」シャーロットがいった。「みんなわたしがシバの女王だとわかるし、わたしは何が何だかわからないもの。それに、先生がいったこと、聞こえたでしょ。残りの時間をこんなところですごすのは絶対にいや」

「そういう夢だったのか？」

シャーロットは戸惑いのまなざしを向けた。「夢って何？」彼女がいった。

二時間後、ふたりは車に乗り、病院の駐車場から出ようとしていた。家に向かってルート50を走っていたとき、ウィラードは店に立ち寄ってミルクシェークを買ってやったが、シャーロットは飲み込めなかった。ウィラードはシャーロットを奥のベッドルームに運び、楽な姿勢にして、少しモルヒネを与えた。シャーロットの目がうつろになり、一、二分で眠りについた。「おまえは母さんのそばについていろ」ウィラードはアーヴィンにいった。「すぐに戻る」彼はひんやりした風を顔に受けながら、野原を突っ切った。祈りの木の前でひざまずき、夜の森のかすかな、安らかな音に耳を澄ました。十字架からじっと目を離さず、数時間がすぎた。思いつくかぎりあらゆる角度から、自分たちの不運を見つめ、抜け出す術《すべ》を探ったが、どれも同じ結論に達した。医者にいわせると、シャーロットの病状は手の施しようがない。あと五週間、せいぜい六週間の命だといっていた。もう手の施しようがない。こうなったら自分と神しだいだ。

家に戻ったころには、暗くなりかけていた。シャーロットはまだ眠っていて、アーヴィンはベッド脇《わき》の背もたれがまっすぐな椅子《いす》に座っている。泣いていたらしい。

「目を覚ましたか？」ウィラードは声を抑えて訊いた。

「うん」アーヴィンがいった。「でも、父さん、母さんはどうしてぼくがだれかわからないの？」

「母さんに出してもらった薬のせいだ。何日かしたら、よくなるさ」

息子はシャーロットを見た。ほんの二カ月前、母親はアーヴィンの知るかぎりでいちばんかわいい女性だったが、今はかわいいところがあらかたなくなってしまった。よくなるころにはどうなっているのだろうと思った。

「何か食おう」ウィラードはいった。

彼は自分とアーヴィンに卵サンドをつくり、シャーロットのために缶のスープを温めた。シャーロットがスープを戻すと、ウィラードは汚れたものを片づけ、シャーロットを抱きしめて、伝わる小刻みな鼓動を感じた。明かりを消して、ベッド脇の椅子に座った。夜いつの間にかうとうとしていたが、ミラー・ジョーンズの夢を見て、汗びっしょりで目が覚めた。生皮をはがれ、ヤシの木に磔になったまま、心臓が脈打ち続けていた光景がよみがえった。目覚まし時計を顔に寄せてみると、朝四時近くだとわかった。もう眠れなくなった。

　数時間後、残っていたウイスキーをすべて庭に捨て、小屋に行っていくつか道具を取った。斧、熊手《くまで》、大鎌《おおがま》。それから日が暮れるまで、祈りの木の周りの更地を広げ、茨《いばら》や低木を取り除き、地面を平らに均《なら》した。翌日、小屋の板を引きはがし、アーヴィンの手を借りて祈りの木まで運んだ。日が暮れても作業を続け、更地を取り囲むように、さらに八つの十字架を建てた。どれも最初の十字架と同じ高さだった。「医者の連中は母さんの役には立たない」暗いなか家に戻っているとき、ウィラードがアーヴインにいった。「だが、おれはがんばればまだ救えると思っている」

「死んじゃうの？」アーヴィンはいった。

　ウィラードは少し考えてから答えた。「正しくお願いすれば、主はどんなことも聞き入れてくださる」

「どうすればいいの？」

「朝になったらすぐに教えてやる。簡単なことではないが、それしか手はない」

ウィラードは妻の具合が悪いという理由で欠勤の許可を取り、すぐによくなると付け加えた。アーヴィンとふたりで、毎日何時間も祈りの木の前で祈った。森に向かって野原を歩きはじめるたび、ウィラードは繰り返し、自分たちの声を何としても天に届けないといけないが、それにはとことん真剣に願いを伝えるしかないのだと訴えた。シャーロットが弱っていくにつれ、祈りの声は大きくなり、丘の斜面を下り、谷間全体に響いた。ノッケムスティッフの人々は、ふたりが嘆願する声で毎朝目覚め、毎晩寝ることになった。ときどき、シャーロットの体調がとりわけひどくなると、ウィラードは母によくなってほしくないのかといって息子を責めた。息子を殴り、蹴り、その後、そんなことをした自分を責めるのだった。アーヴィンには、父が毎日謝っているように感じられることもあった。やがて彼は気にするのをやめ、殴打《おうだ》や辛辣《しんらつ》な言葉、その後の悔いる言葉を自分たちが送っている日常の一部として受け入れた。夜、声が嗄《か》れるまで祈り続け、へとへとになって家に戻り、キッチンカウンターのつるべで生ぬるい水を飲み、疲れ切ってベッドに倒れ込む。朝になると、また繰り返し。しかし、シャーロットはますますやせ細り、死に近づいていった。モルヒネによるまどろみから覚めるたびに、ウィラードにこんなばかなことはやめて、静かに逝《ゆ》かせてと頼んだ。

しかし、ウィラードにはあきらめるつもりなどなかった。すべてを捧《ささ》げなければいけないなら、捧げるまでだ。今にも神の精霊が舞い降りて、シャーロットを癒《いや》すような気がする。そして、七月の第二週が終わり、シャーロットがすでに医者の宣告を越えて生きているという事実にわずかに安堵《あんど》した。

八月の第一週に入ると、シャーロットはほとんど朦朧《もうろう》としていた。あるうだるように暑い夜、ウィラードが濡れタオルで妻の頭を冷やしているとき、ひょっとして祈りと誠意だけでは足りないのではないかとふと思った。翌日の午後、街の家畜飼育場で買った子羊をピックアップの荷台に乗せて帰宅した。脚が悪くて、五ドルで買えた。アーヴィンはポーチから飛び降りて、庭に駆け出していった。「名前を付けてもい？」父がトラックを小屋の前に停めたとき、アーヴィンは訊いた。

「ばかをいえ、これはくされペットではない」ウィラードは声を荒らげた。「家に戻って母さんについてろ」ウィラードはトラックをバックで小屋に入れて降りると、急いで子羊の後ろ脚をロープで縛り、干し草置き場を支える木の梁《はり》に取り付けた滑車で逆さ吊《づ》りにした。彼はトラックを数フィート（一フィートは約三十センチメートル）前進させた。そして、恐怖に打ち震える子羊を、あと数フィートで鼻先が地面に着くまで下ろした。ウィラードは肉切り包丁で子羊の喉を掻《か》き切り、五ガロンの飼《か》い葉桶《ばおけ》で血を受けた。束ねた藁《わら》に座り、傷口の血が止まるまで待った。その後、桶を祈りの木まで運び、捧げ物の血を丁寧に十字架にかけた。その夜、アーヴィンが寝たあと、ウィラードは毛皮をまとった死骸を野原の端に運び、峡谷に投げ入れた。

やがて、ウィラードは車にはねられて死んだ動物を拾ってくるようになった。犬、猫、アライグマ、オポッサム、マーモット、鹿《しか》。硬直がひどかったり、傷《いた》みがひどかったりして血が出ない死骸は、十字架やその周囲の木の枝から吊り下げた。死骸は熱と湿気ですぐに腐敗した。あまりの異臭にアーヴィンもウィラードも嘔吐《おうと》をこらえながら、ひざまずき、救世主の慈悲に大声ですがった。白い脂肪がのたくりながら垂れてくるように、蛆虫《うじむし》が木々や十字架から滴《したた》り落ちた。祈りの木の周囲の地面は、血でずっとぬかるんでいる。そのあたりに群がる虫の数が、日に日に増えていく。ふたりとも体中を蠅《はえ》や蚊や蚤《のみ》に刺されていた。八月だというのに、アーヴィンは長袖のフランネルシャツを着て、作業手袋をはめ、ハンカチで顔を覆《おお》っていた。父子《おやこ》とも風呂《ふろ》には入らなくなっていた。モードの店で買ったランチョンミートとクラッカーだけで食いつないでいた。ウィラードの目は険しく、狂気じみ、アーヴィンには、父親のごわついたあごひげが一夜にして真っ白くなったように感じられた。

「これが死だ」ある夜、腐敗して悪臭を放ち、血にまみれた祈りの木の前にアーヴィンとふたりでひざまずいていたとき、ウィラードが重苦しい口調でいった。「母さんもこうなってほしいか？」

「いいえ」アーヴィンはいった。

ウィラードは祈りの木のてっぺんを拳《こぶし》で叩《たた》いた。「それなら祈れ、ばか野郎！」

アーヴィンは顔を覆っていた汚れたハンカチを外し、腐臭を目一杯吸い込んだ。それ以来、汚物、果てしない祈り、無駄に流された血、腐った死骸を遠ざけたい気持ちを消し去った。しかし、そうまでしても、母親は衰弱し続けた。あらゆるものから死のにおいが漂っていた。母親が寝ている部屋に通じる廊下にまで広がっていた。ウィラードはその部屋のドアに鍵をかけるようになり、アーヴィンにシャーロットを起こさないよう指示した。「母さんには休息が必要だ」ウィラードはいった。

6

　ヘンリー・ダンラップが事務所から出ようとしていると、ウィラードがやってきた。家賃の支払い期日を一週間以上すぎていた。この数週間、ヘンリーは真っ昼間にしばらく家を空け、妻が黒人の愛人と激しいプレイに興じるさまを眺めるようになっていた。精神が病んでいる兆候かもしれないとは思ったが、やめられなかった。だが、どうにかしてエディス殺しの罪を黒人になすりつけられないものか、とも思っていた。あの野郎は白人の雇い主の妻と寝ているのだから、それくらいされて当然だ。このころ、足が橇《そり》並みにでかい庭師のウィリーは、ヘンリー秘蔵の輸入物のコニャックとフランス製アフターシェイブの香りを漂わせて仕事に来るなど、身のほど知らずな態度を取るようになっていた。芝生はひどいありさまだった。たかだか庭の芝刈りのために、わざわざ去勢されたやつを雇わないといけないらしい。エディスはそんなやつに車を買えとしつこくせがんでいる。

「どうしたんだ、おい、あまり調子がよさそうじゃないが」秘書がウィラードを通したとき、ヘンリーはいった。

ウィラードは財布を出し、三十ドルを机に置いた。「それをいうなら、あんたもな」

「まあ、近ごろはいろいろと考えないといけないことがあるからな」弁護士がいった。

「かけてくれ。とりあえず座ってくれ」

「今日はあんたの戯言《たわごと》など聞きたくない」ウィラードはいった。「領収書だけもらおう」

「まあ、そういうなよ」ヘンリーはいった。「一杯飲もう。飲みたそうな面《つら》をしてるぞ」

聞きちがいではないかと、ウィラードは立ったまましばらくヘンリーを見ていた。六年前に賃貸契約を結んでから、この弁護士が一杯やらないかと勧めてきたのも、多少の礼儀をわきまえて振る舞うのもはじめてだった。家賃の支払いが遅れて怒鳴りつけられる覚悟で入ってきた。口がすぎるようなら、今日こそぶちのめしてやろうと腹を決めてきた。ウィラードは壁の時計に目をやった。シャーロットの薬を調合してもらわないといけないが、薬屋は六時まであいている。「ああ、飲みたい気分だ」ウィラードはいった。弁護士の柔らかい革張りの椅子の向かいにあった木の椅子に腰を下ろした。ヘンリーは戸棚からグラスふたつとスコッチ一本を取ってきた。そして、酒を注ぎ、店子にひとつ手渡した。

自分の酒をひとくち飲むと、弁護士は椅子に背をもたせかけ、ウィラードの前の机上に置かれたカネを見つめた。妻に関する心配のせいで、胃がむかついている。ウィラードがどこかの男を半殺しにしたとゴルフ仲間にいわれたことを、この数週間ずっと考えてきた。「まだあの家を買う気はあるか？」ヘンリーは訊いた。

「もうそんなカネを工面するあてはない」ウィラードはいった。「妻が病気だから」

「とても残念だ」弁護士がいった。「いや、奥さんのことだが。どんな具合だ？」ヘンリーはウィラードの方にボトルを押した。「どうぞ、自分で注いでくれ」

ウィラードはボトルからツーフィンガー分を注いだ。「癌《がん》だ」彼はいった。

「母も肺癌で亡くした」ヘンリーはいった。「もっとも、だいぶ前のことだ。当時から治療法もずいぶん進んでいるだろう」

「領収書をくれ」ウィラードはいった。

「あの家には四十エーカー（約十六ヘクタール）近くの土地まで付いている」ヘンリーはいった。

「さっきもいったが、今はカネが工面できない」

弁護士が椅子を回し、ウィラードから向きを変えて壁に向き合った。隅で左右に首を振り、生暖かい空気を部屋に循環させている扇風機の音だけが聞こえていた。弁護士がまた酒を注いだ。「しばらく前、妻が浮気していることに気付いた」彼はいった。「それからというもの、自分がくずになったような気がしている」妻を寝取られたことを田舎者に打ち明けるのは、思ったよりきつかった。

ウィラードはこの太った男の横顔をまじまじと観察した。一筋の汗が額を伝い、団子っ鼻の先からワイシャツに滴るさまを見た。この弁護士の話を聞いても、意外ではなかった。なにしろ、まともな女はこんな男と結婚するわけがない。一台の車が路地を通りかかった。ウィラードはボトルを手に取り、グラスを満たした。シャツのポケットに手を入れ、煙草を取り出した。「そうか、それはつらいな」彼はいった。ダンラップの夫婦問題などどうでもよかったが、シャーロットを家に連れ帰ってから、ほとんど酒を飲んでいないし、おまけに、この弁護士のウイスキーは一級品だ。

弁護士がグラスに目を落とした。「この際、離婚したほうがいいのだが、くそ、妻が寝ている男の肌は真っ黒ときた」彼はいった。そして、ウィラードに目を向けた。「頼む、街の連中には知られたくない」

「それなら、そいつのケツを蹴り飛ばしてやればいいんじゃないのか？」ウィラードは進言した。「シャベルで頭をぶっ叩けば、あんたの気持ちも伝わるだろう」まったく、とウィラードは思った。金持ちというやつは、順調に進んでいるうちはよろしくやるくせに、つまずいたら最後、雨中に放置された紙人形みたいにぼろぼろに崩れる。

ダンラップが首を振った。「無駄だ。あの女はすぐに別の男を見つける」彼がいった。「私の妻は売女だ。これまでずっとそうだった」弁護士が机に置いてあったケースから煙草を一本取り、火をつけた。「まあいいさ、そんな話は終わりだ」そういうと、天井に向かって煙を吐き出した。「あの家の話だ。ずっと考えてきた。あの家を丸々《フリー・アンド・クリア》自分のものにできる方法があるといったらどうする？」

「ただ《フリー》のものなどない」ウィラードはいった。

弁護士がかすかに笑みを漏らした。「たぶん、ある意味ではそうなんだろうな。だが、それでも、その気はないのか？」彼はグラスを机に置いた。

「何をいいたいのかよくわからない」

「まあ、私もよくわからないのだが」ダンラップはいった。「来週この事務所に来てくれたら、その話ができるかもしれない。そのときまでには整理できているだろう」

ダンラップはウィラードが机に置いた現金を指さした。「そいつは持っていけ」彼はいった。「入り用のようだしな」

「いや」ウィラードはいった。「それはあんたのだ。ただ、領収書はもらう」

彼らは祈り続け、祈りの木に血を注ぎ、よじれ、つぶれて路上に転がっている動物を吊るし続けた。その間ずっと、ウィラードは太った大家との話を思い起こしていた。百回も頭の中で巻き戻し、おそらくダンラップはその黒人か妻か、あるいはふたりともを彼に殺させたいのだろうと思った。この土地付きの家を譲渡するほどの条件は、ほかにはただのひとつも考えられない。しかしまた、ダンラップはどうして彼がそんなことをすると思ったのだろうか、とも考えずにはいられなかった。ウィラードには、あの弁護士が彼をまぬけだと思っていて、だまそうとしているとしか思えなかった。人など殺す前に、ダンラップを必ず刑務所に送り込んでやる。ダンラップと話したあと、ほんの一瞬だけ、シャーロットの夢を実現できるかもしれないと思った。だが、この家を手に入れるのは逆立ちしても無理だ。今はよくわかる。

八月半ばのある日、シャーロットは持ち直したように見えた。キャンベルのトマトスープをボウルひとつ分飲み、戻すこともなかった。その夜、ポーチに座り、何週間かぶりで新鮮な外気に当たった。アーヴィンがコンロでポップコーンをつくっているあいだ、ウィラードは風呂に入り、ひげを整え、髪を櫛《くし》で梳《と》かした。西からそよ風が入り込み、あたりを少し冷やした。三人は冷えたセブンアップを飲み、星々がゆっくり空を横切るさまを見た。アーヴィンは母の揺り椅子の横に座っていた。「たいへんな夏だったわね、アーヴィン？」シャーロットはいい、骨張った指で息子の黒髪を梳いた。とてもやさしくて、思いやりのある子だ。自分がいなくなったら、ウィラードもそれに気付いてほしい。その話もしないといけないと思い出した。薬のせいで物忘れがひどかった。

「でも、体の具合はよくなってるよね」アーヴィンがいった。そして、ポップコーンをひとつかみ、口に入れた。アーヴィンは何週間も温かい食事を食べていなかった。

「ええ、今のところはとても調子がいい」シャーロットはいい、息子に微笑《ほほえ》んだ。

深夜零時ごろ、ついにシャーロットが揺り椅子で眠ってしまい、ウィラードは彼女をベッドに運んだ。しかし、癌にまた肉体をむしばまれ、シャーロットは目覚めてのたうち回った。ウィラードは夜が明けるまでそばにいた。激痛の波が押し寄せるたびに、シャーロットの長い爪がウィラードの手の肉に深く食い込んだ。それまででいちばんひどい発作だった。「心配するな」ウィラードは妻に声をかけ続けた。「すぐによくなる」

翌朝、ウィラードは数時間かけて田舎道を回り、生贄《いけにえ》はないかとどぶを探したが、空振りに終わった。午後、家畜飼育場へ行き、しかたなくまた子羊を買った。しかし、ウィラードも認めないわけにはいかなかったが、ご利益《りやく》はないような気がした。市街地を出るときには、すでに機嫌が悪くなっていた。ダンラップの事務所前に差しかかった。まだあのくそ野郎のことが頭にあったので、急ブレーキを踏み、ウエスタン・アベニューの路肩にトラックを停めた。ほかの車がクラクションを鳴らしたが、ウィラードには聞こえなかった。まだ試していないことがひとつあった。それまで考えなかったことが信じられなかった。

「あきらめようかと思っていたところだ」ダンラップがいった。

「忙しくて」ウィラードはいった。「なあ、まだ話をする気があるなら、今夜十時にあんたの事務所で会うというのはどうだ?」ウィラードはウォーター・ストリートにあるダスティーズ・バーの電話ボックスに立っていた。弁護士の事務所からほんの二街区《ブロック》離れたところだ。壁掛け時計では、五時近くだった。ウィラードはシャーロットの部屋にいるようアーヴィンにいいつけ、帰りが遅くなるかもしれないと伝えた。そして、シャーロットのベッドの足下の床に、アーヴィン用の簡単な寝床をこしらえていた。

「十時か?」弁護士がいった。

「早くても到着はそれくらいの時間になる」ウィラードはいった。「あんたしだいだ」

「わかった」弁護士がいった。「十時に会おう」

ウィラードはバーテンダーからパイント瓶のウイスキーを一本買い、ラジオを聞きながらドライブした。閉店間際のウッデンスプーンの前を通りかかったとき、痩《や》せこけたティーンエイジの少女が年配のがに股のコックと一緒にドアから出てくるのが見えた。シャーロットが給仕していたときにもいたコックだ。たぶん今でもくそまずいミートローフしかつくれないのだろう、とウィラードは思った。彼はガソリンスタンドに寄って給油し、街の反対側に位置するテカムセラウンジに行った。カウンター席に座り、ビールを二杯ばかり飲み、分厚い眼鏡をかけ、薄汚い黄色いヘルメットをかぶった男がビリヤードで四ゲーム続けてボールを取り切るのを見た。砂利を敷いた駐車場に出ると、製紙工場の巨大煙突のうしろに日が隠れようとしていた。

九時半、ウィラードは、弁護士の事務所から一街区《ブロック》東のセカンド・ストリートに停めたトラックに乗っていた。数分後、ダンラップが古い煉瓦《れんが》造りのビルの表に車を停め、中にはいっていくさまを確認した。ウィラードは裏の路地に回り、ビルの敷地にバックで入った。トラックを降りる前に、気を落ち着けようと何度か深呼吸をした。座席のうしろに手を伸ばし、金槌《かなづち》を取り、柄の部分をズボンに入れ、さらにシャツで隠した。路地に出て左右を見てから裏口に行き、ノックした。一分ほどして弁護士がドアをあけた。皺々《しわしわ》の青いシャツとだぼだぼのねずみ色のスラックスをはき、赤いサスペンダーで吊っていた。「そうやって裏口にやって来るとは、気が利くな」ダンラップがいった。手にウイスキーの入ったグラスを持っていて、血走った目から、すでに何杯か飲んでいるのがわかる。自分の机に向かって歩きかけたとき、少しよろめき、おならをした。「失礼」ダンラップがいった。その直後、ウィラードはダンラップのこめかみを打ち据えた。吐き気を誘う乾いた音が部屋に満ちた。ダンラップは音もなく前のめりに倒れ、本棚を倒した。もっていたグラスが床に落ちて砕けた。ウィラードはかがんでダンラップの体をのぞき、また金槌で殴った。死んだことを確認したあと、壁に寄りかかり、しばらくじっと耳を澄ました。一台の車が表の通りを走っていき、その後は何も聞こえなかった。

　ウィラードは尻ポケットに入れておいた作業用の手袋をはめ、弁護士の重い体をドアまで引きずった。本棚を立て直し、割れたグラスを拾い、弁護士の椅子の背もたれにかけてあったスポーツジャケットでこぼれたウイスキーを拭いた。弁護士のスラックスのポケットを探り、鍵束と二百ドルの入った財布を見つけた。カネを机の引き出しに入れ、鍵を自分のオーバーオールのポケットに入れた。

ウィラードは事務所のドアをあけ、狭い受付室に入り、正面出入り口の鍵がかかっていることを確認した。トイレに行き、ダンラップのジャケットに水をかけ、床についていた血を拭きに戻った。意外にも、血はそれほどついていなかった。スポーツジャケットを死体の上に放ったあと、机の前の椅子に座った。自分の名前が記してあるものはないかと探したが、何も見つからなかった。机の上にあったボトルからスコッチをぐいと飲み、キャップをして、別の引き出しに入れた。机の上には、金色のフレームに収められた、ぽっちゃりしたティーンエイジの少年の写真があった。テニスラケットを持っていて、ダンラップとそっくりだった。妻の写真はなくなっていた。

ウィラードは事務所の明かりを消し、路地に出て、ジャケットと金槌をトラックの前部席に置いた。その後、リヤゲートを下ろし、エンジンをかけると、バックであいた戸口に近づけた。弁護士をトラックの荷台に乗せ、ビニールシートをかぶせ、端をブロックで押さえるのに、ほんの一分しかかからなかった。ウィラードはトラックのクラッチを踏み、そろそろと数フィートだけ走らせ、その後、降りて、事務所のドアを閉めた。ルート50を走っているとき、スレートミルズのだれもいない店の駐車場に停めた保安官のパトロールカーのそばを通った。バックミラーをのぞき、イルミネーションを施されたテキサコの看板が見えなくなるまで息を殺していた。ショッツブリッジで車を停め、金槌をペイントクリークに投げ捨てた。午前三時には終わるところだった。

翌朝、ウィラードとアーヴィンが祈りの木に行くと、新しい血が異臭を放つ土にまだ滴り落ちていた。「きのうはこんなの、ここになかったよ」アーヴィンがいった。

「ゆうべマーモットを轢《ひ》いたのさ」ウィラードはいった。「家に帰ってから、さっそく血抜きした」

「マーモット？　すごい、そいつはそうとう大きかったんだろうね」

ウィラードはにやりとして、ひざまずいた。「ああ、たしかに。でっぷり太った野郎だった」

7

弁護士を生贄に差し出したものの、二週間ほどすると、シャーロットの骨があちこちで折れはじめた。ぽきんと吐き気を誘発する小さな音がすると、彼女が絶叫し、腕をかきむしった。ウィラードに体を動かされるたびに、激痛を感じて気絶した。尻の床ずれが化《か》膿《のう》し、皿ぐらいの大きさになっていた。シャーロットの部屋には、祈りの木の前と同じくらいひどい悪臭が充満していた。一カ月も雨が降らず、熱波が和らぐこともなかった。ウィラードは家畜飼育場でまた何度か子羊を買い、バケツに溜《た》めた血を祈りの木の周りにかけ、そこのぬかるみを踏むと靴がすっぽり沈んだ。ある朝、ウィラードが家を空けていたあいだ、腹を空《す》かせた柔らかい白い毛の野良《のら》犬《いぬ》が、足を引きずり、尾をうしろ脚のあいだに垂らし、おずおずとポーチに近づいてきた。ウィラードが帰宅するまでに、アーヴィンは冷蔵庫の残り物を少し与え、ジャックという名前をつけ、お座りまで教えていた。ウィラードは無言で家に入り、ライフルを持って出てきた。アーヴィンを犬から無理やり離し、息子がやめてと哀願するのもかまわず、犬の眉間《みけん》を撃ち抜いた。そして、死骸《しがい》を森に引きずっていき、十字架のひとつに釘《くぎ》で打ち付けた。それ以来、アーヴィンはウィラードと口をきかなくなった。ウィラードが車で生贄を探すあいだ、アーヴィンは母親のうめき声をじっと聞いていた。もうすぐ学校がはじまるが、夏のあいだ一度も丘を下りることはなかった。母親に死んでほしいと思った。

　数日後の夜、ウィラードがアーヴィンのベッドルームに慌《あわ》てて来て、アーヴィンを揺すって起こした。「今すぐ祈りの木に行け」ウィラードはいった。息子は体を起こし、戸惑った様子であたりを見回した。廊下のライトがついている。廊下を隔てた向かいにある母の部屋から、荒い息づかいや、あえぎ声が廊下に響いていた。ウィラードはまたアーヴィンを揺すった。「おれが呼びに行くまで絶対に祈りをやめるな。主に声を届けろ、わかったな？」アーヴィンは急いで着替え、野原の道を走りはじめた。死んでほしいと思ったことを思い出した。自分の母親なのに。アーヴィンはさらに速く走った。

　午前三時になると、喉が火膨れしたかのようにひりひりしていた。父親が一度来て、アーヴィンの頭からバケツの水をかけ、祈り続けるよう懇願した。だが、主の慈悲を求めて声を上げ続けながらも、アーヴィンは何も感じられず、恩寵《おんちょう》もなかった。丘のふもとのノッケムスティッフの住民の中には、この暑さにもかかわらず窓を閉め切ったり、朝まで明かりをつけ続け、自分で祈りを捧げる者もいた。スヌーク・ハスキンズの妹のアグネスは椅子に座り、いつもの痛ましい声を聞きながら、これまで弔ってきた幻の夫たちのことを思い出していた。アーヴィンは死んだ犬を見上げた。犬のうつろな目が暗い森の少し離れたところから見つめ返している。その腹は膨れて今にも破裂しそうだった。「ぼくの声が聞こえるか、ジャック？」アーヴィンはいった。

夜が明ける少し前、ウィラードは死んだ妻をきれいな白いシーツでくるみ、あまりの喪失と絶望で感覚が麻痺《まひ》したまま野原を横切った。無言でアーヴィンのうしろに近寄り、一、二分のあいだ、かすれて声にならない声を上げている息子の祈りに耳を傾けた。うつむくと、ひらいた折り畳み式のポケットナイフを握りしめていることに気付き、ウィラードは自分を嫌悪《けんお》した。彼はかぶりを振り、ナイフを畳んでしまった。

「さあ、アーヴィン」彼はいった。息子にやさしい声をかけるのは数週間ぶりだった。

「終わったよ。母さんは亡くなった」

二日後、シャーロットはボーンビルの外れにある日ざらしの平らな墓場に埋葬された。葬式から家に帰っているとき、ウィラードがいった。「旅行にでも行こうかと思っている。コールクリークにいるおまえのおばあさんに会いに行くか。しばらくそこにいてもいい。アースケルおじさんにも会える。それから、一緒に暮らしているとかいう女の子は、おまえより少し年下だと思ったが。あそこなら、おまえも気に入る」
アーヴィンは何もいわなかった。犬のことからまだ立ち直っていないし、母親のことから立ち直ることはまずない。懸命に祈れば必ず助かると、ウィラードはずっといっていたのに。家に着くと、ポーチのドアの前に新聞に包まれたブルーベリーパイが置いてあった。ウィラードが家の裏手の野原にふらり歩いていった。アーヴィンは中に入り、一張羅を脱ぎ、ベッドに横になった。

数時間後に起きたが、ウィラードはまだ戻っていなかった。アーヴィンには好都合だった。彼はパイを半分食べ、残りを冷蔵庫に入れた。ポーチに出て、母親の揺り椅子に座り、日の名残りが家の西側にある常緑の並木のうしろに沈むさまを眺めていた。母がはじめて地中ですごす夜を想像した。どんなにか暗いだろう。木の下でシャベルに寄りかかっていたどこかのおじいさんが、死は長い旅か長い眠りだとウィラードに話しているのを立ち聞きした。父親はにらみつけ、顔を背けたが、アーヴィンはそれなら悪くなさそうだと思った。母親を思えば、ふたつを少しずつ合わせたものであってほしいと願った。葬式にはほんのひと握りの人しか参列しなかった。母親がウッデンスプーンで一緒に働いていた女の人と、ノッケムスティッフの教会から来た年配のご婦人ふたり。西の方に姉だか妹だかがいるはずだが、ウィラードは連絡先がわからなかった。アーヴィンはそれまで葬式に出たことはなかったが、こんなのは葬式と呼べないかもしれないという気もした。

雑草だらけの庭に夕闇《ゆうやみ》が広がるにつれ、アーヴィンは揺り椅子から立ち上がり、家の側面に回って何度か父親を呼んだ。数分待ち、また家に入って寝ようかと思った。だが、家に戻って、キッチンの引き出しから懐中電灯を持ってきた。小屋の中をのぞいたあと、祈りの木に向かって歩きはじめた。アーヴィンもウィラードも、母親が亡くなってから三日間、そこへは行っていなかった。夜が駆け足で訪れようとしていた。蝙蝠《こうもり》が野原の昆虫を追って急降下し、ナイチンゲールがスイカズラの木陰の巣箱からアーヴィンを見ていた。アーヴィンはためらい、やがて森に足を踏み入れ、小道を歩いていった。更地の縁で立ち止まり、懐中電灯であたりを照らした。祈りの木の前でひざまずいているウィラードが見えた。腐敗臭が鼻を突き、食べたものを戻しそうになった。パイが喉元《のどもと》まであふれてきた。「ぼくはもうやらないよ」アーヴィンは大きな声で父親にいった。きっと叱《しか》られるだろうと思ったが、もうどうでもよかった。

「ぼくは祈らない」

アーヴィンは反応をしばらく待ってからいった。「聞こえないの？」彼は祈りの木に近づき、ひざまずいたウィラードの体に光を当て続けた。そして、父親の肩に手を置くと、ペンナイフが地面に落ちた。ウィラードの首が片側に折れ、喉を左右にざっくり切った血だらけの傷口があらわになった。血が祈りの木の側面を伝い、スーツのズボンに滴っていた。かすかな風が丘をなで、アーヴィンの首のうしろの汗を冷ました。頭上の枝がきしった。ひと房の白い毛が宙に浮かんだ。ワイヤーで吊り下がっていた数本の骨と釘が軽くぶつかり、うつろで悲しげな音楽のように響いた。

木々の隙間《すきま》から、ノッケムスティッフの明かりがいくつかぼんやり見えた。ふもとの方で、車のドアが閉まる音と、馬蹄が金属のペグに当たる甲高い音が聞こえた。その場に立ったまま、次の蹄鉄投げの音を待ったが、聞こえてこなかった。ふたりの狩《かり》人《うど》がウィラードとアーヴィンのうしろからやってきたあの朝から、千年もすぎたかのような気がする。涙が流れてこないので、やましさと恥ずかしさを感じるが、涙など残っていなかった。母親がゆっくり死んでいく過程で、涸《か》れてしまった。ほかにどうしていいのかわからず、ウィラードの遺体から離れ、自分の歩く方向を照らした。そして、森を抜けて歩きはじめた。

8

その夜の九時きっかり、ハンク・ベルはモードの店の正面のウインドウに〝CLOSED〟の掲示を出し、明かりを消した。カウンターの奥に行き、肉のケースの底から六本パックのビールを取り、裏口から外に出た。シャツの胸ポケットに小型のトランジスタラジオが入っている。庭用の椅子に座り、ビールをあけ、煙草に火をつけた。もう四年のあいだ、コンクリートブロック造りの建物の裏手に停めたキャンピングカーで寝泊まりしていた。ポケットに手を入れ、ラジオをつけると、レッズが六回時点で三点差で負けているとアナウンサーがいった。今夜は西海岸でのゲームだ。向こうはちょうど六時を回ったころだろう。時の動き方というのはおかしなものだ、とハンクは思った。

店で働きはじめた最初の年に植えたシガーツリーを見た。あれから五フィート（約百五十二センチメートル）近く伸びている。母親が亡くなって、ふたりで住んでいた家を銀行に取られる前、庭に立っていた木から切った枝だった。なぜそんなものを植えたのかはよくわからない。長くてもあと二年で、ノッケムスティッフを出るつもりだった。聞いてくれる客には、誰彼かまわずそのことを話した。金曜日にモードにもらう三十ドルから、毎週数ドルずつ貯《た》めていた。北へ行こうと思う日もあれば、南部がいちばんだと思うこともある。だが、行き先を決める時間はたんまりある。なにしろまだ若いのだから。

厚み一フィートほどの銀白色の霧の層がブラックランクリークからゆっくり移動し、クラレンス・マイヤーズの乳牛用牧草地の一部である、店の裏の岩がちで平らな野原を覆った。日が沈み、長い影が消え去る直前のひとときが、一日のうちで好きな時間だった。車が通りかかるたびに、店の前のコンクリート造りの橋で少年たちが発する歓声や奇声が聞こえる。毎晩、どんな天気でも、何人かは必ずそこにやって来る。そんな連中が人生に望むものは、速い車とエロいケツだけだ。考えようによっては、それもいい。たいした希望もなく人生を駆け抜けるというのも。ハンクはときどき、自分も大志など抱いていなければいいと思う。

丘の上の祈りは、三夜前についに止まった。かわいそうに、あそこの家の奥さんはあんな部屋に閉じこめられて死んでいき、だんなと息子は正気を失いかけているともっぱらの噂《うわさ》だが、ハンクは考えないようにしていた。まいったことに、あの親子のおかげで、谷に住む人たちまで頭がおかしくなりそうだった。毎朝毎晩、何時間も、大声で祈り続けていたのだから。聞いた話では、キリスト教というよりは、ブードゥー教の儀式を執り行っているということらしい。リンチのところの息子たちが二週間ばかり前にあそこに行ったところ、木から吊り下がった動物の死骸に出くわした。その後、ふたりが飼っていた犬が一匹いなくなった。ああ、世界はひどいところになっていく。ついきのうも、ヘンリー・ダンラップの奥方とその黒人の愛人が、ヘンリーを殺した疑いで逮捕されたという新聞記事を読んだ。法執行機関はまだ遺体を発見していないが、奥方が黒人と寝ていたという一点だけでも、ふたりの仕業だとハンクは思った。その弁護士のことはみんな知っている。ロス郡のあちこちに土地を持っていて、昔はたまに店に立ち寄って、大物の友だちに自慢できるような密造酒はないかと訊《き》いてきたものだ。ハンクが見たかぎり、あの弁護士は殺されてもしかたない男だが、奥方も離婚してホワイトヘブンで黒人たちと暮らせばいいものを。みんなもう頭を使わなくなった。弁護士が先に奥方を殺さなかったことの方が驚きだ。黒人の愛人がいることを知っていたらの話だが。だれも弁護士を責めたりしなかっただろうが、実際には弁護士が死んだ。たぶん死んだほうがましだった。かみさんが黒人と浮気していることをみんなに知られたら、とても耐えられなかっただろう。

レッズの攻撃になり、ハンクはシンシナティのことを考えはじめた。もうじきリバーシティ（シンシナティのこと）まで車で行って、ダブルヘッダーを観戦するつもりだった。いい席を取り、ビールを飲み、名物のホットドッグを食べる。球場で食べるソーセージはうまいというから、自分の舌で試してみたかった。シンシナティはミッチェルフラッツから九十マイル（約百四十五キロメートル）ぐらいだ。ルート50をずっと走っていけばいいだけだが、これまで行ったことがない。生まれて二十二年だが、ヒルズボロより西は未踏だ。シンシナティへ行けたら、自分の人生が本当の意味ではじまるような気がする。まだ細かいところまで詰めてはいないが、試合が終わったら娼婦《しょうふ》を買いたいとも考えていた。やさしくしてくれるかわいい女がいい。追加料金を払って、上着、ズボン、靴を脱がせてもらう。そのときのために新しいシャツを買い、往路途中でベインブリッジに寄り、見苦しくないように髪を切ってもらおう。ハンクも相手の子の服をゆっくり脱がせる。ボタンでも何でもいいが、服の留め具のひとつひとつをじらすように外す。そして、おっぱいにウイスキーを垂らして、なめ取る。ブルペンで何杯かやったあとで、店に来た数人の男たちがそんな話をしていた。ひとつになったら、こんなに大きいのは慣れていないから、やさしくして、と相手の子がいうのだ。これまでに知っているたったひとりの女、あのおしゃべりのミルドレッド・マクドナルドとはまるでちがう。

「一発抜いただけ」ミルドレッドはブルペンの客に触れ回っていた。「それですっからかん」三年以上も前のことだが、今でもみんなにからかわれる。シンシナティの娼婦なら、ことが済んでもお金はいらないというだろう。電話番号を訊いてきて、もしかすると、お願いだからどこかへさらってほしいといってくるかもしれない。きっと別人になって家に帰ることになる。スリム・グリーソンが朝鮮戦争から戻ってきたときのように。ノッケムスティッフを永遠に去る前にブルペンに入り、いろいろ笑いものにされたが、わだかまりはないという代わりに、何人かの客に別れのビールをおごるのもいいかもしれない。ある意味、とハンクは思った。ミルドレッドはハンクに便宜を図ってくれたのだ。あの店に行かなくなってから、けっこうなカネがたまった。

　実況中継をぼんやり聞きながら、ミルドレッドがしてくれたいやらしいことを思い出していると、だれかが懐中電灯を持ってクラレンスの草地を歩いてくるのに気付いた。小さな人影がかがみ、有刺鉄線のフェンスをくぐり抜け、こちらに向かってくるのがわかった。もう日が暮れようとしていたが、その人間が近づいてくるにつれて、ハンクはそれがラッセルの息子だとわかった。それまでその子がひとりで丘を下りてくるところなど見たことがなかった。父親が許さないということだった。だが、今日の午後、母親の葬儀が終わり、事情が変わって、父親のかたくなな心も少し和らいだのかもしれない。息子は白いシャツと新しいオーバーオールを着ていた。「よお」アーヴィンがさらに近づいてくると、ハンクはいった。少年の顔はげっそりして、汗だくで、青白かった。健康そうには見えない。ぜんぜん見えない。血のようなものが顔や服にこびりついていた。

アーヴィンが店番の数フィート手前で立ち止まり、懐中電灯のスイッチを切った。

「店は閉まってるが」ハンクはいった。「何か要るなら、またあけてやるぞ」

「警察とかを呼ぶにはどうしたらいいんですか？」

「まあ、騒ぎを起こすか、電話で通報すればいいんじゃないか」ハンクはいった。

「ぼくの代わりに電話してもらえませんか？　電話は使ったことがなくて」

ハンクはポケットに手を入れ、ラジオを切った。レッズはこてんぱんにやられていた。「保安官事務所にどんな用があるんだ、おい？」

「死んだんだ」息子がいった。

「だれが？」

「父さんが」アーヴィンはいった。

「母さんのまちがいじゃないのか？」

息子の顔に一瞬だけ困惑の表情が浮かんだが、その後、首を振った。「ううん、母さんは三日前に死にました。父さんです」

ハンクは立ち上がり、ズボンのポケットに手を入れ、店の裏口のドアの鍵《かぎ》を出した。悲しみのあまり頭がいかれたのかもしれない、と思った。ハンクも自分の母親が亡くなったときに、つらい思いをしたことを思い出した。完全には立ち直れない出来事だ。それはわかる。今でも毎日、母のことを考える。「中に入りな。喉が渇いていそうだな」

「お金は持ってないよ」アーヴィンがいった。

「かまわないさ」ハンクはいった。「あとで払ってくれたらいい」

ふたりは中に入り、ハンクが、ジュースの入っている金属の冷蔵容器の上蓋《うわぶた》を引きあけた。「どんなのがいい？」

アーヴィンが肩をすくめた。

「ほら、ルートビアだ」ハンクはいった。「おれも昔よく飲んでいたやつだ」そういうと、息子にジュースを一本手渡し、一日分伸びたあごひげを掻いた。「名前はアーヴィンだっけ？」

「はい」少年がいった。懐中電灯をカウンターに置き、長々と飲み、また長々と飲んだ。

「それで、どうしてお父さんがおかしいと思った？」

「首を」アーヴィンがいった。「首を切ってた」

「そこにこびりついてるのは血なのか？」

アーヴィンはシャツと両手に目を落とした。「ちがいます」彼はいった。「パイがついただけ」

「お父さんはどこにいるんだ？」

「家から少し離れたところ」アーヴィンがいった。「森に」

ハンクはカウンターの下に手を伸ばし、電話帳を探した。「いいか」彼はいった。

「通報するのはかまわないが、おれをだましたりするなよ、わかったか？　保安官事務所は骨折り損にはいい顔をしないぞ」ほんの二日前、マーリーン・ウィリアムズが窓からのぞかれたといって、ハンクに通報させた。二カ月で五度目だった。配車係はいきなり電話を切った。

「どうしてぼくがそんなことをするの？」

「そうだな」ハンクはいった。「するわけないよな」

　通報したあと、ハンクとアーヴィンは裏口から外に出た。ハンクはビールを持った。ふたりは店の正面に回り、表のベンチに座った。給油ポンプの上に立っている防犯灯を覆う雲のように、蛾《が》の大群が羽ばたいている。去年、少年の父親がルーカス・ヘイバーンを痛めつけたときのことを、ハンクは思い出した。ルーカスはいわれなくそんな仕打ちを受けたわけではないが、それ以来、体が元に戻っていない。ついきのうも、昼までこのベンチに座り、口からよだれをだらだら垂らしながらうなだれていた。ハンクはもう一本ビールをあけ、煙草《たばこ》に火をつけた。少し迷ってから、少年にも一本差し出した。

　アーヴィンは首を振り、ジュースをまたひとくち飲んだ。「今夜は蹄鉄投げをしてないんだね」しばらくして、彼はいった。

　ハンクが谷間に目を向けると、ブルペンの明かりが見えた。駐車場に四、五台の車が停っている。「ひと休みしているんだろ」ハンクはいい、店の壁に背を持たせ、脚を伸ばした。ミルドレッドとふたりでプラターズ・パスチャーの豚小屋に行ったっけ。豚の肥料の濃厚なにおいが好きで、たいていの女とはちょっとちがうものを想像するのが好きだといっていた。

「どんなことを想像するんだ？」ハンクはミルドレッドに訊いた。声色にかすかな不安がにじみ出ていた。長年、少年や男たちが女と一発やるというような話を聞いてきたが、豚のくその話は一度も聞いたことがなかった。

「あたしの頭の中のことは、あんたの知ったことじゃないわ」ミルドレッドはハンクにいった。痩せてあご先がとんがっていて、目は曇った灰色のビー玉のようだった。取り柄は股《また》のあいだにあるものだけで、まるでカミツキガメだという者もいた。

「わかった」ハンクはいった。

「どんな武器を持っているのかしら」ミルドレッドはいい、彼のジッパーを下ろし、汚れた藁《わら》に彼を引き寄せた。

情けない結果に終わったあと、ミルドレッドはハンクを押しのけていった。「まいったわね、ひとりでした方がよかった」

「ごめん」ハンクはいった。「よすぎてこらえ切れなかった。次はもっとがんばるよ」

「ハッ！　次があるとはとても思えないけどね、あんた」ミルドレッドはいった。

「それじゃ、せめて家まで送ってもいいかな？」ハンクは小屋を出るときに訊いた。そろそろ深夜零時だった。ミルドレッドが両親と住んでいるニップゲンの二部屋しかない小さな家まで、歩けば数時間もかかる。

「いいえ、しばらくこのあたりにいる」ミルドレッドはいった。「ましな人が現れるかもしれないし」

ハンクは煙草を砂利の駐車場にはじき、またひとくちビールを飲んだ。結局あれでよかったのだ、とよく自分を励ました。今、ミルドレッドは古いハーレーに乗っているジミー・ジャックという腹の出た男とくっついていて、街のバーの裏で体を売らされるとき以外、合板でつくったような〝犬小屋〟に閉じこめられている。ハンクはまったく意地の悪い人間ではないが、そう考えると胸のつかえも少しは消える。人の噂では、五十セントで思いつくかぎりの技を何でもしてくれるらしい。この前の七月四日の独立記念日に、ハンクはミードでミルドレッドを見かけた。ダスティーズ・バーのドアの前で、目の周りに青痣《あおあざ》をつけ、ジミーの革のヘルメットを持って立っていた。ミルドレッドの人生の盛りはすぎ去り、ハンクの人生の盛りはこれからはじまろうとしている。シンシナティで買う女は、ミルドレッド・マクドナルドの百倍も洗練されている。ここを離れて一、二年もすれば、彼女の名前さえ思い出せなくなる。ハンクは片手で顔をなで、横を向くと、ラッセルの息子がこちらを見ているのに気付いた。

「まいったな、おれ、独り言をいってたか？」ハンクは少年に訊いた。

「いえ」アーヴィンはいった。

「あの保安官代理のことだから、いつ来るかわからない」ハンクはいった。「こんなところまでは来たがらないからな」
「ミルドレッドってだれなの?」アーヴィンは訊いた。

9

リー・ボーデッカーの勤務時間がもうすぐ終わるというとき、無線で呼び出しがかかった。あと二十分何事もなければ、ガールフレンドを拾い、ブリッジ・ストリートに出てジョニーズ・ドライブインに向かっていた。腹ぺこだった。毎晩、仕事が終わると、フローレンスとふたりでジョニーズかホワイトカウかシュガーシャックに行く。終日、何も食べずにいて、あとでチーズバーガーとフライとミルクシェークをがっつくのが好きだった。仕上げに、リバーロード沿いに車を停めてキンキンに冷えたビール二杯を飲み、シートを倒してフローレンスにしゃぶらせて、空のペプシのカップに抜いてもらう。フローレンスのあそこは、乳搾《ちちしぼ》りをするアーミッシュの乙女のような締まりだった。この夏はずっとほぼ最高の夜が続いた。フローレンスはハネムーンのためにたんまり貯め込んでいる。ボーデッカーにとっても都合が良かった。彼は二十一歳で、平時の兵役を終えて六カ月しか経《た》っていないから、まだ家庭に縛られたくなかった。保安官代理になってまだ四カ月だが、オハイオ州ロス郡のような遅れた土地の法執行機関にいる強みが、すでにいくつも見えている。彼の上司とはちがって、油断せず、うぬぼれたりしなければ、カネも貯まる。最近、ヘン・マシューズ保安官は週に三、四回も『ミード・ガゼット』の一面に間の抜けた丸顔をさらしている。市民はそれをネタに冗談を飛ばしはじめている。ボーデッカーはすでに選挙戦略を立てていた。次の選挙前にマシューズにちょっと泥をつけてやるだけでいい。それだけで、身を固めたあと、ブリューワーハイツに建っている新しい家のひとつに、フローレンスと同居できる。どの家にもバスルームがふたつ付いているらしい。

ボーデッカーは製紙工場近くのペイント・ストリートでパトロールカーをUターンさせ、ハンティントン・パイクでノッケムスティッフに向かった。街を三マイルほど出たところで、妹と母親と暮らしているブラウンズビルの家のそばを通った。リビングルームの明かりがついていた。彼はかぶりを振り、シャツのポケットから煙草を取り出した。今はまだほとんどの生活費を払っているが、兵役から戻ってきたとき、妹と母親にはそんなに長く彼を頼ることはできないとはっきり伝えていた。父親は何年も前に家を出た。ある朝、靴工場に出ていったきり、二度と戻ってこなかった。最近になって、父親がカンザスシティで暮らしていて、ビリヤード場で働いているという噂を耳にした。ジョニー・ボーデッカーを少しでも知っていたら、それもうなずける。あの男が笑顔を見せるとすれば、ラックでそろえたボールにブレイクショットを打つときか、ボールをひとつ残らず取り切るときだけだ。父親の噂を聞いて、ボーデッカーはがっかりした。壁の高いところに汚い窓が並ぶどこかの陰気な赤煉瓦の建物で、相変わらずちまちまとローファーに靴底を縫い付けて食いぶちを稼いでいるのなら、これほど胸のすく知らせはないのだが。ときどき、パトロールカーで警邏《けいら》していて、騒ぎもないとき、ボーデッカーは父親がひょっこりミードに立ち寄ったらどうだろうかと思う。空想の中で、彼は父親のあとをつけ、人目のない郊外で適当な罪で逮捕する。そして、警棒かリボルバーの床尾でさんざん打ちのめしてから、ショッツブリッジに連れて行き、手すりから川に突き落とす。たいていの設定では大雨が降った翌日か翌々日で、ペイントクリークの水位は高く、流れは速く、水かさも多く、東のサイオト川に向かって流れている。父親は溺《おぼ》れ死ぬこともあるし、泥の川岸までどうにか泳ぎ着くこともある。いい時間潰《じかんつぶ》しだった。

煙草を吸いながら、彼の思いは父親から妹のサンディーへと向けられた。サンディーは十六歳になったばかりだが、ボーデッカーはすでに夜にウッデンスプーンで給仕する仕事を見つけてやった。数週間前、飲酒運転をしていたそのダイナーのオーナーの車を停めた。今年だけで三度目で、そこからあれよあれよとことが進んだ。ふと気付くと、ボーデッカーは百ドルだけ金持ちになり、サンディーにも仕事ができた。サンディーは昔からずっと内気で、人がいると、真っ昼間につかまったオポッサムのように不安がる。最初の二週間ぐらいは、客への対応に慣れようと、おそらく苦しかったのだろうが、オーナーにきのうの朝聞いたところでは、だんだんコツをつかんできたということだった。ボーデッカーが仕事帰りに迎えに行けない夜は、コックに家まで送ってもらっていた。よく白い紙のコック帽にマンガのキャラクターの猥褻画《わいせつが》を書いている、眠たげな青い目の太った男だ。サンディーはだれに何を頼まれても応じるような子だから、少し心配だった。ボーデッカーの知るかぎり、サンディーは自分の考えを披露したことなど一度もない。ほかの多くのこともそうだが、それも父親のせいだと彼は思っていた。だが、それでも、と思う。もうそろそろ、この世界で少しずつ自立していけるようになってほしい。自分の部屋に閉じこもり、死ぬまで空想にふけっているわけにはいかない。早く少しでもカネを稼げるようになれば、ボーデッカーもそれだけ早く家を出られる。数日前、サンディーに退学させてフルタイムで働かせてもいいのではないか、とまで母親にいってみたが、聞く耳を持たなかった。「どうしてだ？」ボーデッカーは訊いた。「あいつがいいカモだと人に知られたら、どうせ孕《はら》まされるんだ。代数がわかっていようがいまいが、関係ないだろう？」母親は反対の理由をいわなかった。だが、もう種は蒔《ま》いたから、一日か二日待って、また持ち出せばいいだけだ。しばらく時間はかかるかもしれないが、リー・ボーデッカーはいつだってほしいものを手に入れてきた。

ボーデッカーは右折してブラックランロードに出て、モードの食料雑貨店に行った。店番が表のベンチに座り、ビールを飲みながら少年に話しかけていた。ボーデッカーは懐中電灯を持ってパトロールカーから降りた。見たところ、店番は彼と似たような歳《とし》だと思うが、悲壮感を漂わせて、くたびれたような面《つら》をした野郎だ。人にやっつけられるために生まれてきたやつもいる。ボーデッカーの母親もそうだった。だから父親は家族を捨てて出ていったのだと、ずっと思っていた。もっとも、父親だって、たいした男ではないが。「で、今度は何だ？」ボーデッカーは訊いた。「おまえはくされのぞきがいると何度も通報しているが、またそうじゃないといいが」

ハンクは前かがみになり、地面につばを吐いた。「そうだったらいいんだけど」彼がいった。「でも、ちがう。この子のお父さんのことだ」

ボーデッカーは痩せこけた黒髪の少年を懐中電灯で照らした。「そうか、どういうことだ、おまえ？」彼はいった。

「死んだんだ」アーヴィンがいい、手をかざして顔に当たっている光を遮った。

「しかも、この子の母親の葬式も今日終わったばかりだ」ハンクがいった。「ひどい話だ、まったく」

「それで、父ちゃんが死んだのか？」

「はい」

「顔についてるのは血か？」

「いいえ」アーヴィンがいった。「だれかがパイをくれたから」

「冗談じゃないだろうな？ 冗談だったら、刑務所に入れられることはわかってるな」

「どうしてみんなぼくが嘘《うそ》をつくと思うの？」アーヴィンがいった。

ボーデッカーは店番を見た。ハンクは肩をすくめ、ビールをあおり、飲み干した。

「この子の家はボームヒルの上にある」彼がいった。「このアーヴィンが案内してくれる」そういうと、ハンクは立ち上がり、げっぷをして、店の脇《わき》の方へ歩いていった。

「あとでいくつか質問するかもしれない」ボーデッカーは声をかけた。

「まったくひどい話だ、おれにいえるのはそれだけだ」そういうハンクの声がボーデッカーに聞こえた。

ボーデッカーはアーヴィンをパトロールカーの助手席に乗せ、ボームヒルへと走った。丘の上で、少年が指さしたとおり、並木のある細い未舗装の道に入った。「こんな奥まで来たのははじめてだ」保安官代理はいった。手を下に動かし、ホルスターの留め具を無言で外した。

「長いことだれもこんな奥まで来たことないよ」アーヴィンはいった。横のウインドウから暗い森を見ていたとき、店に懐中電灯を置き忘れたことを思い出した。店に戻る前に、店番が売り飛ばしたりしていなければいいと思った。明るく照らされたダッシュボードに目をやった。「サイレンを鳴らすの？」

「人をびっくりさせてもしかたないさ」

「びっくりする人はだれもいない」アーヴィンはいった。

「それで、ここに住んでいるのか？」ボーデッカーは小さな四角い家に向かってパトロールカーを進めた。明かりはついておらず、ポーチに一脚置いてある揺り椅子《いす》をのぞけば、人が住んでいる気配はまったくない。庭の草は低くても一フィート（約三十センチメートル）は伸びている。左手には、壁板があらかたはがれた古い小屋がある。ボーデッカーは錆《さび》だらけのピックアップのうしろにパトロールカーを停めた。田舎者の家にありがちながらくたばかりだ、と思った。どんなごたごたに首を突っ込む羽目になるか、わかったものではない。空っぽの胃が、壊れたトイレのようにグーグーと鳴った。

アーヴィンは答えずに降り、パトロールカーの前に周り、保安官代理を待った。

「こっち」彼はいった。そういうと、家の脇に向かって歩きはじめた。

「どのくらい遠い？」ボーデッカーは訊いた。

「そんなに遠くない。十分ぐらい」

ボーデッカーは懐中電灯をつけ、少年のうしろに着いて草が伸びすぎた野原の縁を歩いていった。森に入り、踏み固められた小道を数百フィート進んだ。少年が急に足を止め、前方の暗がりを指さした。「あそこ」アーヴィンがいった。

保安官代理は男にライトを当てた。ワイシャツと正装用のズボンという姿で、倒木に覆《おお》いかぶさるように倒れている。数歩近づくと、ざっくりあいた首の切り傷が見えた。シャツの前身ごろが血にまみれている。においを嗅《か》ぐと、吐き気が押し寄せた。

「何てにおいだ。いつからこんな風に倒れていた？」

アーヴィンが肩をすくめた。「そんなに前からじゃない。葬式のあと寝てしまって、起きたら、父さんがここにいた」

ボーデッカーは鼻をつまみ、なるべく口で息をした。「なら、このにおいはいったいどうした？」

「あそこの上にあるやつのにおい」アーヴィンがいい、木々を指さした。

ボーデッカーは懐中電灯を上に向けた。さまざまに腐敗した動物の死骸が、四方に吊《つ》り下がっている。枝に吊るしてあるものもあれば、大きな木の十字架に吊るしてあるものもある。革の首輪を巻いた犬の死骸が、醜悪なキリストのような格好で十字架のひとつに釘で磔《はりつけ》にされている。別の十字架の足下には、鹿《しか》の首が転がっている。ボーデッカーは手で銃を探った。「ひでえな、おい、これはいったい何だ？」彼はいい、またアーヴィンに懐中電灯を向けると、うごめく白い蛆虫《うじむし》が少年の肩に落ちた。アーヴィンは葉っぱや種を払うかのように、無造作にそれを払い落とした。ボーデッカーはリボルバーを持った手を大きく動かして、後ずさりはじめた。

「祈りの木」アーヴィンがいった。蚊の鳴くような声だった。

「何だって？　祈りの木だ？」

アーヴィンはうなずき、父親の遺体を見つめた。「でも、祈りは聞き入れてもらえなかった」

第二部　狩り

10

夫妻は一九六五年夏の数週間のあいだ、常に狩りをしながら中西部を放浪していた。オハイオ州ミードの中古車販売店ブラザー・ホワイティーズで百ドル払って買った黒塗りのフォード・ステーションワゴンに乗った、どこにでもいる夫妻だ。このフォードは、この三年でそこのディーラーから買った三台目の車だった。助手席の夫は太りぎみで、啓示を信じ、虫歯をバック（アメリカのアウトドアナイフ・メーカー）のポケットナイフでほじくる癖があった。いつも妻が運転し、ぴったりしたショートパンツと薄い生地のブラウスというでたちだった。その服装なら骨張った白い肢体が際立《きわだ》ち、そそるだろうとふたりとも考えていた。妻は手に入るならどんなメンソール煙草《たばこ》でもひっきりなしに吸い、夫は自分で犬のポコチン《ドッグ・ディック》と呼んでいる安物の黒い葉巻をくわえていた。フォードはエンジンオイルを食い、ブレーキオイルを漏らすばかりか、時速五十マイル以上出すたびに、ハイウェイ中に金属の腸《はらわた》を撒《ま》き散らしそうになる。夫はこのフォードが霊柩車《れいきゅうしゃ》に似ているとよく思うが、妻はリムジンのまちがいではないかと思う。ふたりの名前はカール・ヘンダーソンとサンディー・ヘンダーソンだが、ときどき、ちがう名前にもなる。

この四年あまり、カールはヒッチハイカーがいちばんだと確信するようになっていた。しかも、当時はいくらでも路上にいた。カールは妻を〝餌《えさ》〟と呼び、サンディーは夫を〝狩猟者〟と呼び、夫妻はヒッチハイカーを〝モデル〟と呼んだ。まさにその夜、夫妻は若い下士官をだまし、ミズーリ州ハンニバルのやや北にある湿気と蚊に覆《おお》われた森に連れ出し、拷問《ごうもん》し、殺した。車に乗せてやるとすぐ、その若者は親切にもジューシーフルーツ（リグレー社のチューイングガム）を夫妻に勧め、奥さんが休みたいならしばらく運転を代わると申し出た。「くそ殊勝な心がけだ」カールがいった。サンディーは夫がときどき使う皮肉を込めた口調に天を仰いだ。路上で見つけた獲物より、自分の方が高級なクズだとでも思っているかのような口調だ。夫がそんな風に振る舞うたびに、車を停めて、後部席の哀れなまぬけに、手遅れにならないうちに降りなさいといいたくなる。いずれきっとやってやる、と彼女は胸に誓った。ブレーキを踏んで、大物気取りの夫に一、二発、いいのを喰らわせてやる。

でも、今夜ではない。後部席の若者はバターのようにすべすべの顔、細かい茶色のそばかす、苺色《いちごいろ》の髪に恵まれていて、サンディーは天使のような若者には絶対にあらがえなかった。「名前は何ていうの、あなた？」ハイウェイを一、二マイル走ったあと、彼女は訊《き》いた。とてもくつろいだ声でいった。そして、若者が顔を上げ、ルームミラーでふたりの目が合うと、サンディーはウインクし、カールに教わったとおりの笑みを見せた。毎晩キッチンテーブルについているとき、顔が床に落ちて、パイの皮のようにこびりつくのではないかと思うまで、カールに練習させられたのだ。若者に想像できるかぎりのいやらしいシナリオをほのめかす笑みだ。

「ゲーリー・マシュー・ブライソン二等兵です」若者がいった。そんな風に、まるで検査とかその手のものを受けるときみたいにフルネームをいうなんて、サンディーには不思議に聞こえたが、それは考えないようにして、そのまま話し続けた。まじめなタイプでなければいいと思った。その手のタイプが相手だと、その分だけどうしてもやりにくくなる。

「素敵な名前ね」サンディーはいった。ルームミラーを見ると、若者の満面にはにかみが広がるのがわかり、また一枚、ガムを口に入れるのが見えた。

「ゲーリーは」若者がいい、銀色のガムの包み紙をウインドウから捨てた。「父の名前でした」

「もうひとつのマシューというのは、聖書に由来するんでしょ、カール？」サンディーはいった。

「アホか、ぜんぶ聖書由来だろうが」夫がいい、フロントガラスを見つめた。「マットちゃんは使徒のひとりだ」

「カールは昔、日曜学校で教えてたのよ、そうよね？」

カールはため息をつき、何にもまして若者をまた一目見ようと、助手席で体をよじった。「ああそうさ」彼はいい、口を閉じたまま微笑《ほほえ》んだ。「昔は日曜学校で教えていた」サンディーに膝《ひざ》を軽く叩《たた》かれ、カールはそれ以上何もいわずに向き直り、グローブボックスから道路地図を取り出した。

「でも、知ってたわよね、ゲーリー？」サンディーはいった。「ミドルネームが聖書から取ったものだということは？」

若者はしばらくガムを嚙《か》むのをやめた。「子供のころはほとんど教会に行かなかったから」若者はいった。

サンディーの顔に不安がよぎり、ダッシュボードの煙草に手を伸ばした。「でも、洗礼は受けたんでしょ？」彼女は訊いた。

「ええ、まあ、うちも無宗教だというわけではないので」若者がいった。「ただ、聖書のことは何も知りません」

「そうなのね」かすかな安堵《あんど》をにじませた声で、サンディーはいった。「賭《か》けに出てもしかたないしね、そういったことで。だって、救われなかった人がどこに行き着くかなんて、だれにもわからないでしょ？」

この下士官は、ドイツだったか、ベトナムとかいう別の場所だったかに送り出される前に、母親に会いに故郷に戻るところだという。派遣先がどっちだったか、今となってはカールには思い出せなかった。この若造が新約聖書のいかれたくそ野郎の名前をもらったとか、海外から帰国するまで卒業記念の指環《ゆびわ》をネックレスにして首にかけておくことをガールフレンドに約束させられたとか、そんなことはどうでもよかった。そんなことを知ったところで、あとあと面倒なことになるだけだ。だから世間話には一切加わらず、まぬけな質問やどうでもいい戯言《たわごと》は、すべてサンディーに任せた。サンディーはそういうのが得意だ。人の話に興味を示したり、話を合わせたりして、相手をくつろがせることが。出会ってからずいぶん遠くへ来たものだ。サンディーはミードのウッデンスプーンで給仕していた孤独で痩《や》せっぽちの少女だった。十八歳で、二十五セントのチップをもらおうと客にへいこらしていた。自分は？　似たようなものだった。母親を亡《な》くしたばかりで、カメラで得られる喜びをのぞけば、未来も友人もなく、しまりのない顔をしたマザコンだった。家を出た最初の夜にウッデンスプーンに入ったとき、その決断がどんな意味を持つのか、その後、何をすることになるのか、カールには想像もできなかった。ひとつだけはっきりわかることがある。ブース席に座り、痩せっぽちのウエイトレスがテーブルを拭《ふ》き、ライトを消すさまを見ていて、何が何でもあの子の写真を撮りたくなったのだ。それからずっと、ふたりは一緒にいる。

もちろん、カールにもヒッチハイカーにいうべきことはあるが、ふつうは車を停めたあとでいえばいい。「これを見てくれ」彼はこう切り出し、グローブボックスから三五ミリレンズを付けたライカＭ３を取り出し、男に見えるように掲げる。「新品だと四百ドルするが、おれはただ同然で手に入れた」口元に魅惑的な笑みをたたえてはいるものの、サンディーはカールがそんな自慢をするたびに少し苦々しく思わずにはいられない。なぜカールにしたがってこんな暮らしをしているのかもわからないし、そんなことを単なる言葉でいい表そうとも思わないけれど、あのいまいましいカメラは格安で手に入れたものではないし、そのカメラのおかげで、結局は大きな代償を払うのだろうということだけはわかる。その後、冗談にしか聞こえないような声色で、カールが次のモデルにいうのだ。「さて、美女と写真を撮らせてくれないか？」これだけ長く続けてきても、大の大人がこれほど楽なカモになるとは驚きだった。

若い下士官の裸体を引きずりながら、数ヤード森の中に運び、紫色の果実をたくさんつけた藪《やぶ》の下に転がしたあと、ふたりは若者の服とダッフルバッグを探り、きれいな白い靴下に隠してあった三百ドル近い現金を見つけた。サンディーが一カ月に稼ぐ額より多い。「嘘《うそ》つき野郎め」カールはいった。「おれがガソリン代を少し出してくれと頼んだのは覚えてるか？」彼は汗だらけの赤い顔の周りに雲のように群がってくる虫を手で払い、丸めた札をズボンのポケットに突っ込んだ。くぼみのある長銃身の拳《けん》銃《じゅう》が、地面のカメラの横に置いてある。「おれの母親がよくいっていたが」彼は続けた。「連中はひとりも信用できない」

「だれのこと？」サンディーがいった。

「こいつら赤毛のことだ」カールはいった。「まったくよ、真実をいう方がいいときでさえ嘘を吐《つ》く。吐かずにいられない。進化の過程で何かが狂ってしまったのさ」

マフラーが焼け切った一台の車が幹線道路をゆっくり走っていき、カールは首をかしげて、ポッポッという音が消えていくまで耳を澄ましていた。その後、横で膝を突いているサンディーに顔を向け、灰色の夕闇《ゆうやみ》のなか、しばらく彼女の顔を見つめていた。「ほら、これで拭けよ」カールはいい、まだ汗でじっとり湿っていた若者のTシヤツを手渡した。そして、サンディーの顎《あご》を指さした。「飛び散った血がついてるぞ。あいつ、痩せぎすのくせにたんまり持っていたな」

シャツで顔をぬぐったあと、サンディーは緑色のダッフルバッグの上に放り、立ち上がった。震える手でブラウスのボタンを留め、脚についていた土や枯れ葉のかけらを払い落とした。車に歩いていき、腰をかがめてサイドミラーで顔を確かめ、あいているウインドウから手を入れて、ダッシュボードから煙草をつかんだ。フロントバンパーに寄りかかり、煙草に火をつけ、ピンクのネイルで皮が剝《む》けた片膝から小さな砂利を取り除いた。「ああ、あんなに泣かれると本当にいやになる」彼女はいった。「ああいうのは最悪」

カールはやれやれと首を振り、若者の財布をもう一度確かめた。「おい、いい加減に慣れろよ」彼はいった。「あいつが流した涙のおかげでいい写真になる。あの最後の数分だけが、あいつの惨《みじ》めな人生の中で偽りでない時間だ」

カールが若者の持ち物をすべてダッフルバッグに戻しているさまを見ながら、サンディーは若者のガールフレンドの卒業記念指環をもらっていいかと訊きたくなったが、そこまでする価値はないと判断した。カールはすべてを自分で決めていて、サンディーがひとつでもルールを破ろうとすれば、烈火のごとく怒り狂うこともある。持ち物は適切に処分しなければならない。それがルール＃4だ。＃5だったかもしれない。カールに何度ルールの順番を頭にたたき込まれようと、サンディーはどうしても覚え切れなかったが、ゲーリー・マシュー・ブライソンがハンク・ウィリアムズをこよなく愛し、陸軍の粉末状の卵を嫌っていたことは忘れないだろう。そのとき、彼女の胃がごろごろと鳴り、森の奥であの若者の頭上に垂れ下がっている木の実は食べられるのだろうか、とほんの一瞬思った。

一時間後、ふたりはうち捨てられた砂利採取場に車を入れた。サンディーとブライソン二等兵がまだ冗談を飛ばし合い、いやらしい目で互いを見ていたときにも通りすぎたところだ。サンディーは、余った木材と錆《さ》びついたトタンを張り合わせてつくった小さな納屋《なや》の裏に車を停め、エンジンを切った。カールがダッフルバッグといつも車に積んであるガソリン缶を持って、車から降りた。納屋を数ヤードすぎたあたりにダッフルバッグを置き、ガソリンを撒いた。しっかり燃やしたあと、車に戻り、懐中電灯で後部席をくまなく確認すると、肘掛《ひじか》けの下に嚙みかけのガムの塊を見つけた。

「ガキよりたちが悪い」カールはいった。「ふつう、軍隊ならもっとましな教育をしていると思うだろう。あんな兵士ばかりだと、ロシアが攻めてきたりしたらひとたまりもない」カールは親指で慎重にガムを剝《は》がし、火をつけたあたりに戻っていった。サンディーは車に乗ったまま、カールが小枝で火をつついているさまを見ていた。朱と青の火花が飛び跳ね、舞い、闇に消えていく。スナノミに噛まれた足首の周りを掻《か》いた。股《また》のあたりの焼けるような感覚が心配だった。まだカールにはいっていないが、きっと別の男から、二日ばかり前にアイオワで乗せた男から、病気を移されたのだ。あと一、二回、性病にかかれば、出産の可能性は消えると、医者にはすでに警告を受けていたが、カールは写真にコンドームが写るのをいやがった。

火が消えると、カールは灰を蹴《け》って周りの砂利に散らし、尻《しり》ポケットから汚いバンダナを出して、熱いベルトのバックルと、まだ煙を出している軍用ブーツの残骸《ざんがい》をつかみ上げた。そして、砂利採取坑に放り投げると、水が跳ねるようなかすかな音が聞こえた。深い採取坑の縁に立っていると、自分がカメラを置いて拳銃を抜いたとき、サンディーがまるでかばうかのように若者に腕を回したことが脳裏に浮かんできた。見てくれのいい男が相手だと、サンディーはいつもそんな真似《まね》をする。少しばかり長引かせたいという気持ちもわからないではないが、これはただのセックスパーティーではない。いわせてもらえば、真の信仰だ。生涯をかけて追い求めてきたものなのだ。死の存在を感じているときにこそ、神的存在を感じることができる。カールは顔を上げた。黒雲が空を覆い隠そうとしている。目に入った汗をぬぐい、車に戻りはじめた。運がよければ、今夜には雨が降り、空気中の塵《ちり》を洗い流し、すべてを少し冷やしてくれる。

「あっちでいったい何をしていたの？」サンディーが訊いた。

カールはシャツのポケットからまた一本葉巻を出し、包みを剝がしはじめた。「過《あやま》ちは急いでやるときに犯すものだ」

サンディーが手を差し出した。「懐中電灯を貸してよ」

「何をするんだ？」

「おしっこよ、カール」サンディーがいった。「ああもう、漏れそうなのに、あなたはあっちでぼけっと夢を見てるんだから」

カールは葉巻をくわえ、小屋の裏に向かうサンディーの姿を目で追った。二週間ほど旅してきて、あいつはまたガリガリになった。脚はくされつまようじ、ケツは洗濯板みたいにぺったんこだ。その骨にまた肉がつくには、三、四カ月かかるだろう。サンディーとあの兵士を写したフイルムを小さな金属容器に入れ、ほかのフイルムと一緒にグローブボックスにしまった。サンディーが戻ってきたときには、新しいフイルムをカメラにセットし終えていた。サンディーが懐中電灯を返し、カールはそれを座席の下に挟んだ。「今夜はモーテルに泊まれる？」サンディーが疲れた声で訊き、車を発進させた。

カールは口にくわえていた葉巻を取り、歯に挟まっていた煙草のかすをほじり出した。「まずは少し走らないといけない」彼はいった。

州道79号線を南に向かって進み、ミシシッピ川を渡り、この数年でやたら走ってきたルート50でイリノイ州にはいった。サンディーはしきりに急ぎたがり、カールは何度かスピードを落とすよういわなければならなかった。車が大破して中に閉じこめられたり、気を失ったりするのがいちばん怖かった。そんな悪夢を見ることもあった。手錠をはめられて病院のベッドに横たわり、たくさんのフイルムについて警察に弁明しようとしている夢だ。そんなことを考えただけで、あの二等兵のおかげでせっかく高ぶった気持ちがしぼんだ。手を伸ばしてラジオのつまみをひねり、コビントンのカントリー・ミュージックの番組に合わせた。ふたりとも口をひらかなかったが、ときどきスローな曲がかかると、サンディーが曲に合わせてハミングした。じきにあくびをして、煙草に火をつけるだろう。カールはフロントガラスにぶつかってくる虫の数を数え、サンディーが船を漕《こ》ぎはじめたら、すぐに運転を代われるように注意していた。

静まり返った小さな街と暗くなった広大なトウモロコシ畑を抜けて百マイルほど走ると、サンダウナーというピンクのブロックを積んでつくった寂れたモーテルがあった。午前一時近くだった。穴ぼこだらけの駐車場に、三台の車が停っていた。カールが何度かブザーを鳴らすと、ようやく事務所内の明かりがつき、金属のカーラーを巻いた年配のご婦人がドアを少しだけあけ、外をのぞいた。「車の中にいるのは、あんたの奥さんかい？」彼女が訊き、カールの背後のステーションワゴンに目を凝らした。カールが振り向くと、暗闇にサンディーの煙草の火がかろうじて見えた。「ああ、妻だ」

「目がいいんだな」カールはいい、どうにかわずかに笑みを見せた。

「どこから来たんだい？」女が訊いた。

カールは行ったことのないメリーランドからだといいかけたが、車のフロントのナンバーを思い出した。この詮索《せんさく》好きな婆《ばばあ》ならもう確認しているかもしれないと思った。

「クリーヴランドの方から」カールはいった。

女がかぶりを振り、部屋着の前身ごろをしっかり締めた。「あんなところにはお金をもらったって住めないね。強盗やら人殺しやらばかりだろ」

「そうなのさ」カールはいった。「おれもずっと心配している。まず、おかしな連中が多すぎる。うちの妻なんか、もう家からほとんど出なくなった」そういうと、カールはポケットから若い二等兵のカネを出した。「それで、ひと部屋いくらだ?」彼は訊いた。

「六ドルだよ」女がいった。カールは親指をなめ、一ドル札を数枚数え、女に手渡した。女はしばらく奥に戻り、使い古されて皺《しわ》が寄った厚紙のタグがついたキーを持ってきた。「七号室だ」女がいった。「突き当たりだよ」

部屋は暑く、蒸していて、殺虫剤《ブラックフラッグ》のにおいがした。サンディーはバスルームに駆け込み、カールはポータブル・テレビをつけた。もっとも、夜もこの時間になると、〝砂嵐《すなあらし》〟しか映らない。とにかくこんなくそ田舎ではそうだ。靴を蹴って脱ぎ、薄手の格子《こうし》縞《じま》のベッドカバーを剝いだ。六匹の死んだ蠅《はえ》が平らな枕《まくら》の上に点々と落ちていた。しばらく六匹の蠅を見つめていたが、その後、ベッドの縁に腰かけ、煙草を一本もらおうとサンディーのハンドバッグに手を入れた。彼はまた蠅の数を数えたが、やはりまちがいなかった。

カールは部屋を見渡し、壁に掛けてある安物のフレームに収まった写真に目を留めた。花と果物を写したくだらない写真で、だれも記憶にとどめない。このくさい部屋に泊まっただれひとりとして。この世など生きていくにはひどいところだと人に気付かせること以外に、役に立つとはとても思えない。彼は肘を膝に突いて身を乗り出し、自分の写真がそこに入っていたらどうだろうと想像した。小さなセロファンの袋に入ったマリファナを持ってウィスコンシンから来たビートニクか、去年仕留めたでかいブロンドで、派手に抵抗したやつの写真はどうか。当然、できのいいものもあれば、それほどでもないものもある。いくらカールでも、それは認めよう。だが、ひとつだけはっきりわかることがある。彼の写真を見れば、たとえ三、四年前に撮ったへたくそな写真だろうと、忘れるやつなどひとりもいない。あの若い二等兵のドル札を賭けてもいい。

煙草を灰皿に押し付け、また枕を見た。六人は今回の撮影旅行で使ったモデルの数。六ドルはフロントの婆が部屋代だといってきた金額。そして、今度は殺虫剤でくたばった六匹の蝿がベッドに落ちていた。殺虫剤のしつこい異臭のせいで目が痛くなってきて、ベッドカバーの端で目を押さえた。「この三つの六は何を意味するんだ、カール？」彼は声に出して自問した。ナイフを出して、奥歯にあいた穴をそれでほじりながら、ふさわしい答えを求めて頭の中を探った。頭のいかれた彼の母親がまだ生きているなら、三つの六によって当然連想される聖書の暗示を、嬉々《きき》として披露していただろうが、それとはちがう答えを探った。「それはな、カール」彼はようやくいい、小型ナイフを折り畳んだ。「そろそろ家路につくときだという意味だ」カールは片手で払うようにして、羽根のついた小さな死骸を汚いカーペットに落とし、枕をひっくり返した。

11

その日、オハイオ州ミードでは、リー・ボーデッカー保安官がオーク材の回転椅子《いす》に座って机につき、キャンディーバーを食べながら、書類に目を通していた。二カ月のあいだ、アルコールは一杯も、ただのビールでさえ口にしていなかった。甘いものを食うといらいらが和らぐと妻のフローレンスが医者から聞いてきて、家中にキャンディーをばらまき、枕の下にまで固いビスケットを敷いた。夜中に目が覚めて、それをぼりぼり食って、喉《のど》が蝿取り紙のように粘つくこともあった。睡眠薬の赤いカプセルがなければ、一睡もできないだろう。妻の声ににじむ不安、まるで赤子をあやすような口調。自分の甘えぶりを思い出すだけで、吐きそうになる。郡の選挙はまだ一年以上先だが、ヘン・マシューズは往生際の悪さを発揮している。この彼の元上司は今からもう汚い手を使っている。現職の法執行官は酒に弱いうえに、悪者も捕まえられないなどと触れ回っている。だが、ボーデッカーはキャンディーバーをひとつ食うたびに、さらに十個ほしくなり、腹はウシガエルの死骸を詰めた大袋《ペックサック》のようにベルトからせり出すようになっている。このままでは、また選挙戦に入るころには、豚顔の義理の弟カールみたいに、しまりのないでぶになってしまう。

電話が鳴り、もしもしという間もなく、年配の女にありがちな先方の甲高い声が訊いてきた。「あんた保安官か？」

「そうだが」ボーデッカーはいった。

「テカムセラウンジで働いてる妹がいるだろ？」

「かもな」ボーデッカーはいった。「最近は話してないが」女の口ぶりからすると、応援の電話でないのはわかる。彼はキャンディーバーの残りを書類の上に置いた。このところ、妹の話が出てくると、ぴりぴりする。兵役を終えて家に帰ってきた一九五八年当時なら、あの内気で痩せっぽちのサンディーが奔放になるなんていうやつがいたら、腹を抱えて笑っていただろうが、それはサンディーがカールと出会う前の話だ。今となっては、顔を見てもほとんどわからなくなっている。数年前、カールはサンディーをいいくるめてウッデンスプーンの仕事を辞めさせて、カリフォルニアに移り住ませた。それから一カ月も経《た》たずに戻ってきたサンディーは、どこか変わっていた。彼女はテカムセラウンジのバーテンダーの仕事に就いた。街でいちばん荒っぽい酒場だ。そして、丈が短くて尻が隠れるかどうかというスカートをはき、ボーデッカーが保安官に初選出されたときにウォーターストリートから追い払った娼婦《しょうふ》みたいに顔を塗りたくって、闊歩《かっぽ》している。「悪者を追いかけるので手いっぱいだ」ボーデッカーは冗談をいい、電話してきた相手の気分を軽くしようとした。ふと目を落とすと、新しい茶色のブーツの片方のつま先に擦り傷がついているのに気付いた。親指に唾《つば》をつけ、腰を折ってその傷をこすろうとした。

「ああ、そうだろうさ」女がいった。

「何か問題でも？」ボーデッカーはいった。

「あるとも」棘《とげ》のある口調だった。「あんたの妹のことさ。もう一年以上も前から、あの汚らわしい店の裏口のすぐそばで体を売ってるが、あたしの見たところじゃ、保安官、あんたはそれをやめさせようともしない。あんたの妹が他人の結婚をいくつぶち壊したか、わかったものじゃない。今朝もミスター・マシューズにいったけど、あんな家族のいるあんたが、どうして選挙で選ばれたのか、不思議なものだよ」

「そういうあんたはいったいだれだ？」ボーデッカーはいい、椅子に座ったまま腰をかがめた。

「冗談だろ！」女がいった。「その手には乗らないよ。ロス郡の官憲がどう動くかは知ってるさ」

「ちゃんと動いてる」ボーデッカーはいった。

「ミスター・マシューズはそう見てないよ」そういうと、女が電話を切った。時計をちらりと見て、書類棚の上からキーをつかんだ。ドアに向かって歩きかけて、立ち止まり、デスクに向き直った。いちばん上の引き出しを引っかき回し、開封済みのバタースコッチ・ボールの袋を見つけた。そして、ひとつかみをポケットに入れた。

外に出ようと受付デスクの前を通ったとき、緑のぎょろ目で角刈りの若い通信指令係が、読んでいたエロ雑誌から顔を上げた。「大丈夫ですか、リー？」彼が訊いた。いらだちで大きな顔を赤く染めた保安官は、ひとことも答えずに通りすぎ、かと思うとドアの手前で足を止めて振り向いた。通信指令係は頭上の照明に雑誌を掲げ、レザーストラップとナイロンロープできつく拘束され、丸めたパンティーを口に詰められた裸の女体を凝視していた。「ウィリス」ボーデッカーはいった。「人が入ってきたときに、そのくされエロ本を読んでいるところを見られたりするな、わかったな？それでなくても、文句をいってくるやつなら間に合っている」

「了解です、リー」通信指令係がいった。「気をつけます」そして、次のページをひらいた。

「まったく、おい、わからんのか？」ボーデッカーは怒鳴った。「そいつをしまえ」

テカムセラウンジに向かっているとき、さっき持ってきたバタースコッチ・ボールをひとつ口に入れ、電話してきた女がサンディーの売春についていっていたことを思い出した。あの女はマシューズにいわれて、嫌がらせで電話してきたのだろうと思ったが、事実だとしてもそれほど驚きはしない。それは認めないわけにいかない。駐車場には、ぼろぼろの車が二台と、からからに干からびた土に覆われたインディアンモーターサイクルのバイクが一台停っていた。ボーデッカーは帽子を脱ぎ、バッジを外し、トランクに入れてロックをかけた。この前ここに来たのは初夏だったが、ビリヤードテーブルにジャックダニエルズを派手に戻してしまった。そのとき、サンディーは客を早めに外に追い出し、店を閉めた。そして、ボーデッカーが煙草の吸い殻と痰《たん》とこぼれたビールにまみれて、べとつく床に寝ているあいだ、テーブルの緑色のフェルトの汚物をタオルでぬぐい取った。その後、テーブルの濡《ぬ》れていない方に小さな扇風機を置き、スイッチを入れた。「こんなざまを見たら、ルロイはうんこを漏らすわ」サンディーがいい、骨張った腰に手を当てた。

「あのくそ野郎など知るか」ボーデッカーは怪しいろれつでいった。

「そうね、いうのは簡単よね」サンディーはいい、ボーデッカーに手を貸して床から起こし、椅子に座らせた。「兄さんはあいつの下で働かなくてもいいんだから」

「こんな店など、潰《つぶ》してやる」ボーデッカーはいい、両腕を激しく振り回した。「絶対にな」

「いいから落ち着いて、兄さん」サンディーはいった。柔らかい濡れた布巾《ふきん》で兄の顔を拭き、インスタントコーヒーをつくってやった。ボーデッカーは、ひとくち飲もうとしてカップを落とした。カップは床に落ちて割れた。「まいったわ、そんなのを出したあたしがばかだった」サンディーはいった。「さあ、家まで連れて行くから」

「今はどんなポンコツに乗ってるんだ？」回らないろれつでボーデッカーがいった。

サンディーはその車の前部席に兄を乗せた。

「あのね、これはポンコツなんかじゃないわ」サンディーはいった。

ボーデッカーはステーションワゴンの中をぐるりと見て、目の焦点を合わせようとした。「なら何だってんだ？」彼はいった。

「リムジンよ」サンディーはいった。

12

モーテルのバスルームに入ると、サンディーはバスタブに湯を張り、車を停めて食事するのをカールに拒否されたときのために、メイクの袋に入れておいたキャンディーバーの包み紙を剝がした。カールは移動中、食料をとらなくても何日も平気でいられる。次のモデルを探すことしか考えられなくなるのだ。あのいまいましい葉巻をくわえて、あの汚いナイフで犬歯を好きなだけほじくっていてもかまわないようだけれど、サンディーは腹を空《す》かせたまま寝るのはごめんだ。

湯のおかげで股のかゆみが和らぎ、ゆったり背中を湯船にもたせて目を閉じ、ミルキーウェイ（チョコレートバーの商標）にかじりついた。アイオワの若者に出会った日、サンディーは幹線道路を外れ、車を停めて仮眠を取れるところを探していた。すると、かかしにしか見えない若者が大豆畑から飛び出してきた。彼が親指を立てるとすぐ、カールが手を叩いていった。「見つけたぞ」このヒッチハイカーは納屋の表で寝ていたかのように、泥と糞《くそ》とちぎれた藁《わら》だらけだった。ウインドウをすべてあけても、彼の腐ったようなにおいが車に充満した。旅しているときには体をきれいに保ちにくいのはわかるが、このかかしはそれまで拾った中で最悪のにおいだった。バスタブの縁にキャンディーバーを置くと、サンディーは大きく息を吸い、頭を湯に完全に浸《つ》け、自分の心臓が鼓動するくぐもった音に耳を澄まし、永遠に止ったときのことを想像した。

それほど走っていないときから、若者が甲高い声で〝カリフォーニア、ヒア・アイ・カム、カリフォーニア、ヒア・アイ・カム〟と歌いはじめた。ふたりとも、あのいまいましい土地のことは一切合切忘れてしまいたかったから、カールはきっとこのモデルにはとりわけ卑劣に振る舞う。彼女はエイムズの外れのガソリンスタンドで車にガソリンを入れたとき、若者が少しは静かになるかもしれないと思い、オレンジ・スクリュードライバーを二本買った。だが、ふたくちばかり飲むと、若者はラジオに合わせて歌い出し、さらにひどくなった。五、六曲、かかしが痛々しい調子でがなり立てたあと、カールがサンディーに身を寄せていった。「こいつには絶対に報いを受けさせてやる」

「障害とかがあるんでしょ」サンディーは声を抑えていった。カールは縁起を担《かつ》ぐから、かかしを見逃してくれたらいいと彼女は思った。

カールがうしろの若者をちらりと見て、向き直ると、やれやれと首を振った。「頭が悪いだけだな。頭がいかれてるのかもしれないが。そのふたつは別物だぞ」

「まあ、ラジオを消すぐらいはしてもいいんじゃない」サンディーはいってみた。「あおることはないでしょ」

「かまうか、今のうちに楽しませてやるさ」カールがいった。「じきにこの手で歌声を抜き取ってやる」

サンディーはキャンディーバーの包みを床に落とし、また湯を出した。あのときは口答えしなかったけれど、あの若者とはかかわらなければよかったと心底悔やんでいた。タオルに泡をつけ、端を陰部の内側に押し込み、両足をきつく閉じた。バスルームの外の部屋でカールが独り言をいっているが、いつもはどうでもいいようなことだ。特にモデルをひとり処理した直後は。すると、声が少し大きくなり、サンディーは手を伸ばしてドアがロックされていることを確かめた。念のため。

アイオワの若者のとき、ふたりはゴミ処分場の端に車を停めた。カールがカメラを取り出して、調子よく話しながら、若者とふたりで二本目のスクリュードライバーを飲んだ。「うちの妻はあっちの方が好きなんだが、おれが歳《とし》を食いすぎてもう立たないんだ」カールはその日の午後、若者にいった。「わかるだろ？」

サンディーはそのとき煙草をふかし、ルームミラーでかかしを見ていた。体を前後に揺すり、カールが何かいうたびに、頭がいかれたみたいににやつき、うんうんとうなずいている。小石のように表情のない目だ。彼女はしばらく、吐きそうだった。吐き気の原因は神経的なものにほかならず、いつもそうだが、すぐにおさまった。そして、カールが外に出ないかと誘い、地面にブランケットを広げるあいだ、サンディーはしぶしぶ服を脱ぎはじめた。若者がまた癪《しゃく》に障《さわ》る歌を歌いはじめたが、彼女は自分の唇に指を立て、しばらく静かにさせた。「さあ楽しみましょう」彼女はいい、無理やり笑みをつくり、ブランケットの上の自分の隣をぽんと叩いた。

　それから何が起こるのかに気付くまで、アイオワの若者はほかのモデルたちより長くかかったが、それでもあまりもがきはしなかった。カールは時間をかけて、さまざまなところから突き出たがらくたの写真を、少なくとも二十枚は撮った。電球や服のハンガーやスープの缶といったものだ。カールがカメラを置き、とどめを刺すころには、日が陰りはじめていた。彼は手とナイフを若者のシャツで拭いたあと、ゴミに半ば埋まっている廃棄されたウェスティングハウスの冷蔵庫を見つけた。サンディーが若者のズボンを探っているあいだ、カールは車に積んでいたシャベルで上部のゴミを取り除き、扉を無理やりあけた。「それだけか?」サンディーがプラスチックの笛とインディアンの頭部が描かれているペニー銅貨一枚を手渡したとき、カールがいった。

「何を持っていると思ってたの?」サンディーはいった。「財布さえ持ってなかったわよ」彼女は冷蔵庫の中に目を向けた。冷蔵室の壁は青カビの薄膜に覆われ、ねばねばしたねずみ色のジャムが入ったメーソンジャー（野菜や果物を保存する広口のガラス瓶）が片隅に押しやられている。「冗談よね、そこに入れるつもり?」

「たぶんあいつはもっとひどいところで寝てきたさ」カールはいった。

ふたりは若者の体をふたつに折り曲げて冷蔵庫に押し込んだ。カールが最後に一枚だけ写真を撮りたいといい張った。赤いパンティーとブラだけを身に着けたサンディーが扉を閉めようとしている場面を写真に収めたいという。カールはしゃがみ、カメラの狙《ねら》いを定めた。「今のはよかったぞ」カールはシャッターをカシャッと押したあと、そういった。「本当にすごい」その後、立ち上がり、若者の笛を口にくわえた。

「もうそのくされ扉を閉めろ。そいつも今なら好きなだけカリフォルニアの夢が見られる」カールはシャベルを使い、金属の墓の上にゴミをかけはじめた。

湯がぬるくなり、サンディーは湯船から出た。歯を磨き、コールドクリームを顔に塗り、濡れた髪に櫛《くし》を通した。陸軍の若者は久しぶりの上玉で、今夜は彼のことを考えて眠るつもりだった。あのいまいましいかかしを頭から追い出すためなら、どんなことだっていいけれど。黄色いナイトガウンを着てバスルームから出ていくと、カールがベッドで横になり、天井を見つめていた。彼が最後に風呂《ふろ》に入ってから、おそらく一週間経っている。サンディーは煙草に火をつけ、これまでの若者《ボーイズ》のにおいを洗い落とさないなら、一緒に寝てやらないとカールにいった。

「モデルだぞ。若者《ボーイズ》じゃない」カールがいった。そして、起き上がり、重そうな脚をベッドから下ろした。「何度いえばわかるんだ？」

「呼び方なんて何だってかまわないわ」サンディーはいった。「せっかくのきれいなベッドなんだし」

カールはラグに落とした蠅に目を向けた。「勝手なことを抜かしやがって」彼はいい、バスルームに向かった。汚れた服を脱いで、自分で嗅《か》いでみた。自分のにおいは好きだったが、もっと用心すべきかもしれない。このごろ自分がホモにでもなっていきそうで不安になりはじめていて、サンディーもそう思っているのかもしれないと疑っていた。シャワーの湯加減を手で確かめ、バスタブに入った。毛深くて膨れた体に石鹸《せっけん》を擦り込んだ。写真を見て自慰するのはいい兆候でないことはわかるが、ときどき抑え切れなくなる。家に戻れば、サンディーがバーで酒を注いでいるあいだ、あの薄汚れたアパートメントに夜ごとひとりでいるのだから、なかなか抑えられない。

タオルで体を拭きながら、カールは最後にサンディーと寝たときのことを思い出そうとした。この前の春だったか。よくわからない。付き合う前の若くてうぶなサンディーを想像しようとした。もちろん、サンディーがコックに処女を奪われたことや、にきび面《づら》の若造と一夜だけの関係を持ったこともすぐにわかったが、それでも、当時は純真さを漂わせていた。ひょっとして、出会ったころには、彼自身もそれほど経験がなかったからだろうか、と思うこともある。たしかに、何度か娼婦と寝たことはあったが——娼婦だらけの街で育った——まだ二十代の半ばだったころに、母親が脳卒中になって体に麻痺《まひ》が残り、ほぼ話せなくなった。数年前から、母親に会いに来るボーイフレンドはひとりもおらず、カールが世話をするしかなかった。最初の数カ月、母親のゆがんだ顔に枕を押し付けて、ふたりとも楽にしようかと考えることもあったが、何といっても自分の母親だ。そんなことはやめて、下り坂をゆっくり転がっていくさまを克明にフイルムに残しはじめた。十三年にわたって、週に二度、母親のしぼんだ体を写真の形で記録した。やがて、母親も慣れた。だが、ある朝、母親は死んでいた。彼はベッドの端に腰かけ、卵料理をすりつぶした母親の朝食を食べようとしたが、どうしても飲み込めなかった。三日後、母親の棺にシャベルで最初の土をかけた。カメラのほかには、葬式の費用を払ったあとに残った二百十七ドルと、雨が降っていないときにしか走らないおんぼろのフォードがあるだけだった。そんな車でアメリカ合衆国を横断できる確率などほぼゼロだったが、これまでずっと新しい暮らしを夢見てきて、夢を追ってこなかった最大かつ最後の口実が、ついにセントマーガレット墓地で眠りについた。こうして、賃貸期間が終わる前日、湾曲した病床写真の束を箱に詰め、ゴミ収集車に持っていってもらおうと路肩に置いた。その後、パーソンズアベニューからハイストリートへ西に向かって走り、コロンバスを出た。目指すはハリウッドだったが、当時の彼は方向感覚がなく、なぜかその夜、オハイオ州ミードに、そしてウッデンスプーンに行き着いた。今振り返ると、運命に導かれたにちがいないと思うが、やさしくて思いやりのあった五年前のサンディーを思い出すと、ときどき、立ち寄らなければよかったとさえ悔やんだ。

　空想を振り払い、片手で歯磨きペーストを少し口に入れ、もう一方の手であそこをいじった。数分かかったが、ようやく準備が整った。いくばくかの不安を抱えたまま、裸でバスルームを出た。勃起《ぼっき》した一物の紫色の先端が、たるんで垂れ下がった腹を突き上げていた。

　だが、サンディーはもう眠っていた。手を伸ばしてサンディーの肩に触れると、妻は目をあけ、うめくような声を漏らした。「気分がよくないの」サンディーがいい、背中を向け、ベッドの反対側で身を丸めた。カールはしばらくそばに立ち尽くしていた。口で息をしていると、高まった血潮が引いていくのを感じた。カールはライトを消し、バスルームに戻った。くそったれ。今夜は大切なことをお願いしたというのに、サンディーは歯牙《しが》にもかけない。便器に腰かけ、片手を股間《こかん》に持っていった。若者の滑らかな白い体を思い返し、床に落ちていたタオルを拾い上げ、それを嚙んだ。葉の茂った小枝のとがった根元は、はじめ太すぎて射入口には刺さらなかったが、カールは枝をいろいろと動かして倒れないように調整した。ブライソン二等兵の筋肉質の胸から、若い枝が伸びているように見えた。カールは果てると、立ち上がり、タオルをシンクに吐き出した。鏡の中のあえぐ自分の顔を凝視しつつ、サンディーとはたぶん二度とセックスしないだろうと思った。関係は想像以上に悪化していると思った。

その夜、カールはパニックになって目覚めた。脂肪のついた心臓が、まるでとらわれて怯《おび》えた動物のように、肋骨《ろっこつ》に囲まれて震えていた。サイドテーブルの時計を見ると、一時間も寝ていなかった。カールは横向きになり、その後ベッドから出て、よろめきながら窓際に行き、カーテンをあけた。助かった。ステーションワゴンはまだ駐車場にある。「まぬけめ」彼は自分にいった。ズボンをはき、はだしのまま砂利の駐車場を歩いて車に行き、ドアのロックを解除した。分厚い雲の塊が頭上に漂っている。

ダッシュボードに入れておいた六本のフイルムを取り、部屋に戻ると、靴に入れた。すっかり忘れていた。明らかなルール#7違反だ。サンディーがかかしがどうのと寝言をいった。あけておいたドアの方へ戻ると、カールはサンディーの煙草をまた一本もらって火をつけ、じっと夜の闇に目を凝らした。自分の迂闊《うかつ》さを胸の内で罵《ののし》っていると、雲が移ろい、東に星の輝く小さな雲間ができた。カールは紫煙越しに目を凝らし、星を数えはじめたが、途中でやめ、ドアを閉じた。またひとつの数字、またひとつの啓示が加わったところで、今夜は何ひとつ変わらない。

13

ボーデッカーがテカムセラウンジに入ったとき、三人の男がテーブル席でビールを飲んでいた。暗い店内に一瞬だけ日の光が差し込み、保安官の長い影が床に伸びた。すぐにドアが閉まり、またすべてが薄暗がりに包まれた。ジュークボックスから流れていたパッツィー・クラインの曲が、悲しげな震える声で終わりを迎えた。保安官がテーブルのそばを通ってカウンターに歩いていくとき、男たちはひとことも話さなかった。ひとりは車泥棒で、もうひとりは妻を虐待している男。ふたりとも何度かボーデッカーの留置場に入り、パトロールカーにワックスをかけたことがある。三人目の男は知らなかったが、ふたりと同じ経験をするのも時間の問題だろうと思った。

ボーデッカーはスツールに腰かけ、フアニータが脂《あぶら》ぎったグリルでハンバーガーを焼き終えるのを待った。そんなに何年も前のことではないが、このバーで最初のウイスキーを運んできたのがフアニータだったことを思い出した。彼はその夜に感じた気持ちを、それから七年のあいだ追いかけてきたが、二度と見つけられていない。ポケットに手を入れ、もうひとつキャンディーを出そうとしたが、やめておいた。ファニータが紙皿にサンドイッチを載せ、金属のラードバケツから少しすくったポテトチップスと、汚いガラス瓶からフォークで取り出した長くて淡い色のピクルスをひとつ添えた。その皿をテーブルに運び、車泥棒の前に置いた。だれかが吐き気を催す前にビリヤードテーブルを何かで覆《おお》った方がいいと、ひとりの男がいう声が聞こえた。もうひとりがげらげらと笑い、ボーデッカーは顔が紅潮するのがわかった。「やめなさいよ」ファニータが声を抑えていった。

彼女がレジに行き、おつりを出し、車泥棒に持っていった。「ポテトがふにゃふにゃだぞ」車泥棒がいった。

「なら食べなきゃいいでしょ」ファニータがいった。

「なあ、おい」妻を虐待している男がいった。「そうはいかねえだろ」

ファニータはその男にはかまわず、煙草《たばこ》に火をつけ、ボーデッカーが座っているカウンターの端に歩いてきた。「あら、一見《いちげん》さん」彼女がいった。「何をお持ちしま——」

「——それに、まさか、あの股が弁当箱みたいに落ちてぱっくりひらかなかったら」

ひとりの男がちょうどそのとき大きな声でいうと、テーブル席からどっと笑いが沸き起こった。

ファニータはやれやれと首を振った。「銃を貸してもらえる？」彼女はボーデッカーにいった。「あいつら、今朝あたしが店をあけてからずっといるのよ」

ボーデッカーは、カウンターのうしろに貼《は》ってある長い鏡で三人を見た。車泥棒が女子中学生のようにくすくすと笑い、妻を虐待している男はテーブルに撒《ま》けたポテトチップスを拳《こぶし》で押しつぶしている。三人目は退屈顔で椅子にそっくり返り、マッチ棒で爪垢《つめあか》をほじっていた。「お望みなら追い出してやることもできるぞ」ボーデッカーはいった。

「いいえ、大丈夫」ファニータはいった。「あとでまたやってきて、もっと嫌がらせをしたがるだけだから」そういうと、口の端から煙草の煙を吐き、薄笑いを浮かべた。息子がまた面倒を起こしたのかしら、と彼女は思った。この前は留置場から出してやるために、二週間分の給料を前借りしなければならなかった。それもこれも、ウールワースでレコードアルバムを五枚ばかりズボンに入れて持ち帰ろうとしたからだった。マール・ハガードでもポーター・ワゴナーでも、万引きは悪いことだが、ジェリー&ザ・ペースメイカーズ？　ハーマンズ・ハーミッツ？　ザ・ゾンビーズ？　あの子の父親が死んでいてよかった。そうとしかいえなかった。「それで、今日はどうしてここへ？」

ボーデッカーは鏡の下に二列に並べられたボトルを、しばらく凝視していた。「コーヒーはあるか？」

「インスタントでいいなら」ファニータはいった。「この店にはコーヒーを飲みに来る人はあまりいないの」

ボーデッカーは顔をしかめた。「そいつを飲むと胃が痛くなる」彼はいった。「セブンアップは？」

ファニータが前のカウンターにセブンアップを一本置くと、ボーデッカーは煙草に火をつけ、いった。「それで、サンディーはまだ来ていないのか？」

「来てくれたらねえ。もう二週間以上も来てないわ」

「何だって？　辞めたのか？」

「いいえ、そうじゃない」ファニータがいった。「休暇で旅行中よ」

「またか？」

「どうやってやりくりしてるのか、あたしにはわからない」ファニータはいい、気を緩めた。ボーデッカーが来たのは息子とは関係なさそうで、ほっとした。「しゃれたところには泊まらないんでしょうけど、あたしなんかどこにもいかなくても、今住んでるトレーラーハウスの家賃の支払いだけでかつかつよ。それに、あんたもよく知ってるように、カールは一セントも出さない」

ボーデッカーはセブンアップをひとくち飲み、またあの電話のことを思い出した。ということは、やはり本当だったようだが、電話してきたくそ女がいっていたように、サンディーが一年以上も裏の顔を隠していたのだとしたら、いったいなぜ今まで噂《うわさ》が耳に入ってこなかった？　酒をやめて正解だったかもしれない。ウイスキーを飲んだりすれば、まちがいなく脳みそがどろどろに溶けはじめていた。やがて彼はビリヤードテーブルに目を向け、この数カ月、ほかにも迂闊なことをしていたかもしれないと思った。不意に、背筋がひんやりと冷たくなった。セブンアップが戻ってこないように、何度か生唾を飲み込まなければならなかった。「いつ戻るかはいってなかったか？」彼は訊《き》いた。

「ルロイには、今週末には帰るといっていたわ。ほんとに帰ってきてほしい。あのしみったれは、手伝いも雇ってくれない」

「行き先はわからないか？」

「あの子のことだから、さっぱりわからない」ファニータがいい、肩をすくめた。

「バージニアビーチがいいとかいっていたけど、カールが二週間も浜辺で肌を焼くなんて、想像できる?」

ボーデッカーは首を振った。「実をいえば、あの男が何をするところも想像できない」そういって腰を上げ、カウンターに一ドルを置いた。「なあ」ボーデッカーはいった。「サンディーが戻ってきたら、話があると伝えてくれないか?」

「ええ、リー、いっておくわ」ファニータがいった。

ボーデッカーがドアから外に出ていったあと、ひとりの男が大きな声でいった。

「おい、ファニータ、あのうぬぼれたくそ野郎のことをヘン・マシューズが何ていっていたか知ってるか?」

14

駐車場で車のドアが勢いよく閉まった。カールは目をあけ、部屋の反対側の壁に掛けられた花や果物の写真を見た。時計を見るかぎり、まだ朝も早かったが、すでに汗まみれだった。ベッドから出て、バスルームに行き、膀胱《ぼうこう》を空にした。髪を梳《と》かしたり、歯を磨いたり、顔を洗ったりはしない。先週ずっと着ていた服を着た。紫色のシャツと灰色のてかっただぼだぼのスラックス。容器に入ったフイルムをポケットに入れ、椅子の端に腰かけ、靴を履いた。サンディーを起こして早く出発しようかとも思ったが、休ませておくことにした。ここ三晩は車中で寝てきた。その点はサンディーに我慢させたし、どのみちあとは帰るだけだ。今になって急ぐ理由はない。

サンディーが目を覚ますのを待つあいだ、カールは葉巻をくわえ、二等兵の丸めたカネをポケットから出した。また数えていると、前の年にミネソタ州の南端に沿って旅したときのことを思い出した。残り三ドルでしのぐしかないという状況で、その夏乗っていた四九年式シボレー・クーペのラジエーターに穴があいた。こんなときのために積んでいた黒胡椒《くろこしょう》の缶で、応急的にその穴を塞《ふさ》いだ。前にドライブインで耳にした対処法だった。ハイウェイを降りて一マイルほど走ったあたりで田舎のガソリンスタンドを見つけた直後、また穴があいた。結局、尻ポケットからレッドマン（嚙み煙草）の袋をのぞかせている整備士が、きのうまでに終わらせるようにボスにいわれていたチューンアップが終わりしだい修理するとたびたび請け合うそばで、半日以上も待ち続ける羽目になった。「もうすぐ終わりますよ、ミスター」整備士がくそ十五分おきにカールにいった。サンディーも足を引っ張った。ガレージのすぐ表のベンチに腰を下ろしてネイルにやすりをかけながら、面白半分にピンクの下着をちらちらと見せつけると、哀れな整備士はもんもんとして、何も手に付かなくなってしまった。

カールはついにうんざりして両手を振り上げ、グローブボックスからフイルムを取り出し、ガソリンスタンド裏のトイレに籠《こ》もった。その異臭漂う〝蒸し風呂〟に数時間も長居し、便器横のじめじめした床に積まれているよれた探偵雑誌をぱらぱらとめくって読んでいた。ときどき表の呼び鈴が聞こえ、給油の客が来たことを告げた。茶色いゴキブリがのろのろと壁を這《は》っていた。胃腸の働きをよくしようと、また犬のポコチンに火をつけたが、胃腸はセメントのように固まっていた。精いっぱい気張っても、ときどき血が滴《したた》るだけだった。ぶよぶよの太ももがしびれてきた。一度、だれかがドアを叩《たた》いたが、役立たずのくそったれに潔癖症の手を洗わせるために、この席を譲るつもりなどさらさらなかった。

血だらけの尻《しり》を拭《ふ》こうとしたとき、ふやけた『トゥルー・クライム』の記事が目に飛び込んできた。カールはまた便器に腰かけ、葉巻をはじいて灰を落とした。記事中、インタビューを受けた刑事は、ふたりの男性の遺体が発見されたと語っていた。ひとりはネブラスカ州レッドクラウド近くの下水溝に押し込められていて、もうひとりは、カンザス州セネカの外れにある放棄された農場の小屋の床に、釘《くぎ》で打ち付けられていた。「両地点の距離は百マイルもないのです」刑事が指摘した。カールは雑誌の表紙に記された日付を見た。一九六四年十一月。くそ、もう九カ月も前の記事か。その三ページの記事を、カールは気をつけて五回読んだ。詳細は明かさなかったものの、刑事は犯罪の性向からして、このふたつの殺人事件が関連している可能性が高いという。そして、遺体の状態から判断すると、一九六三年夏、あるいはその前後の犯行だと思われる、と彼は語っている。「まあ、年だけは合ってる」カールは独り言をいった。三度目の旅行のときだ、そのふたりを狩ったのは。ひとりは家庭を捨て、アラスカで新しいスタートを切ろうとしていた夫で、もうひとりは、食い物はないかと動物病院裏のくず入れをあさっていた浮浪者だった。あの釘はいい被写体になった。小屋のドアから入ってすぐのところに、釘が詰まったコーヒー缶が置いてあった。いつかカールがそこに行くことを見越して、悪魔がそこに仕込んでいたかのように。

カールは尻をぬぐい、汗ばんだ手をズボンで拭いた。雑誌の記事のページを破り、畳んで財布にしまった。口笛を吹きながらシンクで櫛を濡らし、白く薄くなりつつある髪をうしろになで付け、顔の吹き出物が密集したところを絞った。ガレージの中で、整備士が低い声でサンディーに話しかけているのに気付いた。細い脚をサンディーの脚にぴったりくっつけていた。「どうなってるんだか、やっと出てきた」顔を上げてカールを見たとき、サンディーがいった。

サンディーにはかまわず、カールは整備士に訊いた。「修理できたか?」

整備士がサンディーから離れ、びくびくした様子で両手をカバーオールのポケットに突っ込んだ。「たぶん」整備士がいった。「水を入れてみましたが、今のところ漏れてません」

「ほかに何を入れた?」カールはいい、怪しむようなまなざしを向けた。

「何も、何も入れてませんよ、ミスター」

「少し走らせてみたか?」

「十分ぐらい走ってみた」サンディーがいった。「何をやっていたのか知らないけど、あなたがあそこのトイレに籠もっていたときに」

「わかった」カールはいった。「いくら払えばいい？」

整備士が頭を掻《か》き、噛《か》み煙草の箱を取り出した。「さあ、わかりませんね。五ドルはどうです？」

「五ドル？」カールはいった。「おれのかみさんとよろしくやったのにか？　かみさんは一週間はひりひりしてるだろう。孕《はら》んでなかったらもうけものだ」

「四ドルでどうだ？」整備士がいった。

「よく聞け」カールはいった。「人の親切につけ込む気か、おまえ？」カールがサンディーに目をやると、サンディーが目配せした。「わかった、ビールを二本くれるなら、三ドル出す。だが、それより下げることはない。うちの妻は安い娼婦じゃない」

そこを出発するころには夜も遅くなり、その夜は田舎道沿いで車中で寝た。カールのペンナイフをスプーン代わりにして、缶詰めの肉をふたりで分け合った。サンディーは後部席に移り、おやすみといった。少しして、カールも前部席でちょうどとうとしはじめたとき、激しい痙攣《けいれん》がカールの内臓をとらえ、ドアハンドルを手で探った。車から飛び出し、道路に沿って延びている排水路を越えた。急いでズボンを下ろすのとほぼ同時に、ポポーの木にすがりついて一週間分の不安とジャンクフードを草むらにぶちまけた。枯れ葉で尻を拭いたあと、月明かりを浴びて車の外に立ち、もう一度、雑誌の記事を読んだ。その後、ライターを出して、それを燃やした。サンディーにはいわないことにした。ときどき口がやたら軽くなるし、この先、そのことでどういった対処が必要になるか、今は心配したくなかった。

15

テカムセラウンジの女バーテンダーと話した翌日、ボーデッカーは妹とその夫が住んでいる街の東側にあるアパートメントに行った。サンディーがどんな哀れな暮らしを送っていようがたいていは知ったことではないが、ロス郡で体を売ることは許さない。ボーデッカーが保安官でいるかぎりは。カールと好き勝手やるのと——まあ、それもしかたないさ——カネをもらってよからぬことをするのはまるでちがう。選挙戦になれば、ヘン・マシューズが例によってそれをネタに汚い手を使ってくるだろうが、ボーデッカーは別の理由で心配していた。人間は犬に似ている。掘りはじめたら、やめられなくなる。はじめは、単に保安官の妹が娼婦だという話だろうが、やがてだれかがボーデッカーとテイター・ブラウンの交際を探り当てる。そうなれば、はじめてバッジを着けて以来の度重なる賄賂《わいろ》やら何やらが掘り起こされる。今思えば、あのぽん引きの盗人は、逮捕できるときにしておけばよかった。それくらいのでかい逮捕劇を演じていれば、過去をほとんど清算できていたかもしれない。だが、強欲に負けて、今では死ぬまで抜け出せなくなった。

ボーデッカーはみすぼらしい二世帯住宅の前に車を停め、牛を満載した平台トラックが、通りを挟んだ向かいにある家畜飼育場に入っていくのを見ていた。肥料の鼻を突くにおいが、八月の暑い空気に立ちこめている。酒をやめたあの夜、サンディーに家まで運んでもらったときのおんぼろ車はどこにもなかったが、ボーデッカーはとにかくパトロールカーを降りた。たしかステーションワゴンだったはずだ。彼は家の脇《わき》に回り、二階のドアに通じるぐらつく階段を上った。最上段に、サンディーがテラスと呼んでいるちょっとした踊り場がある。隅っこにぶちまけられたゴミ袋があり、キンバエが卵の殻やコーヒー粉や丸められたハンバーガーの包みにたかっていた。木の手すりの横に、クッション付きのキッチンチェアが置いてあり、その下に、葉巻の吸い殻が半分ほど溜《た》まったコーヒー缶があった。カールとサンディーの暮らしぶりときたら、ホワイトヘブンに住む黒人連中やノッケムスティッフの〝谷間のくずども〟よりたちが悪い、と彼は思った。ああ、だらしないやつは大嫌いだ。ボーデッカーは郡刑務所の囚人に毎朝交代でパトロールカーを洗わせている。カーキ色のズボンには、ナイフのように鋭い折り目がついている。行く手にあった空っぽのディンティ・ムーア（缶詰めビーフシチューの商標）の缶を蹴《け》り飛ばし、ドアをノックしたが、だれも出なかった。帰ろうとしていたとき、どこか近くから音楽がかすかに聞こえてきた。手すりから見下ろすと、隣の庭に黄色いブランケットを敷いて寝そべっている、花柄の水着を着たぽっちゃりした女が見えた。その周りの背の高い草の中に、オートバイの錆《さび》だらけのフレームや部品が散らばっている。茶色の髪を頭頂部にピン留めし、とても小さなトランジスタラジオを持っている。ベビーオイルをたっぷり体に塗り、まばゆい日差しを浴びて新しい一セント硬貨みたいに輝いている。ボーデッカーは女がつまみを回して別のラジオ局を探している様子を見ていた。ヒルビリー（南部山岳地方に発生したカントリー・ミュージック）の失恋ソングの南部《なんぶ》訛《なま》りがかすかに聞こえる。やがて女はラジオをブランケットの端に置き、目を閉じた。すべすべした腹が上下した。寝返りを打ち、顔を上げて周囲をちらりと見た。だれにも見られていないと思って、水着のトップを外した。ほんの少しためらったあと、手を下に伸ばし、ボトムを半分下げて、尻っぺたを三、四インチ（約八～十センチメートル）出した。

ボーデッカーは煙草に火をつけ、階段を下りはじめた。ここに座り、日差しをもろに浴びて汗だくになりつつ、思う存分のぞいている義理の弟の姿を想像した。だれにでも見えるように、女が手足を広げて寝そべっているのだから、のぞこうと思えば楽にのぞける。カールの頭の中には写真撮影のことしかないようだし、近所に住む人を盗み撮りなどしていないだろうか。はっきりとはわからないが、そんなことを禁じる法律があるはずだ。なくても、あってしかるべきだ。

16

サンダウナーを出るときには正午になっていた。サンディーは十一時に起きて、一時間もバスルームに籠もり、支度を整えた。まだ二十五歳だというのに、茶色の髪にはすでに白いものが混じりはじめている。サンディーのいちばんのチャームポイントだと思っていた歯も、カールは気になった。煙草の吸いすぎで醜く黄ばんでいるのだ。いくらペパーミント・キャンディーを食べようと、このところずっと息がひどいことにも気付いていた。口の中で何かが腐りはじめているにちがいない。家に帰ったら、歯医者に行かせないといけない。治療費を考えると頭が痛いが、素敵な微笑《ほほえ》みはすさまじい苦痛との対比をなすものだから、写真の重要な構成要素だ。カールはこれまで何度も試みた。だが、銃を抜いていくら笑えと命じても、モデルたちからつくり笑いひとつ引き出せなかった。「なあ、きついときもあるだろうが、首尾よく終わらせるなら、楽しげな顔を見せないといけない」サンディーが動揺するようなことをモデルにしたとき、カールは決まってサンディーにいった。「モナリザの絵を思い出せ。自分が美術館の壁に掛けられている絵のモナリザだと思え」

まだ数マイルしか走っていないとき、サンディーが急にブレーキを踏み、ティップトップ（「極上」の意味）という小さなダイナーの駐車場に入った。先住民の小屋にも似た形の建物で、さまざまな濃さの赤と緑に塗装されていた。駐車場は満杯に近かった。

「いったい何をするつもりだ？」カールはいった。

サンディーがエンジンを切り、車から降りて、助手席側にやってきた。「まともなものを食べさせてくれないなら、もう一マイルだって運転しない」彼女がいった。

「三日もお菓子しか食べてない。もう、歯まで浮いてきてる」

「それはないだろ、走りはじめたばかりじゃないか」カールはいった。サンディーはぷいと背を向け、ダイナーのドアに向かって歩きはじめた。「待てよ」カールは大きな声で呼び止めた。「おれも行く」

カールは車をロックしたあと、サンディーのあとから店内にはいり、窓際《まどぎわ》のブース席を見つけた。ウエイトレスが二杯のコーヒーと、ケチャップの染《し》みが点々とついたくたびれたメニューを持ってきた。サンディーはフレンチトースト、カールはサイドディッシュのカリカリベーコンを注文した。サンディーはサングラスをかけ、染みだらけのエプロンを着けた男がレジのロール紙を入れ替えるさまを見ていた。ウッデンスプーンを思い出した。カールは混んでいる店内を見回した。農夫や年配の客がほとんどだが、目の落ちくぼんだセールスマンがふたり、潜在顧客リストをじっと見つめている。そのとき、若い男に気付いた。二十歳そこそこといった年格好で、カウンター席について、レモンメレンゲ・パイのひと切れを食べている。たくましい体軀《たいく》、豊かでウェーブのかかった髪。小さな星条旗が縫い付けてあるバックパックが、横のスツールに立て掛けてある。

「それで?」ウエイトレスが食べ物を運んできたあとで、カールはいった。「今日は具合が少しはましになったか?」話しながら、血走った片目をカウンター席の男に、もう一方を車に向け続けた。

サンディーは食べ物を呑《の》み込み、かぶりを振った。フレンチトーストにまた少しシロップをかけた。「そのことも話さないと」彼女がいった。

「というと?」カールは訊き、スライスされたベーコンの焦《こ》げた外皮を取り除き、焦げのついていないベーコンを口に入れた。その後、サンディーの煙草の箱から一本取り出し、指でくるくると転がした。そして、皿に残っている食べ物をサンディーの方に押しやった。

サンディーはコーヒーをひとくち飲み、隣のテーブルの人たちをちらりと見た。

「それはあとで」

カウンターの男が腰を上げ、ウエイトレスにいくらかのカネを手渡した。その後、苦しげなうめき声を上げてバックパックを肩に背負い、つまようじを口にくわえてドアの外に出ていった。カールは男が路肩まで進み、通りすぎる車に親指を立てるさまを見た。車が停まらずに走り去ると、男はゆっくりした足取りで西へと歩きはじめた。

カールはサンディーに顔を向け、窓に向かって顎《あご》をしゃくった。「ええ、その人なら見た」サンディーがいった。「すごいこと。そこら中にいるのね。ゴキブリみたいに」

サンディーが食べ終えるまで、カールは車が通りかかるだろうかと道路を見ていた。今日家路につくという決断について考えた。啓示はゆうべはっきり示されたが、今はあまり自信がなかった。あとひとりモデルを増やせば、せっかく三つそろった六を破ることになるが、一週間、車を走らせても、あの若者のようなモデルはひとりも見つからないかもしれない。啓示に逆らうほど愚かではないが、〝七〟はゆうべの部屋番号だったことを思い出した。さっきの若者が出ていってから、一台の車も通っていない。若者は今も路上にいて、暑い日差しを浴びて乗せてくれる車を探している。

「よし」サンディーがいい、ペーパーナプキンで口を拭いた。「これで運転できる」

サンディーは立ち上がり、ハンドバッグを取った。「あの男をあまり長く待たせるのも悪いし」

第三部　孤児と亡霊

17

父親の自殺後、アーヴィンはすぐに祖母のエマと暮らすことになり、エマは毎週日曜日に必ずアーヴィンとレノラを連れて教会に行ったが、祈ったり、歌ったり、聖餐《せいさん》台《だい》の前でひざまずくようにとは一度もいわなかった。オハイオ州の福祉事業員から、母親が死んでいくそばで耐え忍んだアーヴィンの悲惨なひと夏の話を聞いて、エマはアーヴィンに毎週の礼拝に出る以外、何も求めないことにした。サイクス牧師はときに、ためらいがちな新顔を信仰の道に強引に引き込もうとするから、エマはアーヴィンがやってきてすぐにサイクス牧師を訪ね、孫には心の準備が整いしだい孫なりのペースで帰依《きえ》させたいと願い出た。車にはねられた動物の死《し》骸《がい》を十字架から吊《つ》るし、倒木に血を注いでいたと聞いて、この老牧師はひそかに感心したが――著名なキリスト者はみな狂信的ではなかったか？――そのときはエマに合わせて、若者を主の元に導く方法としてはあまりほめられないというにとどめた。「いいたいことはわかります」

サイクスはいった。「お孫さんをトッパーヴィルのおかしな連中に仲間入りさせることもない」彼は教会の階段に座り、傷ついた黄色い林檎《りんご》の皮をポケットナイフで剝《む》いていた。晴れた九月の朝だった。オーバーオールの作業服と、襟回りがほつれはじめているワイシャツの上に、上等のスーツの上着を着ていた。最近、胸に痛みを感じるようになり、クリフォード・オデルにルイスバーグの新しい病院まで乗せていってもらうことになっているが、オデルはまだ到着していなかった。そこの医者が六年も大学に通っていたという話を、サイクスはバナーの店で耳にして、診てもらうのを心待ちにしていた。そんなに教育を受けてきたのなら、どんなものでも治せるだろうと思っていた。

「それはどういう意味なの、アルバート?」エマが訊《き》いた。

　サイクスが林檎から目を上げると、エマに険しいまなざしを向けられているのがわかった。自分が何をいったのかすぐには認識できなかったが、やがて恥ずかしさのあまり、皺《しわ》の寄った顔が真っ赤に染まった。「すまない、エマ」彼は慌《あわ》てていった。「ウィラードのことではないんだ、断じて。あれは善き男だった。最高の部類に入る男だった。ああ、ウィラードが救われた日のことは、今でも覚えている」

「もういいわ」彼女がいった。「死者にお世辞をいってもしかたないわ、アルバート。

息子がどんな子だったかは、わたしがよくわかっている。ウィラードの息子にあまりうるさくいわないで。わたしのお願いはそれだけ」

レノラはというと、宗教が大好きのようだった。どこへ行くにも聖書を持っていった。ヘレンと同じく、外便所に行くにも。毎朝だれよりも早く起き、自分とエマのベッド脇《わき》の割れた床板に両膝《りょうひざ》を突いて、一時間ばかり祈った。どちらの親もまったく覚えていないが、レノラがエマに聞かせる祈りの大半は、殺された母親の魂を鎮《しず》めるもので、声に出さない祈りの大半は行方知れずの父親の消息を願うものだった。エマはロイ・ラファティのことは忘れたほうがいいと、何度もレノラにいい聞かせたが、レノラはどんな人なのかと気になってしかたなかった。ほぼ毎晩、寝る前には、父親が新品の黒いスーツ姿でポーチに現れ、すべてがあるべき姿になるところを思い描いた。そうすると心がいくらか安まった。そして、父親が生きているなら、主のお力添えにより、いつの日か本当に戻ってくるかもしれないと希望を抱き続けた。週に何度か、どんな天気だろうと、お墓参りし、母親のお墓の横の地べたに座り、声に出して聖書を、とりわけ詩篇（旧約聖書中、神の栄光をたたえた詩百五十篇からなる）を読んだ。聖書の中では、雅歌（旧約聖書中、男女の愛を歌った歌謡集）がヘレンのお気に入りだったと、前にエマが教えてくれた。レノラは六年生を終えるころには、雅歌を丸ごと空でいえるようになっていた。

保安官はとうの昔にロイとセオドアの捜索をあきらめていた。ふたりは亡霊にでもなったかのようだ。写真の一枚、記録文書のひとつも見つからなかった。「まったく、不毛の谷間《ハングリー・ホラー》のうすのろでさえ出生証明書ぐらいは出すぞ」有権者にふたりの失踪《しっそう》の話題を持ち出されると、彼はそんな言い訳をする。体の不自由な方がロイに惚《ほ》れていて、ロイがヘレンと結婚するまで、ふたりは同性愛関係にあったという噂《うわさ》を、彼は失踪後まもなく耳に入れていたが、それはエマにはいわなかった。初動捜査の際に複数の人が証言しているが、セオドアはヘレンのせいでロイの霊的メッセージの切れ味が鈍ったと強い口調で不満を口にしていた。「善き男が何人も堕落してしまった。くさい穴のせいで」セオドアは何杯か酒を飲んだあとで、そういっていたという。「説教師だってよ」彼はそう続けた。「近ごろ、あいつの考えることといったら、ナニを穴に突っ込んで濡《ぬ》らすことだけだ」そんな変態のふたり組が彼の郡で殺人を犯し、まんまと逃げたかもしれないと思うと、無性に腹が立った。だから陳腐な推理に固執するのだった。ミラーズバーグで一家を惨殺《ざんさつ》した殺人狂がおそらくヘレンも殺し、さらにロイとセオドアをばらばらにして、グリーンブライアー川に捨てたのだろう、と。何度もいっていると、ときどき本気で信じそうになった。

アーヴィンは深刻な面倒事こそ引き起こさないものの、エマにはアーヴィンにウィラードの面影がはっきりと見えた。けんかに関しては特にそうだった。十四歳になるころには、何度か学校で拳《こぶし》を使い、停学になっていた。やるなら時は選べと父親にいわれたことを、アーヴィンは覚えていて、その教訓を身をもって学んでいた。相手がトイレや階段の吹き抜けや体育館の裏にいるときなど、ひとりになったときに襲った。だが、だいたいのところ、アーヴィンはコールクリークではおおらかだと思われていて、彼の名誉のために付け加えるなら、いさかいに巻き込まれる原因はレノラだった。敬虔《けいけん》な話し方、青白い顔、それにどうしても着けるといって譲らないいまいましいボンネットのことで、いじめっ子にからかわれているレノラをかばおうとしたのだ。アーヴィンより数カ月若いというのに、レノラはもうしなびているように見える。畝《うね》に取り残された青白い冬のじゃがいものようだった。アーヴィンは実の妹のようにかわいがったが、朝レノラにうしろにぴったりひっつかれて校舎に入るのは、ばつが悪かった。「チアリーダーにはならない。それはたしかだ」アーヴィンはアースケルおじさんにいった。祖母がレノラにヘレンの白黒写真をあげたりしなければどれだけよかったか、とアーヴィンは思っていた。不格好なロングドレスをまとい、襞《ひだ》のついた帽子をかぶって、ヘレンが教会裏手の林檎の木の下に立っている写真だ。アーヴィンにいわせれば、そんな写真など見せなくても、レノラは哀れな母親にそっくりだった。

　エマにけんかのことを訊かれるたび、アーヴィンはいつも父親のこと、そして、ずっと前のじっとりした秋の日、ブルペンの駐車場で父親がシャーロットの名誉を守ったときのことを思い出した。アーヴィンが覚えているなかでは、ウィラードとすごした最高の日だったが、そのときのことはだれにも話したことはなかった。いや、それをいうなら、その後すぐにはじまったひどい月日のことも話したことはない。脳裏に響く父親の声を聞きながら、アーヴィンはエマにこう答えるのだった。

「ばあちゃん、ろくでもないくそ野郎が大勢いるんだ」

「まあ、アーヴィン、どうしてそんなことばかりいうの？」

「本当のことだからさ」

「それなら、そういう人たちのために祈ってみたらどうなの」エマは勧めた。「祈ったってだれも傷つかないだろう？」自分のペースで神への道を見つけるまでアーヴィンをそっとしておくよう、サイクス牧師に頼んだことを後悔するのは、こんなときだった。エマの見たところ、アーヴィンはいつも神とは反対の道に歩み出しそうだった。アーヴィンはやれやれと天を仰いだ。何かにつけて、ばあちゃんはそれを勧める。

「かもね」彼はいった。「でもさ、レノラがもうおれたちふたりの分まで祈ってるよ。どれだけご利益《りやく》があるのかはわからないけど」

18

彼らは中道《なかみち》の端のテントで、フラミンゴ・レディーと一緒に寝泊まりしていた。とても人間の顔にくっついているとは思えない、見たこともないほど長い鼻のがりがりに痩《や》せた女だ。「ほんとは鳥じゃないよな？」彼女と出会ったとき、セオドアはロイに訊いた。いつもの強気な声が、自信なさそうに震えていた。彼女の奇抜な姿に気圧《けお》されていた。奇人変人と仕事をしたことなら前にもあったが、ここまで変わった風采《ふうさい》ははじめてだった。

「ああ」ロイはセオドアを安心させた。「単なるショーの衣装だろ」

「そうは思えなかったよ」実際の姿ではないとわかって、セオドアは安堵《あんど》した声色でいった。ロイに顔を向けると、ロイはキャンピングカーの方に歩いていく彼女の尻《しり》を品定めしていた。「ああいう女はどんな病気を持っているか、わかったものじゃない」セオドアはいった。話が聞こえないところまで彼女が遠ざかると、すぐさま高慢な口調が戻った。「あんな女は、一、二ドルも出せば、犬とでもロバとでも何とでもやる」

フラミンゴ・レディーはぼうぼうの豊かな髪をピンクに染め、淡いピンクの生地にぼろぼろの鳩《はと》の羽をボンドでくっつけたビキニを着けている。彼女の出し物を大ざっぱにいえば、泥水を入れた小さなゴムのプールに一本脚で立ち、とがったくちばしで身繕いをする、というものだった。うしろに置いたテーブルの上のレコードプレーヤーから、スローで悲しげなバイオリン音楽が流れ、精神安定剤を誤って飲みすぎた日などには、泣き出してしまうこともあった。恐れていたとおり、一カ月ほど経《た》ったとき、ロイが彼女を口説いているとわかった。ただ、いくら探っても、淫《みだ》らな場面を目撃することはできなかった。「あのブスはいずれ卵を孵《かえ》す」セオドアはロイの前で毒づいた。「賭《か》けてもいいが、孵った雛《ひな》はおまえにそっくりだろうよ」気になるときもあれば、どうでもいいと思うときもあった。そのときピエロのフラップジャックとどれだけうまくやっているかしだいだった。フラップジャックはギターのコードをいくつか覚えたいといってセオドアのところに来たが、結局、セオドアに〝尺八〟の吹き方を実演してみせた。かつてロイは迂闊《うかつ》にも、セオドアとピエロがやっているのは、神の目から見れば醜行にほかならないと指摘してしまった。セオドアはおがくずを敷いた床にギターを置き、紙コップに茶色い液体のようなものを吐き出した。最近になって噛《か》み煙草《たばこ》をたしなむようになっていた。噛むと胃が少しむかむかするが、フラップジャックは噛んだあとの息のにおいが好きだという。「まともな話し相手にもならないならな、ロイ、くたばれよ、くそったれ」セオドアはいった。

「どういう意味だ？　おれはチンポコをなめたりするのはごめんだ」

「かもな。だが、あのドライバーで自分のかみさんを殺したのはたしかだよな？　忘れちゃいないよな？」

「忘れてないさ」ロイはいった。

「それなら、主はおまえよりおれの方が悪いと見ると思うのか？」

ロイはしばらく逡巡《しゅんじゅん》してから答えた。救世軍の保護施設にいたとき、枕《まくら》の下にあったパンフレットを読んだかぎりでは、男が男とやるのは、おそらく自分の妻を殺すのと同等の罪だということだが、ロイはどっちが悪いのかよくわからなかった。ある罪の重さをどう量るのかを考えると、ときどきロイは混乱するのだった。「いや、思わない」ロイはようやく答えた。

「なら、おまえはあのピンク頭のカラスだかペリカンだか何だかとよろしくやって、おれとフラップジャックはほっとけばいいじゃないか」セオドアはそういうと、くちゃくちゃの噛み煙草を口からほじり出し、フラミンゴ・レディーの子供用プールの方に放り投げた。ぴしゃっと小さな音が、ふたりに聞こえた。「そうすりゃ、だれも傷つかない」

テント表の垂れ幕には、〝預言とギター弾き〟と記されている。セオドアがBGMを奏《かな》でるそばで、ロイが背筋も凍る〝終末の時〟の話をする。数ヤード先でほかにも刺激的で気楽な娯楽がたくさんあるという状況で、二十五セント払ってテントに入ってくる客に、宗教もショーになるのだと納得させるのはきついので、ロイは説教の最中に虫を食べるというアイデアを思いついた。かつての蜘蛛《くも》の出し物に少しだけひねりを加えたショーだ。数分おきに説教を止め、体をくねらせるミミズや、歯ごたえのあるゴキブリや、ぬるぬるしたナメクジを釣り餌《えさ》用のバケツからつかみ出し、キャンディーのようにもぐもぐと食べた。それ以来、商売は上向いた。客の入りに合わせて、フラミンゴ・レディーと四十五分ずつで交代しながら、毎晩四回、ときには五回のショーを行った。ショーが終わると、ロイは急いでテント裏に行って虫を吐き出し、セオドアも車椅子《くるまいす》で着いていった。ふたりは次の出演までの待ち時間に煙草を吸い、ボトルからじかに酒を飲み、酔っ払いが歓声や悲鳴をあげ、偽物《にせもの》の鳥をおだてて、羽をむしり取らせようとするのを聞いた。

一九六三年には、ふたりはこのサーカス団、ビリー・ブラッドフォード・ファミリー・アミューズメンツに加わって四年近くがすぎていた。早春から晩秋まで、蒸し暑い南部の端から端へと、中古のスクールバスにテントと折畳み椅子と金属のポールを満載して移動し、きしりながらくるくる回るいくつかの乗り物、牙《きば》の抜けた蚤《のみ》だらけのヒョウ、目も当てられない奇人変人《フリーク》ショーが上等な娯楽だと思っているような連中が住んでいる、みすぼらしくてくだらない街にテントを張る。調子がよければ、ロイとセオドアはひと晩で二十から三十ドル稼ぐ。酒や虫に使ったりホットドッグスタンドで払った残りは、ほとんどフラミンゴ・レディーとピエロのフラップジャックの懐《ふところ》に入った。ウエストバージニア州とは百万マイルも離れているように感じられ、ふたりの逃亡者にはコールクリークの法の手がここまで伸びてくるとは思えなかった。ヘレンの死体を埋めて南に逃げてから、十四年近くが経った。もう名前を変えようとも思わなくなっていた。

19

アーヴィンの十五歳の誕生日に、アースケルおじさんは柔らかい布に包んだ拳銃《けんじゅう》と埃《ほこり》をかぶった弾薬の箱をアーヴィンに手渡した。「これはおまえのお父さんのものだった」アースケルおじさんがいった。「ドイツ軍のルガーだ。戦争から持ち帰ったものだ。お父さんもおまえに持っていてもらいたいだろう」アースケルは拳銃を使うことなどなかったから、ウィラードがオハイオ州に出ていくとすぐ、薫製場《くんせいじょう》の床下に隠しておいた。その後は、ときどきクリーニングのために手に取るくらいだった。アーヴィンのうれしそうな顔を見て、売り飛ばしたい欲求に負けずによかったと思った。夕食を済ませたばかりで、テーブル中央の大皿には、兎肉《うさぎにく》のフライがひとつ残っていた。アースケルはその後ろ脚の肉を朝食に取っておこうかどうか迷って、結局、手に取ってかじりついた。

アーヴィンは慎重に布を広げた。父が家に置いていた銃は二二口径ライフル一挺《ちょう》だけで、アーヴィンには触れることすら許さず、まして撃たせたことなど一度もなかった。一方、アースケルは、アーヴィンが同居するようになって三、四週間もすると、アーヴィンに一六番径のレミントンを持たせて森に連れて行った。「この家では、飢え死にしたくなければ、銃の扱い方を覚えないといかんぞ」アースケルはアーヴィンにいった。

「でも、何も撃ちたくないよ」その日、アーヴィンはいった。すると、アースケルは足を止め、ヒッコリーの高い枝から枝へ飛び回っている二匹のハイイロリスを指さした。

「たしか今朝、おまえはポークチョップを食ってなかったか？」

「食ってた」

「だれかがその豚を殺して肉に切り分けないといけないよな？」

「たぶん」

アースケルは自分の持っていたショットガンを上に向け、撃った。さっきのリスのうち一匹が地面に落ち、アースケルがそちらの方に歩き出した。「ずたずたにしない程度に撃つんだ」彼はいった。「フライパンで焼く分ぐらいは残しておかないとな」

ルガーには油が塗ってあり、部屋の両側の壁に掛けてある石油ランプの揺らめく光を受けて、新品のようにきらめいていた。「父さんがその話をしていた覚えはないな」アーヴィンはいい、銃のグリップをつかんで持ち上げ、窓に向けた。「軍隊に入っていた話のことだけど」父親にはしないようにと母親に禁止されていたことがたくさんあり、戦争でどんな経験をしたのかと訊くことは、禁止リストの上にあった。

「ああ、だろうな」アースケルはいった。「あいつが戻ってきたときのことを覚えてるよ。おれも日本軍のことを聞きたかったが、その話を持ち出すたびに、あいつはおまえの母さんの話をしていた」彼は兎肉を食べ終え、骨を皿に置いた。「そういえば、あのときあいつはおまえの母さんの名前さえ知らなかったと思うぞ。帰ってくる途中、どこかの食堂で給仕していたのを見初《みそ》めたばかりだった」

「ウッデンスプーンだ」アーヴィンはいった。「母さんが病気になったあと、一度、父さんに連れていってもらった」

「向こうの島々できつい経験をしてきたんだと思う」アースケルがいい、布巾《ふきん》はないかと見回し、結局オーバーオールの前身ごろで手を拭《ふ》いた。「死人の肉を食ったのかどうかは、わからないが」

アーヴィンは唇を噛みしめ、生唾《なまつば》を飲み込んだ。「今までで最高のプレゼントだよ」

ちょうどそのとき、小さなフライパンに載った飾り気のない黄色いケーキを持って、エマが部屋に入ってきた。その真ん中に、一本の蠟燭《ろうそく》が立っていた。レノラもいつもは教会に行くときしか着ない青いロングドレスとボンネットという格好で、そのうしろから入ってきた。片手にマッチの箱を持ち、もう片方にひび割れた革張りの聖書を持っている。「それは何だい？」アーヴィンがルガーを持っているのを見て、エマがいった。

「ウィラードがおれにくれた銃だ」アースケルがいった。「そろそろアーヴィンに渡してもいいだろうと思って」

「まあ」エマがいった。そして、ケーキをテーブルに置き、格子《こうし》柄《がら》のエプロンの縁をつかみ、涙をぬぐった。銃を見て、息子の思い出と、何年も前の果たせなかった約束がよみがえった。ときどき、この家にとどまってヘレンと結婚するよう、ウィラードを説得できていたら、今もふたりは生きていただろうかと思わずにいられなくなる。しばらくみんな黙っていた。エマの考えていることがわかっているかのようだった。すると、レノラがマッチを擦り、単調な声でいった。「お誕生日おめでとう、アーヴィン」彼女は蠟燭に火をつけた。数カ月前、自分の十四歳の誕生日に使ったのと同じ蠟燭だった。

「何の役にも立たないだろう」アースケルはケーキにはかまわず、そういって銃の方に顎《あご》をしゃくった。「すぐそばまで近づかないと当たらんからな」

「石を投げたほうがいいかもな」アースケルが冗談を飛ばした。

「ほら、アーヴィン？」

「ショットガンの方がよっぽどましだ」

「蠟燭が燃え切る前に願いごとをしなさい」エマがいった。

「その弾は九ミリだ」アースケルがいった。「バナーがいうには、店に置いてないが、特別に注文できるそうだ」

「急いで！」レノラが声を上げた。

「わかった、わかったよ」アーヴィンはいい、銃を布の上に置いた。そして、顔を蠟燭に近づけて、小さな炎を吹き消した。

「何をお願いしたの？」レノラは訊いた。主に関係することだったらいいのにと思ったが、アーヴィンのことだから、期待はしなかった。アーヴィンが目覚めたら、イエス・キリストへの愛が胸に輝いていますように、と彼女は毎晩祈っていた。アーヴィンが、ラジオで聞いているエルヴィス・プレスリーとか、そういう罪人たちと同じように地獄に落ちるとはどうしても考えたくなかった。

「そんなことを訊いちゃいけないことぐらいわかるでしょ」エマがいった。

「まったくだね、ばあちゃん」アーヴィンはいった。「みんなをオハイオに連れていって、ぼくらが暮らしていた家を見せてやりたいよ。丘の上にあって、いいところだった。とにかく、母さんが病気になるまでは」

「おれがシンシナティに住んでいたころの話はしたか？」アースケルがいった。

アーヴィンは女性陣ふたりを見て、目配せした。「いや」彼はいった。「覚えてないな」

「そんな、もうやめて」エマが小声でいい、レノラは笑いを嚙み殺し、蠟燭の残りをケーキから取り、マッチ箱に入れた。

「それがな、女がそこまでおれを追ってきたのさ」アースケルはいった。「フォックスノブの出で、ライリーのところのすぐそばで育った。生家はもうない。秘書の学校に行きたかったのさ。そのころのおれは、今のおまえとそう変わらない歳《とし》だった」

「だれが秘書の学校に行きたかったの？」アーヴィンは訊いた。「おじさん、それともその女の子？」

「いうじゃないか！　彼女だよ」アースケルがいった。大きく息を吸い、ゆっくり吐き出した。「アリス・ルイーズ・ベリーという子だった。その子のこと、覚えてるだろ、エマ？」

「ああ、覚えてるさ、アースケル」

「どうしてとどまらなかったの？」アーヴィンはあまり考えずにいった。その話の断片は百回くらい聞いていたが、コールクリークに戻ってきてしまった理由は一度も訊いたことがなかった。アーヴィンは父親と暮らしてきて、他人のことをあまり詮索《せんさく》しないようにいわれていた。だれしも話したくないことがある。自分のことでも。両親が亡《な》くなって五年だが、アーヴィンを残して逝《い》ってしまったウィラードに怒りを抱いていることを、人に話したことはなかった。だから、こうして無駄な口を叩《たた》いて、アースケルに答えにくいことを訊いてしまい、自分がいやなやつになったような気がした。アーヴィンは拳銃を布でくるみはじめた。

花柄の壁紙に隠れている答えを探しているかのように、アースケルは曇ってかすんだ目で部屋の向こう側をじっと見た。もっとも、その答えはよく知っていた。アリス・ルイーズ・ベリーはギルモア・サンダーソン秘書スクールで勉強をはじめてほんの数週間後、一九一八年に流行《はや》ったインフルエンザで、三百万人あまりの哀れな犠牲者とともに死んだのだ。故郷の山地にとどまっていたら、まだ生きていたかもしれない、とよくアースケルは思った。だが、アリスはいつも大きな夢を抱いていた。彼女のそういうところも大好きだったから、引き止めなくてよかったとも思う。アリスが発熱するまで、シンシナティで高層ビルと車も人も多い通りに囲まれて一緒にすごした日々は、アリスの人生の中でいちばん幸せなときだった。それをいうなら、アースケルにとってもそうだ。一分ほどして、彼はまばたきして思い出を振り払い、こういった。「うまそうなケーキだな」

エマはナイフを取り、ケーキをひとりにひと切れずつ、四つに切り分けた。

20

ある日の放課後、アーヴィンはレノラを探しに行くと、バスの車庫の並びにあるゴミの焼却炉の前で、三人の男子生徒に囲まれて追い込まれていた。彼らの背後から近づいていくと、ジーン・ディンウッディーがレノラにこういう声が聞こえた。「しかし、おまえはやたらぶさいくだな。首まで袋をかぶせないと立ちゃしねえな」ほかのふたり、オーヴィル・バックマンとトミー・マットソンがげらげら笑いながら、レノラににじり寄っていった。こいつらは一、二年留年した上級生で、みんなアーヴィンより体が大きかった。学校にいるあいだはたいてい工作室にたむろし、役立たずの工作教師で煙草好きのバグラーと、卑《ひ》猥《わい》なジョークを交わしていた。レノラは目を固く閉じ、祈りはじめた。その桃色の顔を涙が伝っている。アーヴィンはたった二発ディンウッディーを殴っただけで、襲いかかってきたほかのふたりに地面に押し倒され、代わる代わる殴られた。砂利の地面に横たわっていると、あの日、外便所前のぬかるみで父親に半殺しにされた狩人《かりうど》が脳裏に浮かんだ。けんかの最中には、よく思い出す。だが、あの男とはちがい、アーヴィンは絶対に降参しなかった。用務員が焼却する段ボールを載せたカートを押してこなかったら、殺されていたかもしれない。一週間ほど頭の痛みが取れず、さらに数週間は黒板の文字が読みにくかった。

二カ月近くかかったが、アーヴィンはその三人をひとりずつ仕留めていった。ある夕方、日が暮れる少し前、彼はオーヴィル・バックマンのあとをつけてバナーの店にやってきた。百ヤード（約九十一メートル）手前の並木の陰に隠れ、オーヴィルがソーダをがぶ飲みしたり、リトルデビー（マッキーベーキングカンパニー〔現マッキーフーズ・コーポレーション〕のスナックケーキ）を頬張りながら出てくる様子を窺《うかが》っていた。オーヴィルがアーヴィンのそばを通りかかり、またソーダを飲もうとボトルをあおった瞬間、アーヴィンは道路に出ていった。ペプシの瓶底を手のひらで下から突き上げ、細くなっている飲み口側が半分ぐらいオーヴィルの喉奥《のどおく》に突き刺さり、虫の食った前歯二本を折った。何がぶつかってきたのかオーヴィルが気付く前にけんかはほぼ終わっていたが、とどめの一発でオーヴィルを完全にのした。一時間後、オーヴィルは自分の血でむせ返り、目を覚ました。道路脇の水路に倒れていて、紙袋を首までかぶされていた。

二週間後、アーヴィンはアースケルの古いフォードでコールクリーク・ハイスクールのバスケットボールの試合会場へ行った。ミラーズバーグのチームとの対戦で、いつも大勢の観客が入った。彼は車中でキャメルの煙草を吸い、正面の入り口からトミー・マットソンが出てくるのを待った。霧雨が降っていて、肌寒くて暗い十一月はじめの金曜の夜だった。マットソンは学校一の女たらしを気取っていて、まぬけのボーイフレンドがゴムのボールを追いかけて体育館の床を駆けずり回っている隙《すき》に、試合会場でそいつらの女をナンパしたといっては自慢していた。ハーフタイムの直前、アーヴィンがウインドウから吸い殻を投げ捨てたとき、次のターゲットがスージー・コックスという一年生の女に腕を回して外に出て、駐車場奥に何列も停まっているスクールバスの方へ歩いていくのが見えた。アーヴィンはタイヤ着脱用のレバーを持ってフォードから降り、ふたりのあとをつけた。アーヴィンが見ていると、マットソンが黄色いスクールバスの後部ドアをあけ、スージーをバスに乗せた。アーヴィンは数分待ってから、ドアのハンドルを回し、金属のきしむ耳障《みみざわ》りな音とともにドアをあけた。

「今のは何？」女の声が聞こえた。

「何でもないさ」トミーがいった。「完全に閉まってなかったんだろ。いいだろ、なあ、下着を脱げよ」

「ドアを閉めなきゃいやよ」女がいった。

「くそったれ」トミーが不満の声を漏らし、彼女から体を離した。「それだけの甲斐《かい》があるんだろうな」トミーは片手でズボンを押さえて狭い通路を歩いていった。トミーが身をかがめてハンドルをつかみ、ドアを引こうとしたとき、アーヴィンはレバーを振り、トミーの膝頭を強打し、バスから転倒させた。「いてえ！」地面に落ち、右肩を強打したとき、マットソンが声を上げた。アーヴィンはまたタイヤ着脱用のレバーを振り下ろして肋骨《ろっこつ》二本を折ったあと、トミーが起き上がろうとする気が折れるまで蹴《け》り続けた。上着のポケットから紙袋を取り出し、うめいているトミーの横に膝を突いた。トミーの巻き毛をつかむと、頭を上に引っ張った。バスの中にいる女は見に来ることもなかった。

次の月曜日、学校のカフェテリアにいると、ジーン・ディンウッディーが近づいてきて、いった。「おれの頭にも袋をかけてみろよ、くそ野郎」

アーヴィンは転校生のメアリー・ジェイン・ターナーとテーブル席に着いていた。彼女の父親はコールクリークで育ち、その後十五年のあいだ商船に乗ったあと、祖父の遺産である丘の斜面の荒れた農場を相続して故郷に戻った。この赤毛のメアリーはそういう場面になると、船乗りのように悪態をつけるのだった。理由はよくわからないが、特にいちゃついているときなど、彼女のそういうところを、アーヴィンは気に入っていた。「ほっとけよ、粗チン」彼女がいい、こちらを見下ろす長身の少年にさげすみの一瞥《いちべつ》をくれた。アーヴィンはにやりとした。

メアリーには目もくれず、ジーンがいった。「ラッセル、おまえとの決着をつけたら、おまえのガールフレンドを長い長いドライブに連れていってやるよ。美人コンテストで優勝するようなタマじゃないが、そうだな、鼠顔《ねずみがお》のおまえの妹ほどのブスでもない」ジーンは両拳を固めてテーブルを見下ろし、アーヴィンが急に立ち上がって突っかかってくるのを待ち受けていたが、アーヴィンが目を閉じて手を合わせるさまを見て、呆気《あっけ》にとられた。「冗談だよな」ジーンは混み合ったカフェテリアを見回した。体育教師がにらんでいた。週末にハンティントンとチャールストンでレスリングをして小遣いを稼いでいる赤毛のあごひげを蓄えた屈強な男だ。一度もフォールされたことがなく、ウエストバージニア州の人も物もぜんぶ憎んでいるから、試合には絶対に負けないという噂だった。この男だけは、ジーンも怖がっていた。彼は顔をアーヴィンに近づけ、低い声でいった。「祈れば逃げられるなんて思うなよ、くそ野郎」

ジーンが立ち去ったあと、アーヴィンは目をあけ、チョコレートミルクの紙パックからひとくち飲んだ。「大丈夫？」メアリーがいった。

「ああ」アーヴィンはいった。「どうしてそんなことを訊くんだ？」

「ほんとに祈ってたの？」

「ああ」彼はいい、こくりとうなずいた。「好機が来るように祈ってた」

一週間後、父親の車庫で五六年式シボレーの点火プラグを交換していたジーンを、アーヴィンはついに襲撃した。そのころには、紙袋は十枚以上集めていた。数時間後に弟に発見されたとき、ジーンは頭にその紙袋を何重にも無理やりかぶせられていた。窒息死しなかったのは運が良かったと医者はいった。「アーヴィン・ラッセルだ」ジーンは意識を取り戻したあと、保安官にいった。それまで十二時間ばかり病院で夢を見ていて、自分がインディー五〇〇のレースでびりっけつになったと信じ込んでいた。それまでの人生でいちばん長い夜だった。アクセルを踏むたびに、乗っている車がのろのろと遅くなるのだった。追い抜いていく車のエンジンの咆哮《ほうこう》が、まだ耳の奥で鳴り響いている。

「アーヴィン・ラッセル？」保安官がいった。その声色にはかすかな疑いがにじんでいた。「けんかっ早いのは知っているが、なあ、おい、おまえはあいつの倍もでかいぞ」

「不意をつかれたんだ」

「というと、頭にたんこぶをつくられる前に、そいつの顔を見たのか？」保安官が訊いた。

「いや」ジーンはいった。「でも、あいつの仕業だ」

「どうしてそうだとわかる？」

ジーンの父親が壁に寄りかかり、血走って不機嫌そうな目で息子の様子を窺っていた。部屋の反対側にいるというのに、ワイルド・アイリッシュ・ローズ（ウイスキーベースのカクテル）のにおいが漂ってくる。カール・ディンウッディーはビールにとどめているうちはそれほどひどくないが、ワインに手を出すと、いきなり危ない人になる。気をつけないと、まずいことになりそうだ、とジーンは思った。母親はラッセル家と同じ教会に通っている。ジーンがあのレノラとかいうくされ女をいじめていたと知ったら、父親にぶちのめされる。「おれの勘ちがいかもしれない」ジーンはいった。

「どうしてラッセルのところの坊主《ぼうず》がやったといった？」保安官は訊いた。

「さあ。夢でも見ていたのかもしれない」

部屋の隅にいたジーンの父親が、犬が吐くときにも似た音を出し、こういった。

「十九にもなって、まだ学校通いだ。あんた、どう思うよ、保安官？　屁《へ》の役にも立たんとは思わんか？」

「だれのことだ？」保安官はいい、困惑の表情を浮かべた。

「そこのベッドに寝転がってるでくの坊のことさ」カールはいい、ジーンに背を向けてドアからふらりと出ていった。

保安官はジーンに顔を向けた。「さて、だれがおまえにこんなことをしたのかは知らないが、どうして頭に袋をかぶせたりしたのか、思い当たる理由はあるか？」

「いや」ジーンはいった。「何も」

21

「何を獲《と》ってきた？」アーヴィンがポーチに上ってきたとき、アースケルはいった。「あっちでその豆鉄砲の銃声が聞こえたが」すでに暗い部屋の汚いカーテンがゆっくり閉じられていくかのように、アースケルの白内障は週を重ねるごとにひどくなっていた。あと二カ月もすれば、もう車の運転もできなくなるかもしれない。老いはこれまで彼の身に起きた最悪の出来事だといっていい。近ごろ、アリス・ルイーズ・ベリーのことをますます考えるようになってきた。アリスが早世したために、ふたりともいろんなことをしそこなった。

　アーヴィンが三匹のアカリスを掲げた。父親の拳銃をズボンのベルトに挟んでいた。「今夜はご馳走《ちそう》だ」彼はいった。エマはそれまで四日も豆とフライドポテトしか出していなかった。月末に近づくにつれ、エマの年金の小切手が入るまでは、いつもひもじくなった。アーヴィンもアースケルも肉に飢えていた。

アースケルは椅子に座ったまま身を乗り出した。「まさかそのドイツのくされ銃で撃ったわけじゃないよな？」彼はひそかに、アーヴィンのルガーの扱い方を誇らしく思っていたが、そうはいっても、拳銃はあまり好きではなかった。ペッパーガンの方がまだましだし、絶対にライフルの方がいい。

「悪い銃じゃないよ」アーヴィンはいった。「撃つコツをつかめばいいだけだ」アースケルが拳銃をばかにしたのは、しばらくぶりだった。

　アースケルは朝からずっと眺めていた道具のカタログを置き、ポケットからポケットナイフを取り出した。「そいつを入れるものを取ってきてくれ。捌《さば》くのを手伝おう」アースケルにリスの前脚を押さえてもらい、アーヴィンは皮を剝《は》いだ。ふたりは新聞紙の上で腸《はらわた》を抜き、頭部と四肢を切り落とし、血だらけの肉を塩水の入った鍋《なべ》に入れた。捌き終えると、アーヴィンは不要な部分を新聞紙に包み、庭の端に持っていった。アースケルはアーヴィンがポーチに戻るまで待ち、ポケットから缶ビールを取り出して、ひとくち飲んだ。エマからアーヴィンと話をするよう頼まれていた。最近どんなことがあったのかを聞いて、エマは途方に暮れていた。アースケルは口をぬぐっていった。「ゆうべエルダー・スタッブのガレージでトランプをした」

「勝った？」

「いや、勝ったとはいえんな」アースケルはいった。彼は脚を伸ばし、くたびれた靴に視線を落とした。また修理しないといけない。「そのときカール・ディンウッディーに会った」

「それで?」

「ひとつもうれしそうじゃなかった」

　捨ててあったきしむキッチンチェア二脚を梱包《こんぽう》用ワイヤーで繋《つな》いだ椅子の、大おじが座っていない方に、アーヴィンは腰を下ろした。道路の向こうの灰色の木々に目を向け、しばらく口の内側を噛んでいた。「ジーンのことで腹を立ててた?」彼は訊いた。ジーンのやつを仕留《バッグ》めてから、一週間以上がすぎていた。

「多少はな。だが、あいつが腹を立てているのは、どちらかといえば病院の費用を払わなきゃいけないからだ」アースケルは鍋の中で浮いているリスを見た。「それで、何があった?」

　アーヴィンは、祖母を動揺させたくないこともあり、人をぶちのめしたことをこと細かく祖母に教える意味はないと思っていたが、アースケルが事実以外では納得しないこともわかっていた。「あいつ、レノラをからかっていたんだ。臆病者《おくびょうもの》の友だちと」アーヴィンはいった。「悪口をいったりなんかしてさ。だから、お仕置きをしてやった」

「ほかの連中は？」

「ほかの連中も」

アースケルは長々とため息をつき、首のひげを掻《か》いた。「もう少し手加減してやってもよかったとは思わんか？ なあ、おまえのいうことはわかるが、それでも、悪口をいわれたぐらいで病院送りにするわけにもいかないだろう。そいつにたんこぶをこしらえるくらいならいいが、聞くところによれば、ずいぶん痛めつけたようじゃないか」

「いじめっ子は嫌いだ」

「おいおい、アーヴィン、この先、嫌いなやつにも腐るくらい会うんだぞ」

「そうかもしれないけど、きっとこれで、あいつがレノラに手を出すこともない」

「なあ、ひとつ頼みがある」

「何だい？」

「そのルガーは引き出しに入れて、しばらく忘れてくれ」

「どうして？」

「拳銃は狩りの道具じゃない。人殺しの道具だ」

「でも、ぼくはあいつを撃ったわけじゃないよ」アーヴィンはいった。「ぶちのめしただけだ」

「ああ、わかってる。今回はな」

「さっきのリスはどうなの？　ぜんぶ頭に命中させたんだ。ショットガンじゃそうはいかない」

「いいから、しばらくしまっておけ、わかったか？　獲物を探しに行くなら、ライフルを使っていいから」

アーヴィンはしばらくポーチの床をじっと見つめていたが、その後、顔を上げ、疑いを秘めた目を細めてアースケルを見た。「いろいろいわれてるの？」

「カールにか？」アースケルは訊《き》いた。「いや、あいつはそこまでまぬけではない」

その夜最後のゲームで賭け金が最大になったとき、ロイヤルフラッシュを引いたのに、カールがたかがツーペアでそのカネを家に持ち帰れるように降りたことなど、アーヴィンにいってもしかたないと思った。そうするのが正しかったと自信を持っていえるとはいえ、そのときのことを考えると、今でも吐き気がする。あの場には二百ドル近くあったはずだ。カールの息子を診た医者が、あとであらかた持っていってくれないものかと思った。

22

三月のある晴れた土曜の夜、アーヴィンはポーチのざらついた手すりに寄りかかり、はるか彼方《かなた》の謎《なぞ》と厳かな輝きに包まれて丘の上に浮かぶ星々を見ていた。アーヴィンはふたりの親友、ホーバート・フィンリーとダリル・クーンと一緒に、夕方、ハングリー・ホラーで営業している片腕の酒の密造者、スロットマシーンから一瓶を買い、まだそれをちびちびと飲んでいた。風が肌を刺すが、ウイスキーのおかげで体はそこそこ温かかった。家の中からうなったり、つぶやいたりと、アースケルの寝言が聞こえた。数年前に、アースケルが姉の家に住み込むようになったとき、すきま風の入る差し掛け小屋を裏手に建て増していて、天気がよければ、アースケルはそこで寝ていたが、寒くなると、薪《まき》ストーブのそばの床に、灯油と防虫剤のにおいがする手織りのちくちくするブランケットを敷いて寝た。丘を下りたあたりの駐車スペースには、アースケルのフォードのうしろにアーヴィンの宝物がある。トランスミッションの調子が悪い一九五四年式の青いシボレー・ベルエアーだ。ありつけた仕事――薪割り、塀の設置、林檎《りんご》摘み、豚の餌やり――を何でもやり、四年かけて、やっとそれを買う資金を貯《た》めた。

その日、アーヴィンはレノラを乗せて彼女の母親の墓参りに行った。人に認めることは絶対にないが、レノラと墓地に行く理由はただひとつで、父親か父親と一緒に逃げた足の不自由な男に関する眠った記憶を、レノラが思い出すかもしれないと期待しているからだった。アーヴィンはこのふたりの失踪《しっそう》という謎に興味をそそられていた。エマをはじめグリーンブライアー郡の住人の多くは、ロイとセオドアがぴんぴんしていると信じているようだったが、これほど頭がいかれているといわれている彼らが、跡形もなく消え、ぷっつり消息を絶てるとはとても思えなかった。そんなに簡単なら、もっと多くの人がやるんじゃないか。父親もそうだったらいいのに、とアーヴィンは何度も思った。

「わたしたち、ふたりとも孤児になって、こうして同じ家に住んでるなんて、不思議だと思わない？」墓地に入ったあと、レノラはそんなことをいっていた。近くの墓石に聖書を置き、ボンネットを少し緩めてうしろに引いた。「すべてはわたしたちが出会うために起きたかのようね」レノラは母親のお墓の横に立ち、地面に平らに置かれた四角い墓碑を見下ろしていた。〃ヘレン・ハットン・ラファティ　一九二六〜一九四八〃。小さな翼はついているが、顔のない天使が四隅に彫ってある。アーヴィンは歯の隙間から唾を押し出し、去年からほかの墓に供えてある枯れ果てた花の残骸《ざんがい》と、墓地を取り囲む草むらとフェンスを見た。レノラにそんな話をされると、どうも落ち着かなくなる。しかも、レノラは十六になってから、ますますそんな話をするようになった。レノラとは血のつながりはないが、妹以外として考えると吐き気が込み上げてくる。そんな確率は低いとはわかっているが、レノラが本当にばかなことを口走る前にボーイフレンドを見つけてくれないものかと、アーヴィンはずっと願っていた。

　彼は少しよろめきながら、ポーチの端からアースケルの揺り椅子に移動し、座った。自分の両親のことを考えはじめると、急に喉が渇き、締めつけられた。ウイスキーは大好きだが、深い悲しみを呼び覚ますこともあり、そういう感情は寝ないと消えなかった。泣きたくなったが、ボトルを掲げ、またひとくち飲んだ。隣の丘のどこかで犬が吠《ほ》え、アーヴィンの思いはいつの間にかジャックへと向かった。父がたかだか生贄《いけにえ》の血を少し得るために殺した野良《のら》犬《いぬ》のことだ。記憶にあるかぎりでは、あのころがあの夏の最悪の日々だった。母が死んだ夜と同じくらい最悪だった。早いうちに祈りの木に行って、ジャックの骨がまだあるか見てこよう、とアーヴィンは心に決めた。ちゃんと埋葬してやりたかった。頭のいかれた父がしたことのせめてもの償いをしたかった。彼は誓った。百まで長生きしたとしても、ジャックのことは絶対に忘れない。自分の父親は死んだのに、レノラの父親がまだ生きているかもしれないから、ねたんでいるだけなのかもしれないと思うこともあった。色あせた新聞の記事をすべて読んで、みんながまちがっていることを示す証拠が見つかるのではないかと、ヘレンの遺体が発見された森をくまなく探したりした。浅いくぼ地を掘り進めていくと、ふたり分の骨が並んだ状態で地中からゆっくり浮かび上がってくるとか、見落とされていた排水路に、錆《さび》と弾痕《だんこん》だらけの車椅子が隠れていたりしないかと。だが、見つかったのは、ショットガンの空薬莢《からやっきょう》ふたつとスペアミントガムの包み紙一枚だけだった。あの朝、父親に関するアーヴィンの質問には答えず、レノラが運命だの不運の恋人たちだの、学校の図書館から借りた本で読んだロマンスの戯言《たわごと》をべらべらしゃべっていたとき、アーヴィンは家にいてベルエアーの修理でもしていればよかったと思った。あの車は買った日からまともに走ったためしがない。

「ああくそ、レノラ、そんなうわごとはやめろよ」アーヴィンはレノラにいった。「それから、おまえは孤児じゃないかもしれないだろ。この辺の人たちがいうには、おまえのお父さんはまだぴんぴんしている。いつかジグでも踊りながら丘を越えてやって来るかもしれないぞ」

「だといいけど」レノラはいった。「お父さんが来ますようにって毎日祈ってる」

「お父さんがお母さんを殺したことがはっきりするかもしれないぞ」

「それでもかまわない」レノラはいった。「わたしはもうお父さんを許してる。一から出直せばいい」

「いかれてるな」

「いいえ、ちがう。あなたのお父さんはどうなの？」

「何が？」

「だって、ひょっとして戻ってきたら――」

「なあ、黙れよ」アーヴィンは墓地の通用門に向かって歩き出した。「そんなことがないことはふたりともわかってる」

「ごめんなさい」レノラがいった。泣き出しそうな声だった。

大きく息を吸うと、アーヴィンは立ち止まり、振り返った。ときどき、レノラはこれまでの人生の半分ぐらい泣いているような気がしてくる。アーヴィンは車のキーを持った。「なあ、乗りたくないのか。行くぞ」

家に着くと、アーヴィンはガソリンに浸したワイヤーブラシでベルエアーのキャブレターを掃除し、夕食後すぐにまた家を出て、ホーバートとダリルを拾った。メアリー・ジェイン・ターナーのことを考えて、一週間ずっと気持ちが塞いでいて、どうしても大いに酔っ払いたかった。メアリーの父親は、商船乗りをしている方が、大きな石をどけて畑にしたり雨が足りているかどうか心配するより、はるかに楽だと早々に判断し、この前の日曜の朝に家族を連れてボルティモアと新しい船を目指して発《た》っていた。最初のデートからメアリーを口説き続けていたが、今となっては、メアリーにパンツの中までは許してもらえなくてよかったと思っていた。それでなくても、別れはつらかった。「頼むよ」メアリーが出て行く前の晩、アーヴィンは彼女の家の玄関口に立ち、そう頼み込んだ。メアリーはにっこり笑い、つま先立ちになり、最後にもう一度、アーヴィンの耳元で汚い言葉をささやいた。アーヴィンとホーバートとダリルはカネを出し合ってボトルと十二本パックのブルーリボン（米パブスト社のラガービールの銘柄）とポールモール（アメリカン・タバコ社の煙草の銘柄）三箱を買い、車のガソリンを満タンにした。その後、深夜までルイスバーグの退屈な通りを流し、電波が入ったり切れたりするラジオを聞きながら、高校を出たらどんなことをしてみせるといった話を披露し、やがて煙草とウイスキーと将来の大望とで声が砂利道みたいにざらついた。

アーヴィンは揺り椅子に深く座り、今はだれが前の家に住んでいるのだろうか、あの店番は今も小さなキャンピングカーにひとりで寝泊まりしているのだろうか、そして、ジェイニー・ワグナーは今ごろだれかに妊娠させられたのだろうかと思った。「指マン」と彼はぼそりとつぶやいた。ボーデッカーという保安官代理を祈りの木まで案内したあと、パトロールカーの後部席に閉じこめられたことを、また思い出した。あの保安官代理はまるで彼を怖がっているみたいだった。ブルーベリーパイを顔につけた十歳の子供だったというのに。向こうも彼をどうしていいのかわからなかったのだろうが、彼はその夜、留置場の空いていた監房に入れられた。次の日の午後になって、女の福祉事業員が着替えと祖母の住所を持ってやってきた。ボトルを掲げると、残りは底から二インチ分ぐらいだとわかった。アーヴィンはアースケルの朝の分として、ボトルを椅子の下に置いた。

23

サイクス牧師が咳《せ》き込み、ホーリーゴースト・サンクティファイド・コールクリーク教会の信徒たちは、鮮血が彼の顎先を伝い、シャツに滴《したた》り落ちるさまを見た。それでも、サイクスは説教を続け、隣人を助けることについてふさわしい説教を垂れた。しかし、締めくくりで、牧師を辞めると発表した。「当面」彼はいった。「具合がよくなるまでだ」妻の甥《おい》がよくある〝聖書学校〟を卒業したばかりで、テネシー州に住んでいると彼はいった。「彼は貧しい人々のために働きたいといっている」サイクスは続けた。「たしか民主党員だと思う」彼はにやりとし、笑いが起こって雰囲気が少し明るくならないかと期待したが、聞こえてきたのは奥のドアのそばで、妻と一緒に泣いている数人の声だけだった。妻を家に置いてくるべきだった、と彼は今になって思った。

サイクスは慎重に息を継ぎながら、咳払いをした。「彼には小さいころから会っていないが、母親がいうには、息子は大丈夫だとのことだ。彼は二週間後に妻を連れてここに来る。さっきいったように、しばらく手伝ってもらうだけだ。このあたりの出身でないのはわかるが、どうか温かく迎えてやってくれ」サイクスは少しよろめき、説教壇をつかんで体を支えた。そして、ポケットからファイブブラザーズの空の袋を取り出して掲げた。「これが必要な人がいるかもしれないから、これを義理の甥に授ける」空咳が込み上げ、思わず体を折ったが、今度はハンカチで口を覆《おお》って、吐血を隠すことができた。息が整うと、体を起こし、周囲を見た。激しい咳のせいで、顔が真っ赤に染まり、汗だくになっていた。ばつが悪くて、自分の死が近いことを信徒たちに告げられなかった。何年ものあいだ黒肺塵症《こくはいじんしょう》と戦ってきたが、ついに膝《ひざ》を屈してしまった。医者の話では、あと数週間か数カ月で造物主の元に行くらしい。実際のところ、その時が待ち遠しいとはとてもいえないが、たいがいの男たちに比べれば、ましな人生だったとは思う。何といっても、今の天職を授かるきっかけとなった炭坑の崩壊事故で死んでいった哀れな坑夫たちより、四十二年も長く生きてきたのではないか？　そう、彼は幸運だった。目に溜《た》まった涙をぬぐい、血だらけのハンカチをズボンのポケットに押し込んだ。「さて」彼はいった。「これ以上みなさんの時間をお借りするわけにはいかない。今日の話はこれで終わりだ」

24

ロイは車椅子からセオドアを持ち上げ、泥混じりの砂の上を歩いた。ふたりはタンパから数マイル南に位置するセントピーターズバーグの公共ビーチの北端にいた。セオドアの歩けない脚が、ぬいぐるみの脚のように前後にぶらぶらと揺れた。セオドアは小便くさかった。セオドアがもう牛乳瓶を使うこともなくなり、用を足したくなると、ぼろぼろのダンガリーにそのまま漏らすことを、ロイは知っていた。彼はセオドアを何度か下ろし、休憩しないといけなかったが、ようやく水際《みずぎわ》まで運び出した。つばの広い帽子をかぶった恰幅《かっぷく》のいいふたりの女が立ち上がってこちらを窺い、いそいそとタオルやローションをしまって駐車場へと向かった。ロイは車椅子に戻り、ふたりの夕食、マグナム・ボトル（千五百ミリリットル・ボトル）のホワイトポート（白葡萄品種からつくられるポートワイン）、パック入りのゆでたハムを取った。オレンジを運送していたトラック運転手に降ろしてもらったところから数街区離れたウィンディキシー（フロリダ州ジャクソンビルを本拠とするスーパーマーケット・チェーン）でかっぱらってきたものだ。「前にもここの留置場に入れられなかったか？」セオドアが訊いた。

ロイはハムの最後の一枚を呑《の》み込み、うなずいた。「三日だったな、たしか」あのときは、日暮れ前に警官に浮浪罪で逮捕されたのだった。彼らは街角で説教をしていた。その夜、アメリカはロシア並みにひどくなりつつある、と痩《や》せこけた禿《は》げが絶叫するなか、その禿げの監房の前を通り、ふたりの監房に連行された。カネと住所がないというだけで、なぜ警察が人を留置場に放り込めるのだろうか？　そいつがくそいまいましいカネも、くされ住所も要らなかったらどうする？　連中が鼻を高くして触れ回っている自由ってものはどこへ行った？　警官は抗議していた禿げを毎朝、留置場の外に連れ出し、日が暮れるまで何冊もの電話帳を持たせて階段を上り下りさせた。収監されているほかの連中がいうには、その禿げは去年だけで二十二回も浮浪罪で逮捕されていて、警察はこの共産党のくそ野郎に食事をあてがうのにうんざりしているらしい。ただし、ボローニャ・ソーセージと挽《ひ》き割りトウモロコシは出してやる代わりに、その禿げに汗をかかせているのはたしかだ。

「思い出せない」セオドアがいった。「留置場はどんなだった？」

「そんなに悪くなかった」ロイはいった。「たしかデザートにコーヒーが振る舞われたな」収監二晩目、警官が〝にきび食い《ジットイーター》〟という、顔に切り傷のあるでかい野獣のような男を連れてきた。消灯直前のことで、警官はそいつを例の共産党員と同じ通路突き当たりの監房に入れた。収監されていた者たちは、ロイとセオドアを除いてみんなジットイーターの噂《うわさ》を聞いていた。メキシコ湾岸の全域で有名な男だった。「どうしてそう呼ばれているんだ？」ロイは隣の監房に入っていた、偽造小切手使用で逮捕されたカイゼルひげの男に訊いた。

「人を張り倒して、そいつににきびがあったら潰《つぶ》すからさ」男はいった。そして、黒ひげの垢《あか》のついた先端をひねった。「おれはずっと肌がすべすべだからよかった」

「そいつはどうしてそんなことをする？」

「にきびを食うのさ」通路向かいの監房から別の男がいった。「人食いで、残骸をフロリダ各地に埋めたというやつもいるが、おれはそうは思わん。人の目を引きたいだけだと思うね」

「嘘《うそ》だろ、そんなやつ、早くだれかが殺してくれないと」セオドアがいった。そして、ロイの顔のにきび跡をちらりと見た。

ひげの男がかぶりを振った。「あいつはそう簡単にくたばりそうもない」彼はいった。「車を担《かつ》げるようないかれた連中を見たことがあるか？　ある夏、おれが働いていたネイプルズ（フロリダ州南西部の都市）あたりのワニの養殖場でも、そういうやつがいた。何かをやりはじめたら、マシンガンでも止まらないくらいだった。ジットイーターも似たような感じだ」通路の突き当たりから騒がしい物音が聞こえてきた。どうやら例の共産党員には、すんなりあきらめるつもりはないようで、ロイとセオドアは少しばかり胸を躍らせたが、数分もすると、泣き声しか聞こえなくなった。

翌朝、白衣を着た肩幅の広い男たちが警棒を持ってやってきて、ジットイーターに拘束衣を着け、街の反対側にある精神病院に移した。以来、共産党員はぴたりと愚痴をいわなくなり、顔をつねられて痣《あざ》になったことや、脚に水膨れができたことについても文句ひとついわず、大切な仕事を与えられて感謝しているかのように、電話帳を持ってただ黙々と階段を上り下りするようになった。

セオドアはため息を漏らし、青い湾を眺めた。その日の海は板ガラスのようにべた凪《なぎ》だった。「デザートにコーヒーとは、よさげだな。連行してもらって、ちょっと休むのもいいかもしれない」

「ばかいえ、セオドア、おれは留置場なんかで寝たくない」ロイは片目を新しい車椅子から離さなかった。古いのが壊れたので、二日ばかり前に老夫婦宅に忍び込み、拝借してきたものだ。ウエストバージニア州を出てから、何マイル、セオドアを押してきたのだろうと思った。数字には強くないが、そろそろ百万マイル近いはずだ。

「おれは疲れたよ、ロイ」

セオドアはこの前の夏にサーカス団を馘《くび》になってから、挙動がおかしくなっていた。ロイが表で客の呼び込みをしているとき、五、六歳くらいの幼い少年が、紙容器入りの綿菓子を食べながらテント奥に迷い込んできた。セオドアはズボンのジッパーを上げてほしいと少年に頼まれたのだといって譲らなかったが、ロイでさえその話は信じられなかった。数分のうちに、ビリー・ブラッドフォードがふたりを自分のキャデラックに乗せ、数マイル離れた田舎に放り出した。ふたりにはフラップジャックやフラミンゴ・レディーに別れを告げるいとまさえなかった。その後もいくつかの団体に加わろうとしたが、脚の不自由な小児性愛者と虫を喰らう相棒の噂は、サーカス団のオーナーたちのあいだで瞬《また》く間に広がっていた。「ギターを取ってきてやろうか？」ロイは訊いた。

「いや」セオドアはいった。「今日は弾く力なんかない」

「具合でも悪いのか？」

「さあな」セオドアは答えた。「ずっと休んでなかったからかもな」

「トラック運転手にもらったオレンジでも食うか？」

「食うかよ。くされオレンジなら最後の審判の日まで食わなくてもいいくらい食ったさ。今でも胃がもたれてる」

「病院に連れていってもいいぞ」ロイはいった。「一、二日したら迎えにいくが」

「病院かよ。留置場よりひどいところだ」

「おまえのために祈ってやろうか？」

セオドアは噴き出した。「ハッ。面白いこというじゃないか、ロイ」

「そこがおまえのまちがっているところだ。おまえにはもう信仰心がない」

「その話はやめろよ」セオドアはいった。「おれは主にいろいろと捧《ささ》げてきた。この脚が何よりの証拠だ」

「少し休めばよくなるさ」ロイはいった。「暗くなる前に寝床になりそうな木陰を探そう」

「やっぱりいいと思うがな。デザートにコーヒーをもらえるってのは」

「ばか野郎、コーヒーがほしいなら、買ってきてやる。まだ小銭がいくらか残ってる」

「サーカス団にいられたらよかったんだが」セオドアはため息をついた。「あのサーカス団はこれまででいちばん居心地がよかった」

「だな、まあ、そんな風に思うなら、あの子供に手を出しちゃいけなかった」

セオドアは小石を拾い、海に投げ入れた。「不思議なもんだな、そう思わないか？」

「何のことだ？」ロイは訊いた。

「おれにもわからない」セオドアはいい、肩をすくめた。「不思議なもんだ。ただそれだけだ」

第四部　冬

25

一九六六年初頭の寒い二月の朝だった。カールとサンディーが一緒になって五年目を迎えていた。アパートメントは冷蔵庫のようだったが、サーモスタットの設定を変えてほしいと訴えるために下階の大家のドアを何度もノックしているうちに、かっとなってその女の薄汚いヘアネットで首を絞めてしまいそうで怖かった。オハイオ州ではひとりも殺したことがなかった。自分の家にくそを撒《ま》き散らす主義ではない。それがルール#2だ。だから、ミセス・バーチウェルは殺されて当然の女だが、対象外だ。

サンディーが正午前に目を覚まし、リビングルームの方に歩いていった。華奢《きゃしゃ》な肩にブランケットをはおり、埃《ほこり》や土に覆《おお》われた床の上を引きずっている。カウチの上で震えながら丸まり、カールが一杯のコーヒーを持ってきて、テレビをつけるのを待っていた。それから数時間のあいだ、彼女は煙草《たばこ》を吸い、メロドラマを観《み》て、咳《せき》をしていた。三時になり、カールはそろそろ仕事の支度をしろとキッチンから声をかけた。サンディーは週六で夜間にバーテンダーをしていて、四時にファニータと交代するはずなのだが、しょっちゅう遅刻していた。

サンディーはうめきながら腰を上げ、煙草を灰皿でもみ消し、はおっていたブランケットをさっと取り去った。テレビを消し、震えながらバスルームに行った。シンクに覆いかぶさるようにして顔を洗い、ボウルの周りに水を撒き散らした。顔を拭《ふ》き、鏡をまじまじと見て、歯の黄ばみをブラシでこすり取ろうとしたが、取れなかった。チューブ入りの赤いリップスティックを唇に塗り、目を整え、茶色の髪をポニーテールにまとめた。擦れたりぶつかったりで体が痛かった。ゆうべバーを閉めたあと、ビリヤードテーブルに両手両膝《りょうひざ》を突き、巻取機で片手をなくした製紙工場の従業員に二十ドルでやらせてやったのだ。あのいまいましい通報があってから、近ごろは兄の監視がきつくなっていたが、二十ドルはどこからどう見ても二十ドルだ。それだけあれば、カールとふたりで州横断の半分ぐらいの旅費か、一月分の電気料金ぐらいにはなる。いまだに腹が立つが、リーは自分でも汚いことに手を染めているのに、サンディーのせいで票が逃げるかもしれないと心配している。金属のフックをあそこに突っ込ませてくれたら十ドル余計に払う、と片手の男はいってきたが、サンディーはそんなことは奥さんにやった方がいいといって断った。

「おれのかみさんは娼婦《しょうふ》じゃねえ」男はいった。

「へえ、そうなんだ」サンディーはそうい放ち、パンティーを下げた。「でも、あんたと結婚したんでしょ？」彼女は突かれているあいだ、ずっと二十ドルを握りしめていた。あれほどハードなセックスはしばらくしたことがなかった。あの男は何が何でも払った分を楽しもうとしていた。金属のフックをサンディーの右腰に押し付け、うなったりあえいだりと、心臓発作でも起こしそうな勢いだった。果てるころには、握りしめていたカネは小さく丸まり、汗でじっとり濡《ぬ》れていた。男が離れたあと、テーブルの緑色のフェルトの上で紙幣の皺《しわ》をのばし、セーターの内側に突っ込んだ。

「それにさ」サンディーはいい、ドアまで行き、解錠して男を外に出した。「さっきのもビールの缶と同じで、何も感じないわ」ときどき、こんな夜には、ウッデンスプーンの午前勤務に戻れたらどんなにいいかと思う。とにかくコックのヘンリーは優しかった。初体験の相手だった。サンディーが十六歳になったばかりのころだ。あの夜、倉庫の床にふたりで長いこと横になっていた。五十ポンド（約二十三キログラム）袋の小麦粉をひっくり返して、全身を真っ白にしたまま。今でもたまにバーに立ち寄り、雑談したり、パイ生地をもう少し伸ばそうかとからかったりしてくれる。

　キッチンに入っていくと、カールはコンロの前に座り、その日二度目になるが、新聞を読んでいた。指がインクで灰色になっている。コンロのバーナーがすべてついていて、オーブンの扉もあいている。青い炎がミニチュアのキャンプファイヤーのように、カールのうしろで揺れている。拳銃《けんじゅう》がキッチンテーブルに載っていて、銃身がドアに向けられている。カールの白目には、赤いレースのように血管が血走り、ひげも剃《そ》っていない太った青白い顔が、テーブルの上に垂れ下がっている裸電球の光を受けて、はるか彼方《かなた》の冷たい星のように見えた。夜はたいがい、彼が暗室として使っている廊下の極小クローゼットの机に突っ伏し、この前の夏に撮り貯《た》めていた最後のフィルムに命を吹き込んでいた。作業が終わると思うと耐えられなかった。最後の写真を現像したときには、泣きそうになった。次の八月はずっと先だ。

「あの人たち、どうしようもないわね」サンディーはそういい、ハンドバッグに手を入れて車のキーを探した。

「どの人たちのことだ？」カールは訊《き》き、新聞をめくった。

「テレビに出てる人たち。何がしたいのかわからない」

「おいおい、サンディー、そういう連中を見すぎだ」カールはいい、もどかしげに時計を見た。「そんなやつらがおまえのことなど気にするとでも思うか？」サンディーは五分前に仕事に入っているはずだった。これまでずっとサンディーの出勤を待っていた。

「そうね、あの医者がいなければ、もう観ないんだけど」サンディーはいった。彼女はある番組に出てくる医者《M・D》の話をしきりにする。背が高くて顔もいい男で、世界一ラッキーな野郎にちがいないとカールは思っていた。ドブネズミの穴に落ちても、カネの詰まったスーツケースとエルドラドの入り口の鍵《かぎ》を持って出てくるようなやつだ。サンディーは長年その俳優を見てきたが、そいつはおそらくイエスよりも多くの奇跡を起こしてきた。カールはそいつに我慢ならなかった。映画スター特有のつくりものの鼻と、六十ドルのスーツには。

「それで、今日のテレビでは、そいつはだれのポコチンをしゃぶった？」カールはいった。

「何それ！　よくいうわね」サンディーはいい、コートを着た。ドラマを擁護するのもうんざりだった。

「どういう意味だ？」

「あんたが考えてるような意味よ」サンディーはいった。「また朝まであのクローゼットに籠《こ》もってたくせに」

「よく聞け。その野郎を道で見つけたらどうするか、覚えとけ」

「見つけられるといいわね」サンディーはいった。

「くされ豚みたいに、いい声で泣かせてやる。絶対にな！」カールが怒鳴ると同時に、サンディーは外に出てドアを勢いよく閉めた。

サンディーが出ていった数分後、カールは俳優への罵《ののし》りをやめ、コンロを消した。テーブル上に出した腕に頭を載せ、しばらくうとうとした。目が覚めたとき、キッチンは暗かった。腹が減っていたが、冷蔵庫に見つけたものといえば、かびの生えたパンの残りと、ビニール入りの固くなったピメントチーズだけだった。彼はキッチンの窓をあけ、パンを前庭に放り投げた。大家のポーチから差す一条の明かりを受けて、雪が舞っていた。通りの向こう側にある家畜飼育場の方から、だれかの笑い声、門が勢いよく閉まる金属音が聞こえた。自分が一週間以上も外に出ていないことに気付いた。

カールは窓を閉め、リビングルームに入ると、昔の宗教の歌を歌い、聖歌隊の指揮者のように腕を大きく振りながら、行ったり来たりした。〝ブリンギング・イン・ザ・シーブズ〟もお気に入りで、立て続けに何度か歌った。子供のころ、母もよく洗濯をしながら歌っていた。仕事や傷心など、父が死んでから母子《おやこ》に起きたあらゆることによって、歌う歌が決まっていた。母は金持ちのために洗濯をし、何度もろくでなしにだまされてきた。カールはたまに学校をさぼり、ナメクジ、蜘蛛《くも》、それに朽ち果てた近所の猫の残骸《ざんがい》にまみれて、腐りかけたポーチの下に隠れ、日中ずっと母の歌声を聞いていた。聞き飽きない声だった。母が持たせてくれたバターサンドイッチを昼にとっておき、死んだ猫の肋骨《ろっこつ》の中に隠しておいた錆《さび》だらけのスープ缶で汚水をすすった。野菜入りビーフスープかチキンヌードルスープだと思って飲んだが、どれだけそう信じようとしても、泥水の味しかしなかった。店に行ったときにスープを買っておけばよかったと心底から思った。あの古い空き缶を思い出したせいで、また腹が減った。

カールは声を部屋に響かせて何時間か歌った。大きな声を出そうと顔を赤くして、汗だくになった。すると、九時前に大家が箒《ほうき》の柄で下から天井を激しく突き上げてきた。派手なアレンジの〝見よや、十字架の旗高し〟を歌っている最中だった。いつもなら無視するところだが、今夜はぎこちなく歌をやめた。ほかのことをしたい気分だった。だが、大家がくされ暖房の温度を上げなければ、真夜中まで眠らせないつもりだった。カールひとりなら寒さにも耐えられるが、サンディーが身を震わせて、しょっちゅう文句をいってくるので、うるさくてかなわない。

カールはキッチンに戻ると、スプーンの引き出しから懐中電灯を出し、ドアがロックされていることを確かめた。その後、家中のカーテンを閉め、ベッドルームに入った。両膝を突き、ベッドの下に手を伸ばして靴箱を取り出した。その箱をリビングルームに持っていき、明かりをすべて消し、暗闇《くらやみ》のなかリビングルームのカウチに座った。建て付けの悪い窓から冷たい風が入り込み、カールはサンディーのブランケットを肩にかけた。

箱を膝に置くと、彼は目を閉じ、段ボールの蓋《ふた》を少しだけあけて中に手を入れた。中には二百枚を超える写真が入っているが、一枚だけ引き抜いた。親指で光沢紙をゆっくりなで、どの写真かを当てようとした。写真の魅力を長持ちさせるためのちょっとしたゲームだ。予想したあと、カールは目をあけ、ほんの一瞬、懐中電灯を写真に当てた。カチッ、カチッ。ひと目だけ見て、その写真を脇《わき》に置き、また目を閉じて、別の一枚を引いた。カチッ、カチッ。むき出しの背中と血だらけの穴、そして股《また》をひらいたサンディー。ときには一枚も予想が当たらないまま、箱の写真がなくなることもある。

あるとき、物音が聞こえたような気がした。車のドアが閉まり、足音が裏の階段を上ってくる。カールは立ち上がり、拳銃を持って部屋から部屋へ足音を立てずに移動し、窓から外をのぞいた。そしてドアを確認して、カウチに戻った。時の流れが変わり、速まったり遅れたり、繰り返し見るいかれた夢のように時があちこちに飛んだ。インディアナ州ジャスパーの外れのぬかるんだ大豆畑にいたかと思えば、次に懐中電灯がともると、コロラド州シュガーシティーの北に走る岩だらけの渓谷の底に変わった。昔の声が虫のように頭の中をはい回る。腹を立てて悪態をつく者もいれば、慈悲を乞《こ》う者もいる。真夜中になると、中西部をあらかた旅し、二十四人の見知らぬ男たちの最後の瞬間を再生していた。カールはすべてを覚えている。箱から出すたびに彼らを呼び戻し、揺すって目を覚まさせ、それぞれの歌を歌わせているかのようにも感じられる。最後にもう一度、懐中電灯の点灯と消灯を繰り返し、今夜のところはおしまいにした。

箱を隠し場所のベッド下に戻したあと、カールは明かりをつけ、洗面用のタオルでできるだけブランケットの汚れを払った。それから二時間ほど、キッチンテーブルの椅《い》子《す》に座り、拳銃を掃除し、道路地図を見て、サンディーが仕事から帰るのを待った。箱との〝勝負〟のあとは、いつも無性にサンディーと一緒にいたくなる。サンディーから製紙工場の男の話を聞いていた。しばらくそのことを考え、そんなヒッチハイカーを拾ったら、フックをどう使おうかと考えた。

マスタードをたっぷり塗った冷たいハンバーガーふたつ、ビール三本、夕刊紙を持って、サンディーが家に入ってくるまで、カールは自分がどれだけ腹を空《す》かせているか忘れていた。カールが食べているあいだ、サンディーは向かいに座り、もらったチップを入念に数えていた。五セント硬貨、十セント硬貨、二十五セント硬貨を重ねて小さな山をつくった。カールは、サンディーの出勤前にくだらないテレビ番組のことで、ばかな振る舞いをしたことを思い出した。「今夜はずいぶんがんばったな」カールは彼女が数え終わるといった。

「水曜にしてはまあまあね」サンディーはいい、疲れた笑みを浮かべた。「それで、あなたは今日、何をしてたの？」

カールは肩をすくめた。「ああ、冷蔵庫を掃除して、歌をちょっと歌っていた」

「また大家さんを怒らせたんじゃないの？」

「嘘《うそ》だよ」カールはいった。「見せたい写真が何枚かあるんだ」

「どれ？」サンディーが訊いた。

「あのバンダナを頭に巻いたやつだ。よく撮れてた」

「今夜はいや」彼女はいった。「眠れなくなるから」そういうと、小銭の半分をカールの方に押した。カールは小銭をすくい、シンクの下に置いてあるコーヒー缶に入れた。次のポンコツ車、次のフイルムひと巻き、次の旅のために、ふたりはいつもカネを貯めていた。最後のビールの栓をあけ、サンディーのグラスに注いでやった。そして、彼女の前でひざまずき、靴を脱がせ、足の凝りをもみほぐしはじめた。「今日あのくされ医者のことなんか、いうべきじゃなかった」彼はいった。「観たいものを観ておくれ」

「あんなのただの暇つぶし」サンディーはいった。「気を紛らわすものっていうか」

カールはうなずき、彼女の柔らかい足裏を指でやさしく揉《も》んでいった。「そこよ」サンディーはいい、脚を伸ばした。その後、彼女がビールと煙草を飲み終えると、カールはサンディーの細い体を抱き上げて廊下を伝い、からからと笑う彼女をベッドルームに運んだ。サンディーの笑い声を聞いたのは数週間ぶりだった。そろそろ朝の四時だ。幸運が重なり、悔いもあまりなく、ふたりは長い冬の日をまたひとつ、どうにかやりすごした。

26

数日後、カールは少しアパートメントから出ないといけないといい、車でサンディーを仕事場に送り届けた。前夜も雪が数インチ積もったが、しつこくて陰湿な呪《のろ》いをかけるかのように、この数週間オハイオ州上空に停滞していた分厚い灰色の雲が割れ、その朝になってやっと太陽が顔を出した。ミードにあるものすべて、製紙工場の巨大な煙突までもが、白く染まり、きらきら輝いていた。「ちょっと寄っていく？」カールがテカムセラウンジの前に車を停めたとき、サンディーが訊いた。「ビールを一杯おごるけど」

カールはぬかるんだ駐車場の車を見渡した。真っ昼間だというのにこれほど混んでいるとは意外だった。長いことアパートメントに閉じこもっていたから、クリスマス前から久しぶりに実世界に出てこれだけ多くの人がいる場所には耐えられないと思った。「そうだな、やめておく」彼はいった。「ちょっと車を走らせて、暗くならないうちに家に帰るよ」

「お好きなように」サンディーはいい、車のドアをあけた。「夜も忘れずに迎えに来てよ」

サンディーが店内に入ると、カールはすぐにワットストリートのアパートメントへまっすぐ戻った。日が暮れるまでキッチンの窓からじっと外を見つめ、その後、外に出て車に向かった。ダッシュボードにカメラを入れ、拳銃を座席の下に隠した。ステーションワゴンにはタンク半分ほどのガソリン、財布には旅費の缶から取ってきた五ドルが入っている。何もしないと自分に誓った。少し街を流し、雰囲気に浸るだけだ。だが、ときどきこんなくされルールなどつくらなければよかったと思う。くそ、このあたりでも、その気になれば、毎晩でも田舎者を殺せる。「だが、そもそもだからこそルールなんてものをつくったんじゃないか、カール」彼は自分にいい聞かせ、通りを走り出した。「すべてを台無しにしないように」

ハイストリート沿いのホワイトカウ・ダイナー前を通ったとき、義理の兄が駐車場の端のパトロールカーのそばに立っているのが見えた。ぴかぴかの黒塗りリンカーンの運転席に着いている人と話している。ボーデッカーが腕を振り回している様子からすると、ふたりは口論しているように見える。カールは速度を緩め、バックミラーでできるかぎり長く見ていた。サンディーが二週間ほど前の夜にいっていたことを思い出した。テイター・ブラウンやボボ・マクダニエルズのような人たちとの付き合いをやめないと、兄は刑務所に送り込まれるかもしれない、とか。「そいつらはいったい何者なんだ？」カールは訊いた。彼はキッチンテーブルの椅子に座り、サンディーが仕事帰りに買ってきたチーズバーガーのひとつの包みをあけていた。だれかが隅っこをひとくち食べていた。賽《さい》の目《め》に切ったタマネギをポケットナイフでこそげ取った。

「そのふたりは、サークルビルからポーツマスまで、すべてを動かしている」サンディーはいった。「とにかく、違法なことをすべて動かしているのはたしか」

「そうか」カールはいった。「どうしてそんなことを知っている？」そういえば、サンディーはどこかの酔っ払いから仕入れたほら話をしょっちゅう家に持ち帰る。先週はケネディー暗殺に一枚嚙《か》んでいたやつと話をしたらしい。サンディーがこうもだまされやすいと、ときどき無性に腹が立つこともあるが、そうはいっても、おそらくはそれだからこそ、サンディーはこれまでずっと彼についてきたのだ。

「それはさ、今日ファニータが帰ったすぐあとで、男がひとりバーにやってきて、この封筒をリーに渡すようにって置いていったから」サンディーは煙草に火をつけ、しみのついた天井に向けて煙を吐いた。「お金でぱんぱんに膨らんでいて、一ドル札だけでもなかった。きっと四、五百ドル、いやもっと入っていた」

「ほんとか、いくらかくすねたか？」

「本気でいってるわけじゃないわよね？　くすねていい人たちじゃないのよ」カールの前に置いてあった脂《あぶら》ぎった厚紙の入れ物から、フレンチフライを一本つまみ、ケチャップの容器につけた。夜勤シフトのあいだずっと、サンディーは車に飛び乗り、封筒を持って逃げようかと思っていた。

「しかし、おまえの兄貴だろ。おまえには手を出さないさ」

「何いってるの、カール、今のリーを見れば、ためらいもなくわたしたちふたりとも消すわ。とにかく、あなたについては何もためらわないでしょうね」

「まあ、なら、その封筒はどうした？　まだ持っているのか？」

「ばかいわないで。リーが来たとき、何も知らないふりしてただ渡したわ」サンディーはつまんでいたフレンチフライを見て、灰皿に捨てた。「受けとっても、ぜんぜんうれしそうじゃなかったけど」彼女はいった。

　まだ義理の兄のことを考えながら、カールはバインストリートに折れた。ありがたいことにそう多くはないが、リーと出くわすたびに、あの男はこう訊いてくる。「それで、どこで働いているんだ、カール？」あいつがいくらあのばかでかいバッジをちらつかせても抜け出せないやばい状況に陥るところを、ぜひとも見物したい。前方にふたりの少年が見えた。十五、六歳ぐらいで、歩道をゆっくり歩いている。カールは車を路肩に停め、エンジンを切り、ウインドウを下げると、何度か冷たい空気を吸った。カールが見ていると、少年たちが街区《ブロック》の端で別れた。ひとりは東へ、もうひとりは西へ向かった。カールは助手席側のウインドウを下げ、車を発進させ、停止標識まで走ると、右折した。

「やあ」カールはいい、背中側にミード・ハイスクールの白糸の刺繍《ししゅう》が入った紺ジャケットを着た痩《や》せた少年の横に車を寄せた。「乗っていくか？」

少年は立ち止まり、ずんぐりしたステーションワゴンの運転席に着いている男を見た。男の汗だくの顔が街灯を受けててかっていた。茶色の無精ひげが顎《あご》と首を覆っている。その小さな目は齧歯類《げっしるい》のようにぎらつき、冷酷そうだった。「何ですか？」少年が訊いた。

「流してるだけなんだが」カールはいった。「一緒にビールでもどうかと思って」彼は生唾《なまつば》を飲み込み、必死で頼みそうになったところで思いとどまった。

少年がにやにやと笑った。「ほかを当たってよ、ミスター」少年はいった。「ぼくはそっちの気《け》はないから」そういうと、彼はまた歩きはじめた。今度はさっきより早足になった。

「ならくそでも喰らってろ」カールは声を殺していった。そして、車中にとどまり、少年が数軒先の家に入るさまを見た。残念な気持ちも少しはあったが、ほっとした気持ちの方がはるかに大きかった。あのガキを車に乗せていたら、自分を止められなかったこともわかっている。その場面を脳裏に思い描くことさえできる。雪の中でめちゃめちゃになったガキの姿を。いつか冬の一場面を写真に収めないといけない、と思った。

カールはホワイトカウ・ダイナーへ戻った。ボーデッカーの姿はもうなかった。車を停めて店に入り、カウンター席に着くと、コーヒーを注文した。手がまだ震えていた。「くそ、外は寒いな」カールはウエイトレスにいった。赤い鼻をした長身で痩せこけた女だった。

「ここはオハイオなのよ」彼女がいった。

「慣れないな」カールはいった。

「えっ、このあたりの人じゃないの？」

「ああ」カールはいい、コーヒーをひとくち飲み、葉巻《ドッグ・ディック》を一本取り出した。「カリフォルニアから来たが、またよそへ行くつもりだ」そういうと、彼は顔をしかめ、葉巻に目を落とした。どうしてそんなことをいったのか、自分でもよくわからなかったが、もしかすると、ウエイトレスにカッコつけたかったのかもしれない。いつもはカリフォルニアという州名を口にしただけで吐きたくなる。サンディーと結婚した数週間後にはふたりであっちに移り住んだ。カールはそこで映画スターや美しい人々の写真を撮り、サンディーにもモデルになってもらったりして一山当てるつもりだったが、あいにく文無しで食べるものもなくなり、怪しげなタレント事務所の表で会った、エロい映画を撮りたいというふたりの男にサンディーを売った。サンディーははじめ拒んでいたが、あの夜、彼がウォッカと甘言を浴びせてから、古いぼろ車で、霧の立ちこめるハリウッドヒルズに入り、窓が新聞紙で覆われている小さくて暗いコテージに行った。「これをきっかけに大ブレイクするかもしれないし」カールはいい、サンディーを連れてドアへ向かった。「コネもできる」

カールが取り引きしたふたりの男に加えて、七、八人がリビングルームのレモン色の壁沿いに立っていた。その部屋には、三脚に載った撮影機と皺だらけのシーツがかぶせてあるダブルベッドをのぞいて、何もなかった。ひとりの男がカールに飲み物を手渡し、もうひとりがサンディーに服を脱ぐようにやさしい声でいった。サンディーが服を脱ぐさまを、別のふたりが写真に撮った。だれもひとこともいわなかった。すると、だれかが手を叩《たた》き、バスルームのドアがあいた。異様に小さな体に大きすぎるスキンヘッドが載った男が、ぼんやりした顔をした長身の男を部屋に連れてきた。異様に小さな男は、上等なスラックスを先のとがったイタリア製の靴の数インチ上までまくってはき、アロハシャツを着ていたが、大男は素っ裸で、太さがコーヒーカップほどもある青筋の浮いたペニスが、日に焼けた筋肉質の脚のあいだにぶら下がっている。にやついている小さな男が大男の首に巻かれた犬用の首輪のリードを外すのを見て、サンディーはベッドから転げ落ち、慌《あわ》てて服に手を伸ばした。カールも立ち上がり、いった。「みんな、悪いが、彼女は気が変わった」

「そこのくそ野郎をここからつまみ出せ」撮影機のうしろにいた男がどすの利《き》いた声でいった。事情も飲み込めないまま、カールは三人の男にドアから引きずり出され、自分の車に乗せられた。「ここでおとなしく待ってないと、女がめちゃくちゃ痛い目に遭わされるぜ」ひとりがいった。カールは葉巻を嚙み、新聞紙で覆われた窓越しに影が前後に動く様子を見て、万事うまくいくと自分を説得しようとした。何といっても、これだって映画ビジネスなのだから、まじめな仕事が変な事態になるわけがない。二時間後、正面のドアがあき、さっきと同じ三人の男がサンディーを車に連れてきて、後部席に乗せた。ひとりが運転席側に回り、カールに二十ドルを手渡した。「おかしいよ」カールはいった。「取り決めでは二百ドルだったぞ」

「二百ドルだ？　ばかか、十ドルの価値もなかったぜ。あのでかいやつにあそこに突っ込まれたら、おまえの女は気絶して、死んだマグロのように寝てたんだぞ」

カールは振り向いて、後部席に横たわるサンディーを見た。少しずつ目を覚ましつつある。ブラウスを前うしろ逆に着せられていた。「冗談いうなよ」カールはいった。

「取り引きをしたやつらと話をさせろ」

「ジェリーとテッドのことか？　アホか、一時間も前に帰ったぜ」男はいった。

「警察に通報する。通報してやる」カールはいった。

「いや、しねえよ」男はいい、かぶりを振った。すると、ウインドウから手を入れて、カールの喉《のど》をつかんで締めつけた。「それどころか、泣き言ばかりいいやがって、とっととここから立ち去らないなら、おまえを中に戻して、肉付きのいいそのケツをフランキーに好きに掘らせてやる。そうすりゃ、フランキーとトージョーもあと百ドル稼げる」男が中に戻るときの捨てぜりふを、カールは肩越しに聞いた。「その女はもう連れてくるなよ。この業界には向いてねえ」

　翌朝、カールは外出して質屋に行き、ポルノの男に渡された二十ドルで、やたら古そうなスミス&ウェッソンの三八口径銃を買った。「こいつがまだ撃てるかどうか、どうやって確かめたらいい？」質屋の主人に訊いた。

「ついてきてくれ」主人はいった。カールを奥の部屋に連れていき、おがくずと古雑誌を詰めた樽《たる》に銃弾を二発撃ち込んだ。「このモデルは一九四〇年とかそのあたりで製造中止になったが、今でもとてもいい銃だ」

カールがブルースター・モーテルに戻ると、サンディーはエプソム塩（発汗を促す入浴剤）入りの湯を張ったバスタブに浸《つ》かっていた。カールはサンディーに銃を見せ、自分たちをはめたふたり組を必ず撃ってやると息巻いた。だが、そのあと通りに出ると、日が暮れるまで公園のベンチに座り、やっぱり自殺しようかと考えていた。その日、彼の中で何かが壊れた。これまでの人生がまったく無意味になってしまったことに、はじめて気付いた。扱い方を知っているのはカメラだけだが、髪の薄いでぶに、顔を真っ赤にして泣いてばかりいる赤ん坊や、プロムのドレスを着たくそガキや、二十五年もの苦痛を祝う悲壮な顔の夫婦のくそつまらない写真を撮らせたいやつなどいるか？

その夜、部屋に戻ると、サンディーはもう眠っていた。

翌日の午後、ふたりはまたオハイオに向かった。カールが運転し、サンディーはモーテルの部屋からくすねてきた枕《まくら》を尻《しり》に敷いて座っていた。カールはサンディーの目をなかなか見られず、砂漠を越えてコロラドに入るまでずっと、ふたりはふたことと言葉を交わさなかった。ロッキー山脈の登りがはじまったころ、サンディーの出血がやっと止まると、周りにいた男たちにからかわれながら、あのちびに薬漬けにされた奴隷《どれい》にレイプされたことをじっと考えているより、運転しているほうがましだ、とサンディーはカールにいった。運転席に移ると、サンディーは煙草に火をつけ、ラジオをかけた。ふたりの持ち金は四ドルだけだった。二時間後、オマハの母親の家に行こうと親指を立ててヒッチハイクしていたジンくさい男を乗せた。リノの北の砂漠にある娼館——実のところは、おばとふたりの姪《めい》の三人の女が働いているトレーラーハウスだった——で、車も含めて何もかも失ってしまった、とその男はふたりに語った。

「女《プッシー》というやつは」男はいった。「私にとってはいつだって厄介なんだ」

「というと、病気か何かをもらったのか？」カールはいった。

「おい、いつだったか診てもらった精神科医のようなことをいうんだな」三人はしばらく無言のまま走っていたが、その後、男が身を乗り出し、前部席のヘッドレストに何気なく腕を載せた。スキットルの酒をふたりに勧めたが、どちらもパーティーの気分ではなかった。カールはダッシュボードをあけて、カメラを出した。自然の風景でも撮ろうかと思っていた。もう二度とこんな山並みにはお目にかかれないだろう。

「そちら、奥さんかい？」男はまた後部席に戻ったあと、そう訊いた。

「ああ」カールはいった。

「提案があるのだがね。あなたがたがどういう状況なのかは知らないが、奥さんとお手合わせさせてくれるなら二十ドル出す。実をいうと、オマハまで我慢できそうもない」

「やめて」サンディーはいった。ブレーキを踏み、ウインカーを上げた。「あんたみたいなくそ野郎はもうたくさん」

カールはグローブボックスで地図の下に半分隠れている拳銃をちらりと見た。「ちょっと待てよ」カールは低い声でサンディーにいった。そして、振り向いて男を見た。上等な服、黒い髪、オリーブ色の肌、突き出た頬骨。ジンのにおいに混じるかすかなオーデコロンの香り。「有り金をぜんぶなくしたのかと思っていたが」

「まあな、なくしたよ。持っていたカネはぜんぶ。しかし、ベガスに着いたときに母に電話した。今度は新しい車こそ買ってくれなかったが、家にたどり着けるように数ドル送ってくれた。そういうことには気前がいいのさ」

「五十でどうだ？」カールはいった。「それくらい持ってるだろ？」

「カール！」サンディーは金切り声でいった。あんたも降りなさいといいかけたとき、カールがダッシュボードからこっそり拳銃を取り出したのに気付いた。サンディーは道路に目を戻し、車の速度をさっきと同じくらいまで戻した。

「まいったな、どうかな」男はいい、顎を掻《か》いた。「あるにはあるが、五十ドルも出せば、ちょっとした〝花火〟が買える。私のいうことがわかるか？　おまけをつけてくれるか？」

「ああ、何でもつけてやる」カールはいった。口がからからに乾き、心臓が早鐘を打ちはじめた。「あとは、人目につかない駐車場所を見つけるだけだ」カールは腹をへこませ、銃をズボンに挟んだ。

一週間後、ようやくその日撮ったフイルムを現像する気が起きたとき、カールは一目見ただけで、かつてないほど確信した。定着液を張った浅い皿の中からこちらを見つめているのは、ライフワークの第一弾だと。女を買う男の首に腕を巻き付けて、はじめて本当の絶頂のただ中にいるサンディーの姿を見るのはつらかったが、自分がもう止まらないことはわかっていた。それに、カリフォルニアではあんな屈辱を受けたのではないか？　そんな思いは二度とごめんだった。次の夏、ふたりははじめて狩りの旅に出た。

ウエイトレスはカールが葉巻に火をつけるまで待ち、こう訊いた。「あっちで何をしてたの？」

「おれは写真家だ。よく映画スターを撮っていた」

「ほんとに？　タブ・ハンターの写真も撮った？」

「いや、撮ってない」カールはいった。「けど、一緒に作品をつくるなら、きっといい被写体になるだろうな」

27

　数日のうちに、カールはホワイトカウの常連になった。冬のあいだほとんどアパートメントに籠もっていたから、また人のいるところに出られて、気分がよかった。いつカリフォルニアに戻るのかとウエイトレスに訊かれたとき、彼はしばらくここにとどまり、むなしいだけのハリウッドから少し身を引くことにしたと答えた。ある夜、カウンター席に着いていると、六十代と思われる男のふたり連れが、黒のエルドラドでやってきた。正面出入り口のほんの数フィート手前に車を停め、偉そうな歩き方で店に入ってきた。ひとりはきらきら光るスパンコールのついたウエスタンスタイルの服装だった。ウィンチェスターのライフルのようなデザインのベルトバックルに太鼓腹をせり出させ、がに股で歩いている。まるでどでかい馬から降りたばかりか、尻の穴にキュウリでも隠しているかのようだ、とカールは思った。もうひとりは、胸のところにさまざまなバッジや愛国的な記章のついた濃紺のスーツを着て、海外従軍復員兵協会《VFW》の四角い帽子をあみだにかぶっていた。ふたりとも、強い酒と傲《ごう》慢《まん》さとで顔が真っ赤に染まっていた。カールはカウボーイの方を新聞で読んで知っていた。ミード市営公園であけっ広げで堕落したセックスが繰り広げられていると、月例の市議会でいつも苦言を呈す、共和党の〝拡声器〟といわれる男だ。カールは何度も車で夜の公園を通ったことがあるが、彼が目にした熱い場面といえば、ぎこちない十代《ティーンエイジャー》のガキのカップルが第二次世界大戦記念碑の前でキスしようとしているところがせいぜいだった。

ふたりの男はブース席に着き、コーヒーを注文した。彼らはウエイトレスが注文の品を持ってきたあと、在郷軍人会の帰りしなに見た、歩道を歩いていた長髪の男の話をはじめた。「まさかこのあたりであんなのを目にするとはな」スーツの男がいった。

「じきにわかるさ」カウボーイがいった。「何か手を打たないと、一、二年のうちに、猿のケツにたかる蚤《のみ》みたいに、そこいら中に湧《わ》いてくる」カウボーイがコーヒーをひとくち飲んだ。「ニューヨーク市に住んでいる姪っ子がいるんだが、その姪っ子の男が女みたいななりで、耳が髪ですっぽり隠れている。おれのところに連れてきたら性根をたたき直してやる、と姪っ子にずっといってるが、姪っ子は連れてきやしない。

手荒なことをしそうだからとさ」

彼らは少し声を抑えたが、昔は黒人を縛り首にしていたとか、まただれかがリンチをはじめないといかんとか、かなりの手間がかかるだろうが、今度は長髪を標的にするなどと話しているのが、カールには聞こえていた。「何匹か汚い首を絞めてやればいい」カウボーイがいった。「それで連中も目を覚ます、必ずな。そうでなくても、このあたりに寄りつかなくなるのはたしかだ」

店内の向こう側からアフターシェイブのにおいが漂ってきた。カールはカウンターの目の前の砂糖入れを見つめ、このふたりの人生を想像してみた。逆戻りできない階段を上り、この寒くて暗い夜、オハイオ州ミードの今いるところにたどり着いた。そのとき体を駆け巡った感覚は衝撃的だった。この世に生まれ落ちてから今までの短い人生、その人生にしてきた仕打ちをどう思っているのか、そして、このふたりのくされ爺《じじい》と、そういった感覚にどんな関係があるのか。モデルたちに抱くのと同じような感覚だった。モデルたちは無数の候補の中から乗せてもらう車を、あるいは進む方角を選び、どういうわけかカールとサンディーの車に乗ることになった。その理由を説明できるだろうか？　いや、できない。だが、感じることなら、痛いほどできる。ミステリー。そうとしか、カールにはいいようがない。明日になれば、何の意味もなくなるのはわかっている。次回まで、感情はどこかへ消える。そのとき、キッチンのシンクに水が流れる音が聞こえ、星降る夜に掘った泥だらけの墓穴の情景が、記憶の水面にくっきりと浮かび上がった――ぬかるんだ場所を掘ったのだ。空高く浮かぶ半月は新雪のように白く、墓穴の底にしみ出た水の表面で揺れ、やがてぴたりと止まった。こんなに美しいものは見たことがなかった――しばらく忘れていたので、その光景をつなぎ止めようとしたが、爺たちの声がまた割り込み、静けさを乱した。

カールは少し頭が痛くなり、若いウエイトレスがアスピリンをハンドバッグに忍ばせているのを知っていたから、いくらかくれないかと頼んだ。ウエイトレスはそれを吸うのが好きなのだと、ある夜、彼に打ち明けていた。潰《つぶ》してできた粉を煙草に混ぜるのだと。小さな街の麻薬か、とカールは思ったが、この哀れで愚かな女を笑い飛ばさないように自制しなければならなかった。ウエイトレスはウィンクして二錠、手渡した。まいったぜ、モルヒネとかその手のやつをくれるみたいによ。カールは彼女に向かって微笑《ほほえ》み、試運転に連れ出そうかとまた思った。ヒッチハイカーと彼女とのお楽しみの様子を見物しながら何枚か写真を撮り、駆け出しモデルはみんなこうやって仕事にありつくのだといくるめる。彼女はきっと信じる。派手な話をいくつか話してやったから、彼女はもうびくびくしたりしない。カールはアスピリンを飲み、ふたり連れの話がもっとよく聞こえるように、少しスツールを回転させた。

「民主党の連中はこの国の癌《がん》だ」カウボーイがいった。「おれたちがすべきは、私設の軍隊を組織することだ、バス。何人か殺せば、ほかの連中も身の程を知るだろう」

「民主党員の話か？　それとも長髪の話か、J・R？」

「そうだな、まずは女々しいやつらからだ」カウボーイがいった。「あの頭のいかれたやつが、ハイウェイで鶏を体に着けていたときのことは覚えてるか？　バス、賭《か》けてもいいが、長髪野郎はあれの十倍たちが悪い」

カールはコーヒーをひとくち飲み、ふたりの男があれこれ想像を巡らす民兵組織の話を聞いていた。死ぬ前の最後のご奉仕になるだろう。必要とあらば、喜んで自分の身を捧《ささ》げよう。市民としての義務だ。そのとき、男のひとりが大声でいうのが聞こえた。「きさま、何を見てる？」

ふたりともカールをにらみつけていた。「何も」カールはいった。「コーヒーを飲んでいるだけだ」

カウボーイがスーツの男にウィンクし、カールに訊いた。「何を考えているんだ、若造？　おまえも長髪が好きなのか？」

「わからないよ」カールはいった。

「くそ、Ｊ・Ｒ、おおかた、こいつの帰りを長髪の男が家で待ってるんだろ」スーツの男が冗談をいった。

「だな、こいつには、やらねばならんことをやる根性はないさ」カウボーイがいい、コーヒーに目を戻した。「くそ、たぶん軍役に就いたこともないんだろう。ドーナツみたいにやわなのさ、あの若造は」そういうと、やれやれと首を振った。「国全体がそんな感じになっている」

カールは何もいわなかったが、こいつらのようなしなびたくそたれ二匹を殺したら、どんな気分になるのだろうかと思った。ふたりが店を出たらあとをつけて、手はじめに男ふたりでセックスさせてみようかとしばらく考えていた。佳境に入るころには、カウボーイにスーツの男のちっこい帽子に脱糞《だっぷん》させることもできるだろう。ふたりのくそたれには、好きなだけこのカール・ヘンダーソンをにらませて、取るに足らない男だと思わせてやる。気にもならない。これから人を殺したいなんていう話は、世界が終わるまでやらせておくさ。十五分もあれば、早く地獄へ送り出してくれと両人に哀願させることもできる。ほんの二分ばかりの安息と引き換えに、互いの指を食わせるようなこともできる。カールは決断を下すだけでいい。彼はまたコーヒーをひとくち飲み、ウインドウから外のキャデラックを、そして霧深い街並みを見た。たしかに、おれはでぶの若造だ。くされドーナツみたいにやわだぜ。

カウボーイがまた一本、煙草《たばこ》に火をつけ、痰《たん》が絡《から》み、べとつく茶色の痰を灰皿に吐き出した。「くそいまいましいそんな連中のひとりをペットにしてやる。ぜひともそうしたい」カウボーイがいい、もうひとりに手渡された紙ナプキンで口をぬぐった。

「ペットにするのは男がいいのか、それとも女か、J・R？」

「知るか、どっちも同じようなものだ、ちがうか？」

スーツの男がにやりと笑った。「餌《えさ》はどうするんだ？」

「何を餌にするかはわかっているだろう、バス」カウボーイがいうと、ふたりでげらげらと笑った。

カールは振り向いた。それはまったく思いつかなかった。ペットか。そんなものを飼うのは今は無理だが、いつかは飼ってみたい。やっぱり、この世にいるときでさえ、常に新しい刺激はあるものだ、と彼は思った。狩りに出ている数週間をのぞけば、明るい気持ちにはなかなかなれなかったが、そんなにくそばかりでもないと思わせることが起きるのだった。もちろん、モデルをペットのようなものにしようと思えば、街中から引っ越し、辺鄙《へんぴ》なところに居を構えないといけない。地下室が必要になる。あるいは、せめて母屋《おもや》近くの離れ、道具置き場、納屋《なや》ぐらいは要る。そのうちに、ペットが彼のいうとおりに動くようにしつけてもいいが、それを考えている最中にも、そこまで待てないだろうと思った。サンディーを抑えておくだけでもたいへんだ。

28

ボーデッカーは二月も終わりかけのある午後、サンディーのシフトがはじまってすぐにテカムセラウンジに入り、コークを注文した。バーにはほかにだれもいなかった。サンディーは何もいわず注いだあと、昨夜から放置されている汚れたビアマグやショットグラスを洗っていたカウンター奥のシンクに向き直った。ボーデッカーはサンディーの目の周りに隈《くま》ができ、髪に白いものが混じっているのに気付いた。ぶかぶかのジーンズがかろうじて吊《つ》り下がっているのを見ると、体重は九十ポンド（約四十一キログラム）もなさそうだ。ボーデッカーは、サンディーが落ちぶれてしまったのはカールのせいだと思っていた。あのでぶ野郎がこうしてサンディーのひもになっていると思うと、へどが出る。サンディーとの関係は何年も前から仲がいいとはとてもいえないが、妹にはちがいない。この前の誕生日で二十四になったばかりで、彼より五つ年下だ。今日の見た目からすると、四十すぎにさえ見えるほどだ。

　ボーデッカーは出入り口が見えるように、カウンターの端のスツールに移動した。バーに来て袋に入ったカネを受け取るはめになった——テイター・ブラウンが彼に仕掛けてきた最悪のおふざけであり、カールにまでそのことを知られてしまった——夜以来、サンディーはボーデッカーとまともに口を利かなくなった。考えてみれば、サンディーに嫌われたらと思うと、多少とはいえ、胸が痛んだ。こんな薄汚い店の裏で体を売りやがってといって、ボーデッカーが叱《しか》り飛ばしたから、まだ腹を立てているのだ、と思うことにした。ボーデッカーはサンディーに顔を向けた。ここには活気がまったくない。聞こえるものといえば、サンディーがひとつずつグラスを手にとって洗うときに、水中でガラスがぶつかる音だけだ。くそったれ、とボーデッカーは思った。彼は話しはじめた。サンディーがここで酒を出して生活費を稼いでいるというのに、カールはホワイトカウの若いウエイトレスを口説くのに精を出している、と。サンディーは水切り台にグラスを置き、手を拭《ふ》きながら、いうことを考えた。カールは最近よく車でバーまで送ってくれるようになったが、それはリーの知ったことではない。どのみち、カールが女を口説いてどうするというの？　写真を見たときしか勃起《ぼっき》しないのだから。「だから？」サンディーはようやくいった。「寂しいんでしょ」

「だろうな、それによく嘘もつく」ボーデッカーはいった。先だっての夜、ボーデッカーは、サンディーの黒いステーションワゴンがホワイトカウの前に停まっているのを見かけた。彼は通りの反対側に停め、義弟が痩せこけたウエイトレスとぺちゃくちゃしゃべるさまを監視した。一緒にいてやたら楽しそうで、ボーデッカーも興味が湧いた。カールが帰ったあとで店に入り、カウンター席に着いて、コーヒーを頼んだ。

「今帰った男だが」ボーデッカーはいった。「ひょっとして名前は知らないか？」

「ビルのこと？」

「ビル、というのか？」ボーデッカーはいい、笑みが漏れないようにこらえた。「おまえの友だちか？」

「わかんないけど」彼女がいった。「仲は悪くない」

ボーデッカーはシャツのポケットからノートと鉛筆を取り出し、書き取るふりをした。「とぼけてないで、その男について知っていることをいえ」

「あたし、まずいことになっているの？」彼女が訊《き》いた。編んだ髪のひと房を口に含み、そわそわと行ったり来たりしはじめた。

「話せば、まずいことにはならない」

ウエイトレスのカールに関する話を何度か聞いたあと、ボーデッカーは時計に目を落とし、立ち上がった。「とりあえずはこれくらいにしておく」ボーデッカーはいい、ノートをポケットに戻した。「我々が探している男ではなさそうだ」彼は少し考え、若いウエイトレスを見た。彼女はまだ髪を口に含んでいた。「おまえは何歳だ？」ボーデッカーはいった。

「十六だけど」

「ビルってやつに、写真のモデルになってくれと頼まれたことは？」

少女の顔が赤くなった。「ないわ」彼女がいった。

「そんなことをいい出したら、すぐに連絡しろ、いいな？」あの少女とやろうとしているのがカールでなかったなら、ボーデッカーは気にも留めていなかっただろう。だが、あの野郎は妹をめちゃくちゃにした。知ったことではないとどれほど自分にいい聞かせようと、忘れることなどできない。まるで癌のように、しつこく彼の心をさいなむのだ。今はサンディーにこの若いウエイトレスのことを知らせることぐらいしかできない。だが、いつかカールにでかい報いを受けさせてやりたかった。あまり手間をかける必要もないだろう、と思った。豚の去勢と大差ない。

若いウエイトレスの話を聞いたあと、ボーデッカーは店を出て、刑務所の近くの州立公園に行き、テイター・ブラウンがいくらかカネを持ってくるのを待った。通信指令係がハンティントン・パイクで発生したひき逃げ事件について、無線でがなり立てていた。ボーデッカーは手を伸ばして音量を下げた。数日前、またテイターに頼まれた仕事をした。バッジの力を借りて、ペイントクリーク沿いの低地にある釣り人用のキャンプ場に隠れていたクーンロッドという男を捕まえた。手錠をはめられ、後部席に乗せられたクーンロッドは、街に連行されて尋問を受けるのだろうと思ったが、パトロールカーは砂利道でループヒルの頂上まで行き、そこで停まった。ボーデッカーはひとこともいわず、クーンロッドの手錠をつかんでパトロールカーから力ずくで降ろし、なかば引きずるようにして森の中に百ヤードほど連れていった。権利がどうのと怒鳴っていたクーンロッドが慈悲を乞いはじめたとき、ボーデッカーはクーンロッドの背後に回り、後頭部を撃ち抜いた。それでテイターはボーデッカーに五千ドルの借りをつくった。ボーデッカーが最初に請求した額に千ドル上乗せされていた。サディストのクーンロッドは、テイターのストリップ・クラブの二階で働いていた上玉娼婦《しょうふ》のひとりを散々痛めつけ、トイレの吸引器で子宮を抜き出そうとした。おかげでテイター・ブラウンの出費は、抜かれたものを病院ですべて元に戻してもらうために三百ドル増えた。この件でもうかったのはボーデッカーだけだった。

サンディーはため息をつき、いった。「オーケー、リー、いったい何をいいたいのよ？」

ボーデッカーはグラスをあおり、氷を嚙みはじめた。「まあ、その娘がいうには、おまえのだんなはビルという名前で、カリフォルニア生まれの大物写真家だとさ。大勢の映画スターと仲がいいとその子にはいっていたそうだ」

サンディーはシンクに向き直り、また汚れたガラス食器をいくつか、洗剤の入った水に浸けた。「たぶんからかってただけよ。カールはたまに面白半分に人にほらを吹きたがるから。相手の反応を見るためだけに」

「まあ、おれの見たところでは、なかなかの反応をもらっていたようだ。たしかに、あのでぶ野郎にそんな度胸があるとは思わなかった」

サンディーは布巾《ふきん》を投げ捨て、振り向いた。「いったい何をしてるのよ？　監視でもしてるの？」

「なあ、おまえを怒らせるつもりはない」ボーデッカーはいった。「おまえも知りたいのではないかと思っただけだ」

「カールが嫌いなのね」サンディーがいった。

「目を覚ませ、サンディー、あいつはおまえに体を売らせてきたんだぞ」

サンディーが目をぐるりと回した。「まちがったことをひとつもしないような口ぶりね」

ボーデッカーはサングラスをかけ、無理に笑みを浮かべ、サンディーに大きくて白い歯を見せた。「だが、このあたりではおれが法律だぞ、おい。そこのところが重要だと、いずれわかるさ」ボーデッカーは五ドル札をカウンターに置き、店を出てパトロールカーに乗った。しばらくそのままじっと、バーに隣接するパラダイスエイカーズという移動住宅団地のおんぼろトレーラーを、フロントガラス越しに見つめていた。その後、頭をシートにもたせかけた。あれから一週間になるが、今のところ、吸引器野郎の行方がわからないと通報してきたやつはいない。もらったカネを多少出して、フローレンスに新しい車でも買ってやろうかと思った。しばらく無性に目を閉じていたくなったが、近ごろでは戸外で寝るのはあまりいい考えとはいえない。面倒は根を深く張りはじめている。テイターを殺さないといけなくなるのは、あるいは、それをいうなら向こうがこっちを殺そうと思うのは、あとどれくらい先だろうか。

29

日曜の朝、カールはサンディーのために、彼女の好物のパンケーキをつくった。前夜、サンディーは泥酔《でいすい》し、またいつものふさぎ込んだ様子で帰ってきた。彼女がそんなろくでもない気分に浸っているときには、カールが何をいっても、何をしても状況はよくならなかった。自分でどうにかするしかないのだ。ふた晩ばかり酒を飲み、泣き言をいっていれば、元に戻るだろう。カールはサンディー本人よりサンディーのことをよく知っている。明日か明後日の夜には、閉店後に客のひとりと寝るだろう。妻と鼻水を垂らした三、四人の子供が家で待っているクルーカットの田舎者といったところか。うちの雌豚と結婚する前に出会いたかった、それまで味わったなかで最高の名器だとでも、そいつにいってもらえれば、また鬱《うつ》になるまで、すべて丸く収まる。

カールはサンディーのパンケーキの皿と並べて、二二口径の拳銃《けんじゅう》も置いた。数日前にホワイトカウで会った年配の男から十ドルで買ったものだ。その哀れな爺は、銃を手近に置いておくと、自分を撃ってしまいそうだとびくついていた。去年の秋に妻を亡《な》くしていた。ひどい扱いをしていた、と彼は認めていた。死の床についていたときでさえも。だが、今はとても孤独で、耐えられそうもない。冷たい雪がダイナーの窓ガラスを叩き、風が通りの金属の標識を揺らすなか、爺はそんなことをすべてカールと十代のウエイトレスに話した。彼は薪《まき》の煙とヴィックスヴェポラッブのにおいが染《し》みついたロングコートを着て、ところどころ毛玉がついた防寒用の青いニット帽を目《ま》深《ぶか》にかぶっていた。告解を聞いているあいだ、カールは狩りをしているときには、サンディーも自分の武器を持っている方がいいかもしれないと思い立った。収拾がつかなくなったときの備えとして。どうしてもっと早く思いつかなかったのかと思った。カールはいつだって慎重だが、いくら有能な人でもへまをすることはある。銃を買って安心した。自分がまたひとつ賢くなったのかもしれないと思った。

目を撃ち抜くか、耳に銃口を押し付けて撃たなければ、二二口径で人を殺すことなどできないが、それでもないよりはましだ。前に大学生の男を殺《や》ったときには、そうやって耳に銃口を押し付けて撃った。パデュー大学に通う巻き毛のガキだった。サンディーが、昔は美容学校に行くのが夢だったけれど、結局バーテンダーになって、それからはすべてなるようになったと話したとき、そのガキはばかにしたようにくすくすと笑っていた。カールはそいつを縛り上げたあと、コートのポケットに一冊の本を見つけた。『キーツ詩集』だった。このハイソ野郎にお気に入りの詩はどれかと訊いてみたが、そのときには利口ぶったくそたれは小便を漏らし、とても集中できる状態ではなくなっていた。そいつがおいおいと命乞《いのちご》いするそばで、カールは詩集をひらき、読みはじめた。その声はしだいに大きくなり、命乞いの声をかき消しつつ最後の行にたどり着いた。もう忘れてしまったが、たしか愛と名声がどうのという戯言《たわごと》で、白状すれば、あのときは腕の毛が逆立ってしまった。そして、カールが引き金を引くと、べっとりした灰色の脳みそが大学生の頭の反対側から吹き出した。どさりと倒れたあと、ごく小さな火の池のように、血が眼窩《がんか》に溜《た》まった。最高の一枚が撮れたが、そのときに使ったのはくされ豆鉄砲の二二口径ではなく、三八口径だった。そのガキの写真を見せたら、くさいまぬけ爺も自殺を思いとどまるにちがいない、とカールは思った。銃を使う気にならないのはたしかだ。爺が自分を傷つけないうちに、カールが拳銃を買い取ったのを見て、ウエイトレスは口がうまいと思っていた。ウエイトレスはしきりにすごいといっていたから、その気になれば、その夜のうちにステーションワゴンの後部席で彼女と一発やれただろう。数年前なら、あんな小さな女とねっとりやっていたかもしれないが、最近はそういったことにそれほど魅力を感じなくなっている。

「これは何なの?」皿の横の拳銃を見て、サンディーがいった。

「万が一まずいことになったときのためだ」

サンディーは首を振り、テーブルのカール側に拳銃を押し返した。「あなたの役目でしょ。絶対にそうならないようにすることが」

「おれはただ――」

「ねえ、もうそんな気力がなくなったのなら、そういってよ。ほんと、とにかくふたりとも殺されないうちに教えてちょうだい」サンディーはいった。

「前にもいったが、そういう口の利き方は好きじゃない」カールはいった。そして、冷めていく積み重ねたパンケーキを見た。サンディーは手を付けていない。「それから、そのくされパンケーキを食えよ、いいな?」

「うるさいわね」彼女はいった。「あたしは食べたいものを食べる」彼女は席を立った。カールは彼女がコーヒーを持ってリビングルームに行くまで見て、テレビがつく音を聞いた。二二口径の銃を手に取り、サンディーがその平べったい尻を載せているはずのカウチとキッチンとを隔てている壁に向けた。カールは当たるだろうかと思いつつ二分ばかりそこに立っていたが、やがて銃を引き出しに入れた。ふたりはその後のひんやりした午前中に、一〇チャンネルで黙ってターザン映画特集を観《み》た。その後、カールはビッグベアに行き、一ガロン容器のバニラアイスクリームとアップルパイを買った。サンディーは甘いものに目がない。必要なら、無理やりにでも食わせてやる。彼は店員に支払いながら、そう思った。

　何年も前にカールの母親の男が話していたが、古き良き時代には、夫がカネに困っていたり、飽きたりしたら、妻を売ることができたらしい。シラミのたかった首に首輪をしっかりつけて、街の市場に引っ張っていったという。アイスクリームか何かでサンディーの喉を詰まらせるのは、それほどの手間ではない。ふたりにとってどうするのが最善なのか、ときどきわからなくなる。カールの母親はまったくわかっていなかった。母親が生前にかかわった数々のろくでなしの中でもいちばん頭がよかったリンドン・ラングフォードという男に、幼いころのカールははじめて写真の手ほどきを受けた。この男はコロンバスにあるＧＭの工場労働者で、酒を止《や》めようとしているとき、ときどき固い本を読んでいた。覚えておけよ、とリンドンにいわれたことがあった。人はたいがい写真を撮ってもらいたがる。カメラを向けられると、ほとんど何でもやってくれる。はじめて母親の裸体を見たときのことは、死ぬまで忘れられないだろう。リンドンの写真の一枚に収まっていたのだが、母親は延長コードでベッドに縛りつけられ、目のところだけくりぬいた段ボールを頭からかぶらされていた。それでも、リンドンは酒を飲んでいなければ、そこそこやさしい人だった。しかし、カールはすべてを台無しにした。リンドンが冷凍庫にしまっておいた調理済みのハムを食べてしまったのだ。それについては、母親もカールを許さなかった。

30

オハイオ州が少しずつ温かくなり、緑色に染まってくると、カールはまじめに次の旅の計画を立てはじめた。今度は中西部はやめにして、南部にしようかと思っていた。何夜も道路地図とにらめっこした。ジョージア州、テネシー州、バージニア州、南北カロライナ州。週千五百マイル。それを基準に、これまでは計画を立てていた。いつもなら、シャクヤクの花が咲くころに車を替えるのだが、今のステーションワゴンは状態がいいから、もう一回ぐらい旅に出られると判断した。それにサンディーも、よく体を売っていたころとはちがって、あまりカネを稼げなくなっている。

ある木曜の夜遅く、サンディーはベッドに寝そべっていった。「あの銃のことを考えてるんだけどね、カール。あなたのいうとおりかもしれないわね」口にこそ出さなかったが、サンディーもホワイトカウのウエイトレスのことをよく考えていた。一度そこに入り、ミルクシェイクを注文し、その女を品定めした。リーに教えられなければよかったのに、とサンディーは思った。いちばん気にかかるのは、そのウエイトレスにカールと出会う少し前の自分の面影があることだった。不安げで、引っ込み思案で、媚《こび》を売りたがる。そして、数夜前のことだが、最近ただで一発やらせてあげた男に酒を注いでいるとき、その男が彼女に見向きもしないことに気付かないわけにはいかなかった。数分後、フェイクファーの上着を着た歯の大きな尻軽女と連れ立って、その男が店から出ていくのを見たとき、ひょっとしてカールはサンディーの代わりを探しているのかもしれないと思った。カールにそんな仕打ちを受けると思うだけで胸が痛むが、カールは彼女の知っているほかの男とどこがちがうというのか？　思いちがいであってほしいが、自分の銃を持つのも、それほど悪い考えではないかもしれない。

　カールは何もいわなかった。大家など死ねばいいと思いながら、惨《みじ》めに天井を見つめていた。だいぶ経《た》ってからサンディーが銃の話をしてきたのは意外だったが、やっとまともに考えられるようになったのかもしれない。ふたりのしているようなことをしていれば、銃を持ちたがらない者などいるものか？　カールは寝返りを打ち、自分にかかっていたシーツを脚からどかした。午前三時で気温はくされ六十度（摂氏約十六度）だというのに、あの婆《ばばあ》はそれでもサーモスタットの設定温度を上げやがった。わざとやっているのはまちがいない。カールが夜に歌を歌っていたとかで、この前またこの婆とい合っていた。カールは起き上がり、窓をあけ、しばらくそこに立って、そよ風に火照《ほて》りを冷ましてもらった。「なぜ気が変わった?」カールはやっと訊いた。

「ああ、さあね」彼女はいった。「あなたもいってたとおり、何が起こるかわからない。でしょ?」

カールは暗闇《くらやみ》をじっと見つめ、顔の無精ひげをさすった。ベッドには死んでも戻りたくなかった。彼が寝ていた側は汗でびっしょり濡《ぬ》れている。今夜は窓際《まどぎわ》の床に寝ようか、と思った。破れている網戸に顔を近づけ、何度か大きく息をした。くそ、息が詰まるような気がした。「あの婆は腹いせにやってるだけだ、くそったれ」

「何のこと?」

「くされ設定温度を上げたままにしやがって」カールはいった。

サンディーは肘《ひじ》を突いて体を起こし、窓際でかがんでいるカールの黒い人影を見た。翼を広げて飛び立とうとしている薄気味悪い架空の獣のようだ。「でも、撃ち方は教えてくれるんでしょ?」

「ああ」カールはいった。「難しいことはないさ」背後でサンディーがマッチを擦り、煙草を吸う音が聞こえた。カールはベッドの方を向いた。「休みの日にどこかへ行って、何発か撃たせてやるよ」

日曜日の昼ごろ、彼らはアパートメントを出て、車でループヒルを登り、反対側へ下った。左折してぬかるんだ小道に入ると、突き当たりのごみ捨て場へ行った。「どうしてこんなところがあると知っていたの？」サンディーは訊いた。カールと出会う前、今では顔すら覚えていない少年たちに夜ここでまわされたことが、何度もあった。いつも今度やらせてやったら、ガールフレンドのように扱ってくれて、ウィンターガーデンかアーマリーに踊りに連れていってくれるかもしれないと期待していたが、そんなことは一度もなかった。どの男も、出すものを出したらサンディーにはかまわなかった。チップとしてもらったお金を奪われて、家まで歩かされたこともあった。ウィンドウの外に目を向けると、使用済みのコンドームが飲み口から下の方までかぶせられたブーンズファーム（カリフォルニア産ワインの銘柄）のボトルが見えた。当時、男たちはここを列車の車線《トレイン・レイン》といっていたが、あたりの様子からすると、今でもそういわれているのだろう。そういえば、これまで一度も踊りに行ったことはない。

「ある日、車を走らせていて目に入ったのさ」カールはいった。「アイオワのあの場所に似ていると思った」

「〝かかし〟のときのこと？」

「ああ」カールはいった。「ああ、カリフォルニア、ついに来たぞ、あのげす野郎」

カールはサンディーの前方に手を伸ばし、グローブボックスをあけて、二二口径と弾薬の箱を取り出した。「さあ、どんな腕前か見てみようか」

カールは銃に弾を込め、錆《さ》びついた空き缶数本をびしょぬれでしみだらけのマットレスの上に置いた。そして、車の前まで戻り、三十フィート（約九メートル）ほどの距離を空けて六発撃った。四発が当たり、四本の缶が倒れた。カールはもう一度、装塡《そうてん》してみせたあと、銃をサンディーに手渡した。「こいつは陰毛一本分ぐらい左に飛ぶが」彼はいった。「それくらいは大丈夫だ。おまえが指でやるのとはちがうから、ピンポイントでは狙《ねら》わないようにするんだ。ふつうに息を吸って、吐き出すときに引き金を引く」

サンディーは拳銃を両手で持ち、銃身に沿って照準を合わせた。目を閉じて引き金を引く。「目を閉じるな」カールがいった。サンディーは次の五発をなるべく素早く撃った。マットレスにいくつか風穴があいた。「まあ、だんだん近くには当たっている」カールはいった。そして、弾薬の箱を手渡した。「今度は自分で弾を込めてみろ」

彼は葉巻を出して、火をつけた。サンディーははじめて缶に命中させたとき、大当たりのイースターエッグを見つけた幼い少女のように金切り声を上げた。次の一発は外し、その次は当てた。「悪くない」カールはいった。「どれ、見てみようか」

カールがちょうどまた銃の装填を終えたとき、ピックアップがこちらに向かってレーンを疾走してきた。ピックアップは数ヤード手前でがたがたと停まり、中年のやつれ顔の男が降りてきた。青い礼装用のズボン、ワイシャツ、磨かれた黒い靴といういでたちだった。おそらく午前中は教会から出られず、太った奥さんとずっと中のベンチに座っていたのだろう、とカールは思った。そろそろフライドチキンを食って、ばあさんがしばらく口を閉じていてくれるなら、昼寝でもするつもりだったのだろう。その後、午前中のうちに仕事に戻る。汗水垂らして働く。そんな暮らしを続ける根性がある人には、感心しないわけにはいかない。「だれの許可を得て、ここで銃を撃っている？」男がいった。荒っぽい声音から、おもしろくないと思っていることがわかった。

「だれにも」カールはあたりを見て、肩をすくめた。「そりゃないぜ、ごみ捨て場だろ」

「おれの土地だ」男がいった。

「射撃の練習をしてるだけだ」カールはいった。「妻に自衛の仕方を教えているところなんだが」

男は首を振った。「おれの土地で銃を撃つことは許さん。いいか、若造、あっちに牛がいる。それに、今日は安息日だぞ、知らんのか？」

カールはため息を漏らし、ごみ捨て場を取り囲む茶色の畑をちらりと見た。牛など、どこにも見えなかった。空には、低く垂れ込めたきり動かない灰色の天蓋《てんがい》が、果てしなく広がっている。これだけ街から離れていても、製紙工場の鼻を突くにおいが漂っている。「オーケー、わかったよ」カールは、農夫が白髪交じりのかぶりを振りながらピックアップに戻るさまを見ていた。「ちょっと待って、ミスター」カールは突然、呼び止めた。

農夫が足を止め、くるりと振り返った。「今度は何だ？」

「ちょっと思うんだが」カールはいい、何歩か歩み寄った。「写真を撮らせてくれないか？」

「カール」サンディーがいったが、カールは片手でその声を振り払い、サンディーを黙らせた。

「いったい何のために写真なんかを撮る？」農夫がいった。

「まあ、おれは写真家だから」カールはいった。「いい写真が撮れそうだと思って。何なら、雑誌とかに売れるかもしれない。あんたのような被写体がいないかと、常に目を光らせているのさ」

農夫はカールの背後に目をやり、ステーションワゴンの横に立っているサンディーを見た。女は煙草に火をつけていた。煙草を吸う女は好かなかった。彼の知るかぎり、煙草を吸う女はたいがいくずだったが、写真を撮って暮らす男もおそらくまともであるはずがない。そんな男がどこであの女を引っかけたのかはわからない。数年前、彼は自分の豚小屋でミルドレッド・マクドナルドという女を見つけた。半裸で煙草《キャンサースティック》をくわえていた。男を待っているのだと、どこまでものんきにいったあと、やたら汚い豚小屋で一緒に寝ようと誘ってきた。彼はカールが持っている銃に目を向け、その指がまだ引き金にかかっていることに気付いた。「とっとと立ち去ったほうがいいぞ」農夫はいい、ピックアップに向かって足早に歩きはじめた。

「立ち去らなかったら、どうするよ？」カールはいった。「通報するのか？」彼は振り向き、サンディーに目配せした。

農夫はドアをあけ、運転台の中に手を伸ばした。「おい、若造、おまえを始末するぐらいなら、悪徳保安官など必要ないさ」

それを聞いてカールは笑いはじめたが、また向き直ると、農夫がピックアップのドアのうしろで、あいたウインドウ越しにライフルをこちらに向けているのがわかった。

農夫が雨風にさらされてきた顔全体に笑みを浮かべた。「あんたがいっているのは、おれの義兄のことだな」カールはいった。しだいにまじめな声になっていた。

「だれのことだ？　リー・ボーデッカーか？」農夫が顔を背けてつばを吐き捨てた。

「おれがおまえなら、そんなことを触れ回ったりしないがな」

カールはレーンの真ん中に立ち、農夫をにらみつけていた。サンディーが車に乗り、ドアを閉めたらしく、背後でドアのきしる音が聞こえた。拳銃を上げて、くそ野郎とはっきり決着をつける場面が、ふと脳裏に浮かんだ。よくある撃ち合いだ。手が少し震えはじめ、彼は大きく息を吸い、気持ちを落ち着けようとした。そして、今後のことを考えた。必ず次の狩りがある。あと数週間もすれば、サンディーとふたりでまた旅に出る。ホワイトカウで共和党の連中がしていた話を聞いてから、長髪の男を殺したいと考えていた。最近テレビで見たニュースによると、この国は混乱に向かって突っ走っているらしいが、それまで生き長らえて見てみたい。いつか便所みたいなこの国全体が炎上するさまを見ることほど、楽しみなものはない。それに、近ごろはサンディーもそこそこ食べるようになっていて、また肉がつきはじめている。容貌《ようぼう》は急激に劣化している――歯並びの矯正もしてもらえなかった――が、あと二年はもつだろう。どこかのまぬけ農夫がいきり立っているからといって、そんな未来を捨てることはない。決断すると、たちまち手の震えが止まった。カールは農夫に背を向け、ステーションワゴンに向かって歩き出した。

「それから、二度とここにいるのをおれに見られるなよ、わかったな？」前部席に乗ってサンディーに拳銃を手渡したとき、男がそう吠《ほ》える声が聞こえた。エンジンをかけながら、もう一度うしろを見たが、くされ牛などやはり一頭も見えなかった。

第五部　説教師

31

ときどき、法執行機関の締めつけがきつすぎたり、空腹がひどかったりすると、ロイが仕事を見つけられるように、ふたりはセオドアの大好きな海を離れ、内陸へ向かった。ロイが数日、あるいは数週間、果物摘みに精を出しているとき、セオドアは人里離れた果樹園やどこかの木陰から離れず、夜までロイの帰りを待っていた。セオドアの体は抜け殻にすぎなかった。皮膚は粘板岩《スレート》のような鈍色《にびいろ》で、目も悪くなった。いきなり気を失うようにもなった。腕がしびれて鋭い痛みを感じたり、胸が重苦しくなって、ときどき毎朝ロイがセオドアの〝お供〟に置いていくランチョンミートの朝食とフィフスボトル半分の生暖かいワインを戻したりもした。それでも、毎晩、少しのあいだ元気を装《よそお》い、指が満足に動かせなくても音楽の演奏を試みた。言葉を――心からの言葉を――流し出そうと、ロイがワインボトルを持って焚《た》き火の周りを歩き、セオドアはそれを聞きながらギターをつま弾いた。しばらくは華々しい返り咲きに備えて練習するのだが、やがて果樹園で一日働いてくたくたに疲れていたロイがブランケットの上に倒れ込むのだった。一、二分もすると、いびきをかいていた。運が良ければ、ロイはレノラの夢を見た。彼の娘。彼の天使。最近になってますますレノラのことを考えるようになったが、夢の中でしか近づけなかった。

　焚き火が消えると、すぐに蚊がまたたかってきて、セオドアをいらつかせた。蚊はロイにはまったく見向きもせず、セオドアは自分もロイのような血が流れていればいいのにと思った。ある夜、耳元で羽音がして目覚めた。まだ車椅子《くるまいす》に座っていて、ギターが前の地面に転がっていた。ロイは焚き火跡の反対側で犬のように体を丸めて寝ていた。ふたりは二週間ずっと同じ場所で野営していた。こんもり積み重なったセオドアの糞《くそ》と嘔吐《おうと》物《ぶつ》が、枯れた草むらに点在していた。「ああ、そろそろ場所を変えた方がいいかもな」その夜、ロイは道路沿いの店から戻ったとき、そういった。彼は手を顔の前でぱたぱたさせた。「ここもやたらくさくなってきた」それが数時間前のことで、まだ日中の暑さが引いていなかった。だが今は、四十マイル離れた海の香りがかすかに混じるひんやりした潮風があり、セオドアの頭上で木々の葉がそよいでいた。セオドアは身をかがめて足下のワインボトルを取った。ひとくち飲んだあと、ボトルに栓をして、黒い空に浮かぶ粉々に割れた鏡のかけらのような星々を見た。フラップジャックがまぶたにブラシで着けていたラメを思い出した。ある夜、セオドアとロイはチャタフーチーのあたりでほんの数分だけ、サーカス団にこっそり入ったことがあった。幼い男の子の一件から一年ほどがすぎていた。いや、フラップジャックはもういない、とホットドッグ売りに教えられた。アーカンソーの田舎街の外れにテントを張ったら、ある夜、どこかへ消えてしまった。まったくよ、あいつがいなくなったことにも気付かず、翌日には州を半分横断していたのさ。ボスはそのうち戻ってくるだろうといっていたが、戻らなかった。ブラッドフォードがどんなやつかは、おまえさんたちもわかるだろう。商売第一だ。どのみちフラップジャックにはキレがなくなっていた、とさ。

　セオドアはすべてに疲れ果て、うんざりしていた。「おれたちにだって、いいときはあったよな、ロイ?」彼は声に出していってみたが、地面に寝ていたロイはぴくりとも動かなかった。セオドアはまたひとくちワインを飲み、ボトルを膝《ひざ》に置いた。「いいときがさ」もう一度、低い声でいった。星々がぼやけ、視界から消えていった。ピエロの衣装をまとったフラップジャック、すすけたランタンがともるだれもいない教会、床におがくずを敷いた安酒場《ホンキートンク》の夢、そして、海のさざ波が足をやさしく洗う夢を見た。冷たい水が、肌で感じられる。セオドアは微笑《ほほえ》み、手で体を前に押し出し、海に浮かぶと、かつてないほど沖へ流されていった。怖くはない。神に呼ばれている。じきに脚も動くようになる。だが、朝になり、固い地面で目覚めると、自分がまだ生きていてがっかりした。手を下に動かし、ズボンを探った。また小便を漏らしていた。ロイはすでに果樹園に行ってしまった。セオドアは頬を地面に着けて横たわった。数フィート先の蠅《はえ》のたかった自分の糞の山を見つめ、また眠りに戻ろうと、海に戻ろうとした。

32

エマとアーヴィンはルイスバーグの食料雑貨店の中にある肉陳列棚の前に立っていた。月末でエマにはあまりお金が残っていなかったが、土曜日に新しい牧師がやって来ることになっていた。信徒たちは、新しい牧師とその妻のために教会で持ち寄りの夕食会をひらくことにした。「鶏《とり》のレバーでいいと思うかい？」エマはまたひとり考えてから、訊《き》いた。もつはいちばん安かった。

「いいに決まってるだろ？」アーヴィンはいった。そのときにはどんなものでもいいと答えていただろう。彼にいわせれば、豚の鼻だってかまわなかった。エマは血の浮いた肉のトレイを二十分も見つめていた。

「どうかしらね」エマがいった。「みんなはわたしのつくり方が好きだというけれど――」

「わかった」アーヴィンはいった。「それならでっかいステーキにすればいいよ」

「そんな」エマがいった。「わたしにそんなお金がないことは知ってるだろう」

「なら鶏のレバーで決まりじゃないか」アーヴィンはいい、白いエプロンを着けた肉屋の主人を身振りで示した。「ばあちゃん、心配するのはやめなよ。ただの牧師だろ。きっとレバーよりひどいものだっていろいろ食ってるよ」

その土曜の夜、エマが鶏のレバーを入れた鍋《なべ》をきれいな布で覆《おお》い、アーヴィンはそれを車の後部席の床に慎重に置いた。エマとレノラはちょっとばかり緊張していた。日中はずっと自己紹介の練習をしていた。「はじめまして」彼女たちは小さな家ですれちがうたびに、そういい合った。アーヴィンとアースケルは玄関前のポーチに座って聞こえないように笑っていたが、しばらくすると、いらいらしてきた。「ああ、くそ、もう耐えられん」アースケルがついにいった。そして、揺り椅子から腰を上げ、家の裏手に回り、森に入っていった。アーヴィンが頭の中からその文句を追い出すのに、何日かかかった。〝はじめまして〟というくそ文句だ。

六時に到着したとき、教会のまわりの砂利の駐車場はすでに車で埋まっていた。アーヴィンはレバーの鍋を運び、ほかの肉の近くのテーブルに置いた。新しい牧師は長身で恰幅《かっぷく》がよく、部屋の真ん中に立って、握手をしながら、「はじめまして」と何度も繰り返していた。プレストン・ティーガーディンという男だった。かなり長いブロンドの髪をいい香りのオイルでうしろになで付け、毛深い手の片方には大きな楕円形《だえんけい》の宝石がきらめき、もう一方には細い金の結婚指輪をはめていた。四月一日で、外はまだ肌寒いというのに、ぴったりしすぎた水色のズボンと足首まであるブーツ、襞《ひだ》のついた白いシャツという格好だった。しかもシャツはすでに汗でびっしょりだった。歳《とし》は三十ぐらいだろうとアーヴィンは思ったが、奥さんはかなり若そうで、まだ二十歳前にも見える。とび色の髪を真ん中で分けた青白いそばかす顔の、ほっそりした華《きゃ》奢《しゃ》な女性だった。夫の隣に立ち、ガムを噛《か》みながら、小さくて丸い尻《しり》の方にまくれ上がる薄紫と白の水玉模様のスカートをしきりに引き下げていた。そんな女性を、新しい牧師はたびたび〝テネシー州ホーヘンウォルドで生まれた最愛の嫁〟といっていた。

ティーガーディン牧師が刺繡《ししゅう》を施したハンカチでてかった広い額の汗をぬぐい、しばらく通っていたナッシュビルの教会には本物の空調設備があったという話をした。見るからに、おじの教会にがっかりしていた。ああ、ファンさえひとつもない。夏の盛りには、この古い掘っ立て小屋は拷問《ごうもん》部屋になるだろう。ティーガーディンは心が折れはじめ、妻ともども眠たげで退屈そうにしていた。そこへミセス・アルマ・リースターが、十四歳のベス・アンと十六歳のパメラ・スーの十代の娘たちを連れて入ってくると、アーヴィンはティーガーディンが妙に元気になったことに気付いた。ふたりの天使が入場し、牧師の両肩に止まったかのようだった。ティーガーディンは、似合いのクリーム色のドレスをまとい、小麦色に焼けた引き締まったふたりの体から、いくら目を離そうとしても離せなくなっていた。ティーガーディンは急にやる気を見せ、周囲にいた人たちに青年部の創設の話をしていた。メンフィスのいくつかの教会では、有効に活用されているのを見てきたというような話だ。そして、若い人たちを巻き込むことに尽力すると誓った。「どの教会にとっても、若者こそが活力源ですからね」ティーガーディンはいった。その後、妻が近づき、リースターの娘たちから目を離さずに、彼の耳元で何事かをいった。ティーガーディンが赤い唇をとがらせ、妻の腕の内側をつねった様子を見ると、妻の言葉を聞いて大きく動揺したようだった。女の尻ばかり追いかけるこのでぶがアルバート・サイクスの親戚《しんせき》だとは、アーヴィンには信じられなかった。

エマとレノラが前に出て新しい牧師に自己紹介をする少し前、アーヴィンは煙草《たばこ》を吸おうとこっそり外に出た。牧師が〝はじめまして〟と挨拶《あいさつ》したら、どんな言葉を返すのだろうかと思った。ダンガリーのズボンをはき、首の回りまでシャツのボタンをすべて留めたふたりの農夫と、梨《なし》の木の下にたたずみ、さらに数人がいそいそと中に入っていく様子を見たり、子牛肉の値段が上がっているというような農夫たちの話を聞いたりしていた。ようやくだれかがドアをあけ、こう声を上げた。「牧師が食べるぞ」

会衆がまずティーガーディンと奥さんに食べるよう強く勧めたので、太った牧師は皿をふたつ取り、テーブルの周りを回り、上品に香りを嗅《か》いでは料理のカバーを外し、あちらこちらの料理に指を突き刺して味見し、リースターのふたりの娘たちに見せつけると、娘たちが声を抑えて笑い、ひそひそと話し合った。すると、ティーガーディンが急に足を止め、まだ何も載せていない二枚の皿を妻に手渡した。妻の腕のつねられたところがすでに青く変色しはじめていた。彼は片手を高く上げながら天井に顔を向けると、次にエマの鶏のレバーが入った鍋を指さした。「みなさん」彼は大きな声で切り出した。「今夜この教会にお集まりのみなさんは、まちがいなくつつましい人たちであり、私にも、私の最愛の嫁にもとてもよくしてくださった。この温かいおもてなしに心の底からお礼を申し上げます。さて、お金も、いい車も、宝石も、きれいな服もほしいだけ持っている者など、ここにはひとりもいません。しかし、みなさん、この使い込まれた鍋で鶏のレバーをお持ちくださった貧しい方に、まあ、触発されたといいますか、食べる前に少しのあいだお話をさせてください。何世紀も前にイエスがナザレの貧しい民に何とおっしゃったか、よければ思い出してみましょう。ここでは裕福そうな方もたしかに見受けられますし、このテーブルには白身の肉と赤身の肉がたっぷり並んでますし、おそらくそうした大皿を持ってきた人たちは、たいていいいものを食べているのでしょう。しかし、貧しい人たちも、精いっぱいのものを持ってきてくれました。たいしたものは持ってこられないこともあります。ですから、この臓物は私にとって啓示なのです。この教会の新しい牧師として、今宵はみなさんがおいしいお肉を食べられるように、私の身を犠牲にすべきだというお告げなのです。私はそのお告げのとおりにします。みなさんがいちばんいい肉を食べられるように、私はこの臓物を食べます。ご心配なく。私はそういう人間なのです。イエスが機会を与えてくれるなら、私はいつだってイエスを手本にしますし、今夜もご自分の足跡をたどる機会をまた私にくださったのですから。アーメン」そういうと、ティーガーディン牧師は赤毛の妻に低い声で何事かをいい、妻はすぐさまデザートの皿に向かった。ありふれたヒールで少しよろけながらも、カスタードパイとキャロットケーキ、そして、ミセス・トンプソンのシュガークッキーで皿を埋め尽くし、夫は合板の長いテーブルの上座の自分の席までレバーの鍋を運び、目の前に置いて食べようとした。

「アーメン」信徒たちもいった。困惑顔の者もいたが、上等の肉を盛ってきた者たちの中には、うれしそうににやつく者もいた。レノラと一緒に列のうしろの方に立っていたエマに、ちらりと目を向ける者も何人かいた。エマは周囲の視線を感じるとめまいがして、レノラが肘《ひじ》をつかんで支えた。アーヴィンはあいた戸口のあたりに立っていたが、前の方に駆け寄り、エマを支えて外に出した。木の下の草の生えたところに座らせると、レノラが水を一杯汲《く》んできた。エマはそれをひとくち飲み、泣き出した。アーヴィンはエマの肩をそっと叩《たた》いた。「さあ、さあ」彼はいった。「腹の腐った大ぼら吹きのことなんか気にするなよ。きっとあいつもとんでもない貧乏だ。おれがいってきてやろうか？」

　エマは、彼女にしては見苦しくないドレスの裾《すそ》で目をそっと押さえた。「こんなに恥ずかしい思いをしたことはないよ」彼女はいった。「テーブルの下に隠れたかった」

「家まで送ろうか？」

　エマはまた鼻をすすり、ため息交じりにいった。「どうしていいかわからないわ」彼女が教会のドアに目を向けた。「あの人はわたしが望んでいた牧師ではないわ」

「いや、ばあちゃん、あのばかは牧師なんかじゃないさ」アーヴィンはいった。「ラジオでカネをねだる連中と同じろくでなしだ」

「アーヴィン、そんなこといっちゃだめよ」レノラはいった。「主がお送りくださらなければ、ティーガーディン牧師はここにいないわ」

「ああ、そうだろうよ」アーヴィンは祖母を支えて立たせはじめた。「あいつがレバーをかっ喰らうさまを見ただろ」彼はエマを笑わせようと冗談を飛ばした。「ひょっとして、あいつは長いことろくなものを食ってないのかもしれないな。だからあれをぜんぶ自分でほしがったのさ」

33

プレストン・ティーガーディンは信徒たちが妻と彼のために借りた家でカウチに寝そべり、大学時代の古い心理学の本を読んでいた。土の道の果てにある四つの汚れた窓がついた小さな四角い箱と、枝垂《しだ》れ柳に囲まれた外便所だけの家だ。漏れてばかりのガスコンロ周りは干からびた鼠《ねずみ》だらけで、あてがわれた使い古しの家具は犬か猫か、あるいはほかの汚らわしい生き物のにおいが染《し》みついている。ああ、ここの人々の暮らしぶりを見れば、豚のにおいでもおかしくはない。コールクリークに来て二週間しか経《た》っていないが、もうこの土地が嫌いになっている。彼はこの僻地《へきち》の教会への赴任を、主が直々に与えてくださった精神の試練のようなものだと考えようとしていたが、何をおいても母親の仕組んだことだった。たしかに、あの口やかましい婆《ばばあ》には、こっぴどくやられた。ケツの穴に突っ込まれたとでもいうか。彼が気概を見せるまで、もう手当ては一ペニーも出さない。彼がヘブンリーリーチ・バイブル・カレッジを一学期の終わりに退学したことが、とうとう――卒業式に出席する支度を整えていた週に――バレて、母親にそういわれた。その後、ほんの一日ぐらいあとで、アルバートが病気になったとおばが母親に電話してきた。何たる完璧《かんぺき》なタイミング。母親は息子の意向も聞かずに、息子に代わりをさせると申し出た。

大学に通ってよかったのは、ドクター・フィリップスの心理学の授業を受講したことだけだった。とにかく、オハイオ大学やハーバード大学がある世界で、ヘブンリーリーチのようなところの学位を持っていて何になる？ コミックブックのうしろに広告を出している通信販売で学位を買ったのと同じようなものだ。ふつうの大学に行って、法学を学びたかったが、それでは母親がカネを出してくれなかった。母親はティーガーディンに、義理の兄アルバートのようなつつましい牧師になってほしいと思っていた。甘やかしてしまったかもしれない、と彼女はいっていた。ありとあらゆる戯《たわ》言《ごと》を、正気とは思えない戯言をいっていたが、ティーガーディンにはわかっていた。心の底では、彼を自分に依存させておきたいのだ。絶対に逆らわせず、いいなりにさせたいのだ。彼はいつだって人の気持ち、つまり欲求や願望をつかむのがうまかった。十代の少女が相手だと特にうまかった。

シンシアは最初の大成功のひとつだった。ヘブンリーリーチの教授の手伝いとして、洗礼式でシンシアをフラットフィッシュ・クリークに浸したとき、彼女はまだ十五歳だった。その夜、彼は大学構内のバラの茂みの下で、シンシアの〝生まれ変わった〟小ぶりなあそこをいただくと、彼女の両親に詮索《せんさく》されずに彼女を調教するために、一年もしないうちに彼女と結婚した。彼はこの三年で、男が女に仕込めるだけの芸をシンシアに教え込んできた。何時間かかったのかはとても数え切れないが、今ではどんな犬にも負けないほど調教が進んでいる。ティーガーディンが指を鳴らすだけで、彼女は彼のいう〝一物〟を期待して、口からよだれを垂らしはじめる。

ティーガーディンは下着姿のシンシアをなめるように見た。ぼろ家に似合いのべとついた安楽椅子に丸まり、絹のようなヘアのあそこを薄手の黄色い生地にぴったり押し付けている。眉間《みけん》に皺《しわ》を寄せて、『ヒット・パレーダー』に載っていたデイヴ・クラーク・ファイヴの記事に目を向け、文字を読み上げようとしていた。シンシアを飼い続けるなら、いつか文字の読み方も教えないといけないとティーガーディンは思った。最近になってわかったのだが、ものにした若い女が聖書の一節を読んでいる最中にバックから突いたら、彼は二倍長くもつ。女たちがあえぎながら聖なる一節を読むさま、どもり出し、背を反らし、彼の一物が爆発する直前まで、読んでいるところを見失わないようにする——単語をいいまちがえると彼がとても腹を立てるから——さまが、ティーガーディンは大好きだった。しかし、シンシアはどうだ？　くそ、アパラチアでいちばん陰鬱《いんうつ》な盆地出身の脳損傷を負った小学二年生でも、シンシアよりはうまく読める。息子のプレストン・ティーガーディンときたら、高校で四年もラテン語を習ったというのに、字も読めないホーヘンウォルド生まれの女と結婚してしまったというたび、彼の母親はまたノイローゼのようになるのだった。

　だから、シンシアを飼い続けるのは考えものだ。彼女を見やったとき、一、二秒、名前を思い出せなかったことさえある。いろんな調教を試したせいで締まりもなく、感じることもなくなり、かつては新鮮できつかったあそこは今では色あせた思い出になり、同時に、彼女がもたらした興奮も薄れている。だが、シンシアの最大の問題は、もうイエスを信じていないことだ。ティーガーディンはほとんどのことには目をつぶれるが、それだけはだめだ。女には彼と寝ているときに、あやまちを犯していると思ってもらわないといけない。すぐにも地獄に落ちるかもしれないと思ってもらわないといけない。善と悪、純潔と情欲との決死の戦いも理解できない女で、どうしてその気になれるというのか？　若い女とやるたび、ティーガーディンは罪の意識を抱く。短くとも丸一、二分のあいだは、おぼれるような気がする。彼にとって、そんな感情を抱くからこそ、どれほど腐敗し、残酷なことをしても、まだ天国に行けるかもしれないと感じられるのだ。もっとも、そのためには、息を引き取る前に惨《みじ》めで淫《みだ》らな所業を悔い改めなければならないが。大きな興奮が得られるかどうかは、当然だが、すべてはタイミングしだいだ。しかし、シンシアはそういったことをまるで気にしていないように見える。最近では、シンシアとやっても、魂が抜けて脂《あぶら》ぎったドーナツに一物を突き刺しているようにしか感じない。

その点、おお、あのラファティの娘は敬虔《けいけん》な信者だ、とティーガーディンは心理学の本の新たなページをひらき、半立ちでパジャマを持ち上げているペニスをさすりながら思った。この二度の日曜日、彼は教会でラファティの娘をじっくり観察していた。たしかに、見てくれはそれほどでもないが、ナッシュビルの救貧院で一カ月間の奉仕活動をしていたときには、もっとひどい女とやった。彼はコーヒーテーブルに手を伸ばし、袋から塩味のクラッカーを一枚取り、口に突っ込んだ。聖体のように舌に載せ、溶けてふやけ、味気ない粥《かゆ》になるまで待った。そうだ、当面はミス・レノラ・ラファティでいい。とにかく、リースターの娘たちのどちらかに手を付けるまでは。あの色あせた服を脱がせたら、眉間に皺の寄ったレノラの悲しげな顔に笑みを浮かべさせてやる。教会でささやかれている噂《うわさ》では、あの娘の父親はかつて説教をしながらこの郡を渡り歩いていたが、その後——とにかく噂では——娘の母親を殺して失踪《しっそう》したとのことだった。幼子の哀れなレノラは、例の鶏のレバーの件でひどく動揺していた年配の女に預けられた。そんな女なら手間はかからないだろう、と彼は予想した。

クラッカーを飲み込むと、喜びの小さな火花が急に体に広がり、ブロンドの頭から脚を伝って足の指先まで走った。よかった、本当によかった。何年も前、母親が彼を牧師にさせると決意してくれて。うまくやれば、好きなだけ新鮮な肉が食える。あの婆は毎朝彼の髪を巻き、清潔にすることの大切さを教え、鏡の前で表情の練習をさせた。毎晩、一緒に聖書を読み、彼を連れてさまざまな教会を回り、いつも上等な服を着せた。ティーガーディンは野球をしたことは一度もないが、いつでも涙を流せる。殴り合いもしたことはないが、寝言でヨハネの黙示録を暗唱することならできる。だから、ああ、くそ、今は母親にいわれたとおりにするさ。しばらくは病気になったまぬけなおじの代役として、この薄汚い家に住み、気に入っているふりさえしてやる。あの婆に〝気概〟を見せてやるさ。そのうち、アルバートが治って戻ってきたら、母親にそれまで働いたカネを求める。たぶん母親をだまし、嘘《うそ》の話をすることになるが、多少の罪悪感を抱くのはたしかだから、それでもかまわない。西海岸に行けるなら何だってやる。それがティーガーディンの次の関心事だ。最近のニュースでいろんなことを耳にした。彼の地《か》では、何としても自分の目で見たいことが起きているという。フリーラブが広まり、家出少女がぼさぼさの髪に花を差し、路上で生活しているとか。ティーガーディンのような特技に恵まれた男なら、選び放題だ。

ティーガーディンは読んでいたページにおじが大切にしていた煙草袋を挟み、本を閉じた。ファイブブラザーズか？　嘘だろ、そんなものを後生大事にするとは、どんな人間だ？　その袋には治癒力があるとアルバートにいわれたとき、彼の目の前で笑いそうになった。ティーガーディンはシンシアに目を向けた。まどろみ、ひと筋のよだれが顎先《あごさき》から垂れている。彼が指を鳴らすと、シンシアの目がぱっとひらいた。彼女は顔をしかめ、また目を閉じようとしたが、無駄だった。精いっぱいの抵抗を試みたが、やがて椅子から腰を上げ、カウチの横でひざまずいた。ティーガーディンはパジャマのズボンを引き下げ、太くて毛深い脚を少し広げた。彼女が一物を口に含むと、彼は短い祈りの言葉を唱えた。主よ、六カ月だけカリフォルニアに行かせてください。六カ月すぎたら家に帰り、まっとうに暮らします。善良な人たちとひとつところに落ち着きます。母の墓にかけて誓います。ティーガーディンはシンシアの頭を股間《こかん》にさらに押し付けた。喉《のど》を詰まらせ、むせる音が聞こえた。やがて彼女の喉の筋肉が緩み、彼女は抵抗をやめた。その顔が赤くなり、酸欠でしだいに紫色に変わっていくまで、彼は彼女の頭を押し付けていた。このやり方が好きだ。大好きだ。彼女のイキっぷりを見ろ。

34

ある日、学校からの帰宅途中、レノラはホーリー・ゴースト・サンクティファイド・コールクリーク教会の前で足を止めた。正面のドアがあけ放たれていて、ティーガーディン牧師のイギリス製のおんぼろスポーツカー——彼がヘブンリーリーチにはじめて行くときに、母親からもらった車——が日陰にたたずんでいる。きのうもおとといもそうだった。五月半ばの暖かい午後だった。レノラはアーヴィンを避け、彼が待つのをあきらめ、ひとりで帰るまで、校舎内からのぞいていた。レノラは教会の中に足を踏み入れ、目を暗がりに慣らした。新しい牧師が通路の真ん中あたりのベンチに座っていた。祈っているかのように見えた。レノラは牧師が「アーメン」というまで待ち、ゆっくり前に動きはじめた。

ティーガーディンは背後に彼女の気配を感じた。もう三週間もじっとレノラを待っていた。毎日のように教会に来て、学校が終わるころにドアをあけた。たいてい、腹ちがいの兄だかなんだかとあのぼろ車のベルエアーに乗って、前を通りすぎるのを見かけるが、一、二度、ひとりで歩いて帰宅するのを見たこともあった。ざらついた床板を踏む静かな足音が聞こえた。彼女が近くに来ると、ジューシーフルーツの息のにおいがした。若い女とそれぞれのにおいについては、彼はブラッドハウンド並みに鼻が利《き》く。「だれですか？」彼はいい、片手を上げた。

「レノラ・ラファティです、ティーガーディン牧師」

彼は胸の前で十字を切り、笑顔で振り向いた。「ほお、これは驚いた」彼はいった。そして、まじまじと彼女を見た。「お嬢さん、泣いていたようだね」

「何でもありません」彼女がいい、首を振った。「学校の子たちがちょっと。すぐに人をからかうので」

ティーガーディンは彼女の背後に目を向け、ふさわしい答えを探った。「その子たちはうらやんでいるだけではないかな」彼はいった。「羨望《せんぼう》は人々に最悪の振る舞いをさせる。とりわけ若い人には」

「羨望ではないと思います」レノラがいった。

「きみは何歳だね、レノラ？」

「もうすぐ十七です」

「私もそのころのことを覚えているよ」ティーガーディンはいった。「私は主のことしか頭になくて、ほかの子たちにしょっちゅうからかわれたものだ。それはひどいものだった。恐ろしい考えがいろいろ頭に浮かんできた」

レノラはこくりとうなずき、向かいのベンチに座った。「それからどうしたのですか？」彼女が訊いた。

ティーガーディンはそれには答えず、何かを考え込んでいるように見えた。「そう、苦しい日々だった」彼はようやくいうと、大きなため息をついた。「終わってくれて、本当にありがたい」そして、また微笑んだ。「これから二時間ほど、どこかに行く用事はあるかい？」

「いいえ、特に」レノラはいった。

ティーガーディンは立ち上がり、彼女の手を取った。「そうか、それなら、ドライブに行ってもかまわないね」

二十分後、ティーガーディンは、コールクリークに来てから目をつけていた人目につかない未舗装の小道に車を停めた。昔は主要路から離れた干し草畑かどこかに続く道だったが、その畑は今ではヒメモロコシと密に茂った藪《やぶ》に覆われている。この二週間、この小道で見たものといえば、わだちだけだ。ここなら人を連れてきても安全だと判断した。車のエンジンを切ると、声に出さずに短くて空虚な祈りを唱え、生暖かく、肉付きのいい手をレノラの膝に載せ、彼女の聞きたいことをいった。まあ、結局、だいたいみんな同じことを聞きたがっている。イエスに心酔している者でさえも。もう少し抵抗してくれたらと思ったが、まさに予想どおり、レノラには手間はかからなかった。それでも、こういうことは何度もしてきたが、レノラの服を剝《は》いでいくあいだもずっと、何マイルも離れているように思われる森でうごめく鳥、虫、獣の音が聞こえた。新しい子とはじめてするときは、いつもこんな感じだった。

ことを済ませると、ティーガーディンは手を伸ばし、フロアに脱ぎ捨てられていた灰色の汚れたパンティーをつかんだ。血を拭《ふ》いてレノラに手渡した。股間のあたりを飛び回る蠅を叩き落とそうとしてから、レノラが裾の長い服を着るのにてこずる様子を見ながら、茶色のスラックスを引き上げ、ワイシャツのボタンを留めた。「だれにもいわないでくれるね?」ティーガーディンはいった。このときすでに、家にとどまり、心理学の本でも読んでいればよかったと思っていた。シンシアが外便所の前で丸まっていた黒蛇を踏んでしまったあと、アルバートが送ってよこした手押し式の芝刈り機で芝生を刈ってみてもよかったかもしれない、と。あいにく、彼は肉体労働に適した男ではない。岩だらけの庭であの芝刈り機を押してぐるぐる回ることを考えただけで、少し吐き気が込み上げてくる。

「はい」レノラがいった。「決していいません。約束します」

「よかった。わかってくれない人もいるかもしれないからね。それに、牧師とのかかわりは他言すべきものではないと、私は心から信じている」

「おっしゃったことは本心ですか？」レノラは恥ずかしそうに訊いた。

ティーガーディンは彼女にどんな出任せをいったのか、なかなか思い出せなかった。

「まあ、本心だ」喉がからからに渇いていた。ルイスバーグまで足を伸ばして、またバージンをいただいたお祝いに、冷えたビールでも飲もうか。「私たちがやり終えるころには」彼はいった。「学校の少年たちはきみから目が離せなくなるぞ。ちょっとした訓練をするだけでいい。だが、私にはわかる。きみは年を重ねるにしたがってどんどんかわいくなるタイプだ。主に感謝しないとな。そうとも、これからすばらしい年月が待っているぞ、ミス・レノラ・ラファティ」

35

五月末、アーヴィンは九人の最上級生とともにコールクリーク・ハイスクールを卒業した。その後の月曜日、ルート60のグリーンブライアー郡区間に新しいアスファルト舗装面をかぶせる仕事に出るようになった。丘の向こう側に住むクリフォード・ベイカーという隣人が仕事を紹介してくれた。彼とアーヴィンの父親は、戦前よく一緒に酔っぱらった仲だった。ベイカーはアーヴィンには、だれよりチャンスが与えられて当然だと思っていた。組合賃金に近い高給の仕事で、彼は肉体労働者になって、おそらく作業班でいちばんきつい仕事をさせられるだろうが、アースケルには家の裏の畑でもっときつい仕事をさせられてきた。はじめて給料の小切手をもらった日、彼はアースケルにスロットマシーンでマグナム・ボトルの上等のウイスキーを買い、エマにシアーズのカタログで絞り器つき洗濯機《リンガーウォッシャー》を注文し、レノラには、近隣三郡でいちばん値の張るメイフェアという店で、教会に着ていく新しいドレスを買った。

レノラがちょうどいいサイズのものを探していたとき、エマがいった。「驚いたね、これまで気付かなかったけど、おまえにもちゃんと肉がついてきたんだね」レノラは鏡でうしろ姿を見て、微笑んだ。それまでは上から下までぺったんこで、腰《ヒップ》も、胸もなかった。この前の冬、『ライフ』誌に掲載されていた、強制収容所で山と積み上げられた被害者の写真をロッカーに貼《は》り付けられた。そこにペンで〝レノラ・ラファティ〟と名前が記され、矢印で左から三つ目の死体と繋《つな》がれていた。アーヴィンがいなければ、レノラはその写真を外しもしなかっただろう。ただ、レノラはティーガーディン牧師が予言していたように、ついに女らしい体つきになってきた。今では、週に三、四回、ときには五回も、午後にティーガーディンと会うようになっていた。するといつもやましい気持ちになるが、いやとはいえなかった。罪の力がどれほど大きいか、彼女ははじめて実感していた。天国に行くのが難しいといわれるのもうなずける。会うたびに、ティーガーディンは新しいことを試したがった。きのうは、妻のリップスティックを一本持ってきた。「こんなことをしてきて、今さらいうのはばかげてるとは思うけれど」レノラは自信なさそうにいった。「女の人は顔に色を着けちゃいけないと思う。そんなことをいったら、怒りますか?」

「いや、怒りはしないさ、かまわないよ」ティーガーディンはいった。「いいかい、私はきみの信心に感心しているのだ。うちの妻もきみほどイエスを愛してくれたらいいのに」そういうと、にやりと笑い、ドレスの裾をまくし上げ、親指をパンティーの上の端にかけ、下ろした。「それに、別のところに色を着けようかと思っていたのさ」

ある晩、エマは夕食の皿を洗っていて、窓の外に目をやると、道路を挟んで家の反対側にある森から出てくるレノラの姿が見えた。ほかの家族はしばらくレノラの帰りを待っていたが、結局、先に食べた。「あの子は近ごろよく森に行くようだけど」エマがいった。アーヴィンは椅子にゆったり座り、コーヒーの最後のひとくちを飲み、アースケルが手巻き煙草をまくさまを見ていた。テーブルに突っ伏すような格好で、全神経を集中させているような表情を浮かべている。アースケルの指が震えているのを見て、アーヴィンは大おじが少しもうろくしてきたのかもしれないと思った。「あいつのことだから」アーヴィンはいった。「チョウチョにでも話しかけていたんだろ」

エマはレノラがポーチに向かって坂を駆け登る様子を見守った。顔を紅潮させているところを見ると、ずっと走ってきたようだ。この数週間でレノラが大きく変わったことに、エマは気付いていた。ある日は楽しそうにしていたのに、翌日は絶望に打ちひしがれたり。生理がはじまってしばらく、少しおかしくなる女の子は多いとも思うけれど、レノラのそんな段階は二年前に終わっている。でも、まだ聖書の勉強をしている姿も見せている。それに、教会に行くのがとても好きな様子だ。もっとも、ティーガーディン牧師は説教の面ではアルバート・サイクスにはとてもかなわない。ほかのことでも考えていたかのように、話の途中で詰まってしまったりするので、ときどき、この人は本当に教えを説く気があるのだろうかと思う。そして、ふと気付くと、また鶏のレバーの記憶がよみがえってくるのだった。あのことについては、今夜また寝る前に祈らないといけない。エマはアーヴィンに顔を向けた。「好きな子でもできたとは思わないかい？」

「だれに？　レノラにか？」アーヴィンはいい、そんなばかな話ははじめて耳にしたとでもいうかのように、目をくるりと回した。「その心配は要らないと思うよ、ばあちゃん」アーヴィンが見やると、アースケルが煙草を撒《ま》き散らしてしまい、口をあんぐりとあけたままじっと座り、テーブル上の惨状を見つめているのがわかった。アーヴィンは煙草の袋と紙を手に取り、新たに煙草を巻きはじめた。

「見てくれだけがすべてじゃないよ」エマは強い調子でいった。

「そういう意味じゃないよ」アーヴィンはレノラを冗談のネタにしたやましさから、

口をとがらせていった。彼までそうしなくても、レノラをあざける連中はいくらでもいる。もう学校にはいなくなるのだから、レノラに寄ってくる連中を追い払うこともできないのだと、ふと思った。次の秋になれば、レノラには大きな厄介事が待ち受けている。「レノラが興味を持つような男なんか、このあたりにはいそうもないっていいたかっただけだ」

きしる音とともに、玄関の網戸があいて、また閉まり、レノラの鼻歌が聞こえてきた。エマは耳を澄まし、〝プア・ピルグリム・オブ・ソロウ〟（「悲しみに暮れる哀れな巡礼者」の意）だとわかった。エマはひとまず満足し、ぬるま湯に手を入れてスキレットをこすりはじめた。アーヴィンは煙草に目を戻した。巻紙をなめ、もう一回ひねってから、アースケルに手渡した。アースケルは笑みを浮かべ、ごそごそとポケットのマッチを探った。ずいぶん探してやっと見つけた。

36

八月中旬になると、レノラは困ったことになったと確信していた。二回続けて生理が訪れず、アーヴィンに買ってもらったドレスは、もうほとんど着られなくなっていた。二週間ほど前、ティーガーディンは関係を終わらせると宣言していた。このまま会い続けていれば、妻に気付かれるし、信徒たちにさえ知られるかもしれないというのだった。「そんなことになるのは、私たちふたりとも望まないだろう、ちがうかい？」彼はいった。レノラは何日か教会の近くを歩いて、やっとティーガーディンを見つけた。ドアがあけ放たれていて、彼の小型車が木陰に停まっていた。レノラが教会に入ったとき、彼は最前席近くの影の中に座り、頭を垂れていた。三カ月前にレノラが彼の元にはじめて来たときとまったく同じ姿勢だったが、今回は振り向いてだれかわかっても、微笑まなかった。「ここにいてはいけないことになっているはずだが」ティーガーディンはいったが、まったく予想していなかったわけでもなかった。すぐに手を引くことができない者もいる。

今ではドレスのトップがはち切れんばかりの胸に、ティーガーディンは目を向けないわけにはいかなかった。あどけない女でも、日常的に性交しはじめると、体がふくよかになっていくさまは何度も見てきた。腕時計に目をやると、まだ数分はあることがわかった。最後に心ゆくまで味わってやろうかと思っていると、出し抜けに、レノラが上ずってヒステリックな声で、彼の子を身ごもっているのだといった。ティーガーディンはびくりとして、慌《あわ》てて正面のドアに駆け寄り、閉めた。両手に目を落とした。肉厚だが、女の手のように柔らかい。大きく息を吸い込んでいるとき、彼はこの手で彼女を絞め殺せるだろうかと思ったが、そんな真似《まね》ができるほどの根性はないことはよくわかっている。それに、万が一つかまったりすれば、ウエストバージニア州の刑務所、とりわけ、おぞましい地下牢《ちかろう》などは、彼のような繊細な人間には過酷すぎる。だが、急いで考えなければならない。レノラの事情を考えた。哀れなみなしごが孕《はら》ませられ、不安のあまり半狂乱になっている。そうした考えが脳裏を駆け巡り、彼はゆっくりとドアに鍵《かぎ》をかけた。その後、レノラが震える顔に涙をこぼしながら座っている教会の前部ベンチに歩いていった。話しはじめることにした。それが彼のいちばんの特技なのだから。こういうことは聞いたことがあるといった。あんなことをしてしまったと思いちがいし、自分に嫌気が差し、恐ろしい罪を犯してしまったと思うあまり、ありもしないことを想像するようになるのだと。まあ、人々、ごくふつうの人たちに関する本を読んできた。自分の名前さえろくに書けない者もいるが、自分が大統領だとか、ローマ教皇だとか、有名な映画スターだとか信じ込んでしまう。そんな連中はふつう精神病院に入れられ、用務員に強姦《ごうかん》されたり、自分の排泄物《はいせつぶつ》を無理やり食べさせられたりするのだと。

そのころにはレノラは泣きやんでいた。彼女はドレスの袖《そで》で目をぬぐった。「何を話してるのか、わたしには理解できない」彼女はいった。「わたしはあなたの赤ちゃんを身ごもっているのよ」

ティーガーディンは手を差し伸べ、ため息をついた。「それも一例だ、とその本に書いてあった。理解できないこともね。だが、考えてみなさい。どうして私が父親になれるのだね？　私はきみに指一本触れていない、一度も。鏡を見てみることだ。私には百倍もきれいな妻が家で待っていて、私のいうことなら何でもしてくれる。いいか、何でもだ」

レノラは唖然《あぜん》とした表情を浮かべて見上げた。「あなたの車の中でしたことを何ひとつ覚えていないというの？」

「神の家たる教会に来て、そんなでたらめをいうきみは、頭がおかしいといっているのだ。私ではなくきみの話を信じる者などいると思うか？　私は牧師だぞ」まったく、と思いつつ、彼はこの鼻を赤くしてすすり泣いている醜い女を上から見下ろした。どうしてリースターの娘がやってくるまで、我慢できなかったのだろう？　蓋《ふた》をあけてみれば、パメラは付き合いはじめた当初のシンシア以来、最高の体だった。

「でも、あなたが父親よ」レノラは感情の消えた小声でいった。「ほかのだれでもないもの」

　ティーガーディンはまた腕時計を見た。この小娘を早く帰さないと、午後が丸々つぶれてしまう。「ひとつ忠告しておこう」彼はいった。悪意に満ちた低い声だった。

「どうにかして堕《お》ろせ。おまえがいうように孕まされたというならな。生まれてきても、売女《ばいた》を母に持つ私生児になるだけだ。せめて、おまえを育て、毎週日曜日にこの教会におまえを連れてくる、貧しいばあさんのことを考えろ。あまりに恥ずかしくて死んでしまうぞ。さあ、これ以上面倒を引き起こさないうちに、立ち去るんだ」

　レノラはもう何もいわなかった。祭壇のうしろの壁に掛けられている木の十字架を見て、立ち上がった。ティーガーディンがドアの鍵をあけ、眉間に皺を刻んだ顔を見せてドアをあけている。レノラは頭を垂れてその前を通りすぎた。すぐうしろでドアが素早く閉まる音が聞こえた。気が遠くなったが、どうにか百ヤードほど歩いた。だが、砂利道の縁から数フィート離れた木の下で、とうとうくずおれた。まだ教会が見える。これまでずっと通ってきた教会。そこで何度も神の存在を感じたが、ふと思い返すと、新しい牧師が来てからは一度も感じていないことに気付いた。数分後、パメラ・リースターが道の反対側からやってきて、そのきれいな顔にうれしそうな笑みを浮かべて教会の中に入っていくのを、レノラは見た。

その夜、夕食のあと、アーヴィンは木曜夜の礼拝に出るエマを車で教会に送っていった。レノラは具合が悪いと訴え、頭が割れるように痛いといった。食事にも手を付けなかった。「まあ、たしかに体調がすぐれないようだね」エマはいい、熱はないかとレノラの頬に触れた。「今夜は外に出ないで家にいなさい。おまえのために、みんなにお祈りをしてもらうよ」レノラはアーヴィンの車のエンジンがかかる音が聞こえるまで自分のベッドルームで待ってから、アースケルがまだポーチの揺り椅子で眠っているのを確認した。その後、外の薫製場《くんせいじょう》に行き、ドアをあけた。目が暗がりに慣れるまで待った。魚の罠《わな》のうしろの片隅にひと巻きのロープがあるのを見つけ、一方の端で大ざっぱな輪をつくった。その後、ラードの空バケツをその小屋の真ん中に持っていった。それに上り、ロープのもう一方の端を一本の支持梁《しじばり》に七、八回巻き付けた。そして、バケツから降り、ドアを閉めた。小屋の中が暗くなった。

レノラはまた金属のバケツに上ると、緩い輪を首にかけ、きつく締めた。ひと筋の汗が顔を伝い、日なたで、暖かい夏の空の下でやらないといけないような気がして、一日か二日待ったほうがいいかもしれないと思った。ティーガーディンの気が変わるかもしれない。そうしよう、と思った。あんなことをいったのは本心であるわけがない。彼は動揺していただけ。首にかけたロープを緩めはじめたとき、ラード用のバケツがぐらつき出した。そのとき、足が滑ってバケツが転がると、レノラは宙にぶら下がった。ほんの数インチ落下しただけで、首の骨が折れるほどではなかった。もう少しで、あと一インチかそこらで、つま先が床に着きそうだった。脚をばたつかせ、ロープをつかみ、梁まで体を懸命に引き上げようとしたが、そんな力はなかった。声を上げようともしたが、出てきたのはむせぶような音だけで、小屋のドアから外には届きそうもなかった。ロープでゆっくり気管が締まるにつれて、彼女はさらに慌て、喉元に爪《つめ》を立てた。顔が紫色になった。レノラは尿が脚を伝っていることをおぼろげに感じた。目の血管が破裂しはじめ、すべてがしだいに暗くなっていった。いや、レノラは思った。いや。この子を生んでもいいです、神さま。父と同じように、この家を出て、遠くに行ってもいいんです。姿を消してもいいんです。

37

葬式が済んで一週間ほどしたころ、アーヴィンが仕事を終えたとき、グリーンブライアー郡の新保安官ティック・トンプソンがアーヴィンの車の前で待っていた。「ちょっと話があるんだ、アーヴィン」保安官がいった。「レノラのことだ」アースケルが薫製場の戸の掛け金が外れていることに気付き、中でレノラを発見したあと、ティックも薫製場からレノラを運び出すのを手伝っていた。長年のあいだに何度か自殺現場に呼ばれたが、たいていは男で、女や事業の取り引きの失敗が原因で頭を撃ち抜くといったものだが、若い女が首を吊《つ》るなんてことは一度もなかった。あの夜、救急車が走り去ったすぐあとで、レノラの最近の様子を尋ねたところ、エマもアーヴィンも、実のところ楽しそうにしていたといった。辻褄《つじつま》の合わないことがあった。その週は夜まともに眠れなかった。

アーヴィンはベルエアーの前部席に弁当箱を置いた。「レノラのどんなことですか？」

「おばあさんではなく、おまえにいった方がよさそうだと思った。聞くところによれば、おばあさんは受け止め切れてないようだし」

「どんな話ですか？」

保安官は帽子を取り、両手で持った。残っていた交通班が前を歩いていき、車に乗るまで待ち、咳払《せきばら》いをした。「まあ、なんだ、何ていったらいいかわからないが、アーヴィン、とにかくいう。レノラが赤ちゃんを身ごもっていたことは知っていたか？」

アーヴィンは困惑の表情を浮かべて、一分丸々、彼をじっと見ていた。「そんなの嘘だ」彼はようやくいった。「どこかの野郎が嘘をいっているだけだ」

「おまえの気持ちはわかる、本当にわかるが、おれは検死官の事務所に寄ってきたところだ。ダドリーのやつは酔っ払いかもしれないが、嘘つきではない。なるたけ正確な推定では、妊娠三カ月ぐらいだったそうだ」

アーヴィンは保安官から顔を背け、ズボンの尻《しり》ポケットから汚れた布きれを出した。

「ほんとかよ」彼はいった。上唇の震えがなかなか抑え切れないようだった。

「おばあさんは知っていると思うか？」

首を横に振りながら、アーヴィンは大きく息を吸い、ゆっくりと吐き出したあと、いった。「保安官、そんなことを聞いたら、ばあちゃんまで死んでしまいます」

「それで、レノラにはボーイフレンドがいたのか？　付き合っている男が？」保安官は訊《き》いた。

アーヴィンはあの夜のことを思い出した。ほんの数週間前の夜、エマにも同じことを訊かれた。「おれが知っているかぎりでは、いませんでした。あんな信心深いやつ、おれは見たこともないですよ」

ティックは帽子をまたかぶった。「いいか、私はこう見ている」彼はいった。「おまえと、私と、ダドリー以外、だれも知る必要はないし、ダドリーは何もいわない。私が保証する。だから、しばらくはここだけの話にしておく。それでどうだ？」

アーヴィンはまた目をぬぐい、うなずいた。「助かります」彼はいった。「レノラが自分にあんなことをして、それをみんなに知られただけでもきついから。しかも、あの新しい牧師には、まだ――」アーヴィンの顔が急に暗くなり、彼方《かなた》のマディークリーク・マウンテンの方に顔を背けた。

「どうかしたか？」

「いや、何でもないです」アーヴィンはいい、保安官に向き直った。「葬式で何も言葉をかけてもらえていないってことです」

「まあ、ああいうことに対して厳しい見方をする者もいるからな」

「ええ、そうなんでしょうね」

「レノラがだれと付き合っていたか、おまえは何も知らないんだな？」

「レノラはひとりでいることが多かったし」アーヴィンはいった。「それに、知っていたとしても、何かできますか？」

ティックは肩をすくめた。「できないだろうな、たいして。いわない方がよかったかもしれないな」

「すみません、失礼なことをいうつもりはなかったんです」アーヴィンはいった。

「それに、話してもらってよかったです。レノラがあんなことをした理由が、これでわかったのはたしかですから」彼は布きれをポケットにしまい、ティックと握手した。

「それから、祖母のことまで考えてくれて、ありがとうございます」

アーヴィンは保安官が車で走り去るのを見守ってから自分の車に乗り、コールクリークに向かって十五マイルほど走った。ラジオの音量を目一杯上げ、ハングリー・ホラーの密造酒を売っている小屋に立ち寄り、パイント瓶のウイスキーを二本買った。家に帰り、まずエマの様子を見た。アーヴィンの知るかぎり、この週はずっとベッドから出ていなかった。ひどいにおいもしはじめていた。キッチンカウンターのバケツからグラスに水を汲んできて、エマに少し飲ませた。「なあ、ばあちゃん」アーヴィンはエマにいった。「朝になったらベッドから出て、おれとアースケルに朝食をつくってくれよな?」

「このまま横にさせておくれ」エマはいった。彼女は寝返りを打って横向きになり、目を閉じた。

「今日だけってことだよな」アーヴィンはいった。「冗談じゃなくてさ」彼はキッチンに行き、アースケルとふたりで食べようと、じゃがいもを揚げ、ボローニャ・サンドイッチをつくった。食べたあと、スキレットと皿を洗い、またエマの様子を見にいった。その後、ポーチに二本のウイスキーを持っていき、一本をアースケルに手渡した。アーヴィンは椅子《いす》に腰を下ろし、やっと保安官にいわれたことをゆっくり考えてみた。妊娠三カ月。このあたりの男がレノラを妊娠させるわけはない。アーヴィンはみんなを知っているし、このあたりの男たちがレノラをどう思っているのかも知っている。レノラが唯一《ゆいいつ》行きたがっていたところは教会だ。アーヴィンは新しい牧師がやってきたときのことを思い返した。四月だったか、四カ月ちょっと前だ。料理を持ち寄っての歓迎会の夜、リースターのふたりの娘がやってきたとき、ティーガーディンがはしゃいでいたことを思い出した。アーヴィン以外にそのことに気付いていたのは、ティーガーディンの若い妻だけのようだった。ティーガーディンが現れてからまもなく、レノラはボンネットさえ着けなくなった。学校でからかわれることに、やっとうんざりしたのかと思っていたが、別の理由があったのかもしれない。

アーヴィンは煙草袋から二本の煙草を取り出して火をつけ、一本をアースケルに回した。葬式の前日、ティーガーディンは教会の信徒数人に、自殺にまつわる説教をするのは気が進まないと伝えた。そして、療養中の哀れなおじに代役として短い話をするよう頼んだ。男ふたりがかりで、木のキッチンチェアに座ったままのアルバートを運び入れた。その年いちばんの暑さで、教会の中はかまどのようだったが、老牧師はひと肌脱いだ。礼拝後、アーヴィンは裏道から裏道を車で走った。今では、道理に合わないことがあると、いつもそうしていた。ティーガーディンの家の前を通ったとき、寝室用の室内ばきをはき、女がかぶるようなつばの垂れ下がったピンク色の帽子をかぶって、外便所に歩いていく彼が見えた。彼の妻がビキニ姿で、草ぼうぼうの庭に敷いたブランケットの上で日光浴をしていた。

「おお、暑いな」アースケルがいった。

「ああ」アーヴィンは一、二分してからいった。「今夜は外で寝た方がいいかもしれない」

「エマはよくあの寝室にいられるな。あそこはオーブンみたいだろ」

「朝には起きて、朝食をつくってくれるよ」

「ほんとか？」

「ああ」アーヴィンはいった。「ほんとさ」

そのとおりになった。ふたりがポーチでブランケットの中からもぞもぞと起きてくる一時間前に、ビスケットと卵とソーミルグレイビー（ホワイトソースに似たビスケットにつけるソース）ができていた。アーヴィンはエマが顔を洗い、服を替え、薄くなった白髪頭にきれいな布を巻いていることに気付いた。口数は少なかったが、食卓について、自分の皿に食べ物を取りはじめたとき、アーヴィンはもう心配しなくてもいいと確信した。翌日、現場監督がピックアップトラックから降りてきて、自分の腕時計を指さし、もう終業時間だと指摘したとき、アーヴィンは急いで車に戻り、ティーガーディンの家のそばまで車を走らせた。四分の一マイル先の路上に車を停め、森を突っ切って歩いて戻った。ニセアカシアの股《また》に座り、日が暮れるまで牧師の家を見張った。何を探しているのかは、まだわからなかったが、どこを探せばいいかは目星を付けていた。

38

三日後の終業時、アーヴィンは現場監督にもう戻らないと告げた。「おお、それはないだろう、おい」現場監督がいった。「くそ、おまえはおれのところでいちばんの働き手だというのに」自分のピックアップトラックのフロントタイヤめがけて、煙草《たばこ》で濃い茶色になったつばをヒモのように吐き出した。「あと二週間やってくれんか？そのころにはだいたい終わるんだが」

「仕事がいやなわけじゃないですよ、トム」アーヴィンはいった。「どうしても今やらないといけないことがあるんです」

アーヴィンはルイスバーグへ行き、二箱の九ミリ弾を買い、家に寄ってエマの様子を見た。エマはキッチンで両手と両膝《りょうひざ》を突き、リノリウムの床を磨いていた。彼はベッドルームに行き、ドレッサーのいちばん下の引き出しからドイツ軍のルガーを出した。一年以上も前、アースケルにしまっておけといわれてから、それに触れたのはははじめてだった。すぐに戻ると祖母に告げて、ストーニークリークに行った。じっくり拳銃《けんじゅう》を掃除し、弾倉に八発の弾を装塡《そうてん》し、数本の缶や瓶を並べた。それから一時間あまりで、さらに四度装塡した。銃をグローブボックスに戻すときには、銃が手の一部であるかのように感じられていた。外したのは三発だけだった。

家に帰る途中、墓地に立ち寄った。レノラは母親の横に埋葬されていた。墓石業者はまだ墓石を設置していなかった。アーヴィンはそこに立ち、レノラの墓となる乾いた茶色の土を見下ろしながら、最後にレノラとふたりでヘレンの墓参りに来たときのことを考えた。あの午後、レノラが孤児とか不運の恋人たちの話を持ち出して、ぎこちなく思わせぶりな態度を見せたので、彼がいらついてしまったことをぼんやりと覚えていた。もう少し気をつけていれば、と思った。周りの連中があんなにレノラをからかったりしなかったなら、こんなことにはならなかったのに。

翌朝、アーヴィンは仕事に行くふりをして、いつもの時間に家を出た。腹の底では、ティーガーディンが例の男にちがいないと思っていたが、確認しなければならない。そこで、牧師の動きを逐一追いはじめた。一週間もしないうちに、あのくず牧師がラグドリッジ・ロードを少し外れた古い農道でパメラ・リースターと関係を持つところを三度も見た。パメラは二日に一度、両親の家から畑を突っ切って、正午きっかりにそこでティーガーディンと落ち合っていた。ティーガーディンはスポーツカーの中にいて、パメラが来るまでミラーで自分の顔をじっと見ていた。ふたりがそこで会うのを三度見たあと、アーヴィンはある午後、枯れ枝や雑草を拾い集め、牧師が車を停める高いオークの木陰からほんの数ヤード離れたところに隠れ場所をつくった。ティーガーディンはいつも、ことを終えるとすぐにパメラを車から追い出した。そして、小便をしたり、カーラジオで若者向けの音楽を聞いたり、ひとり木の下でだらだらすごしていた。たまに独り言が聞こえることもあったが、何をいっているのかまではわからなかった。二、三十分もすると、エンジンをかけ、農道の突き当たりでUターンして、家に帰るのだった。

翌週、牧師はパメラの妹も〝レギュラー〟に加えたが、ベス・アンとの逢引《あいびき》は教会の中で行なわれた。そのころには、アーヴィンは確信していて、日曜の朝、谷間に鳴り響く教会の鐘の音で目覚めたとき、ついにその時が来たと思った。これ以上待てば、怖《お》じ気《け》づいてしまうかもしれない。ティーガーディンが毎週月曜日に姉と会うのはわかっている。あのスケベ野郎が規則正しい習慣にしたがっているのはたしかだ。

アーヴィンは舗装工事の仕事で貯《た》めておいたなけなしのカネを数えた。ベッド下のコーヒー缶には、三百十五ドル入っていた。彼は日曜の夕食後にスロットマシーンに行き、ウイスキーを一本買い、ポーチでアースケルと分け合った。「おまえはほんとにやさしいな」年老いたおじがいった。アーヴィンは泣き出さないように、何度か生《なま》唾《つば》を呑《の》み込まなければならなかった。明日のことを考えた。一本のウイスキーを分け合って飲むのも、これが最後だ。

美しい夜で、数カ月ぶりに涼しかった。家の中に入り、エマを呼ぶと、エマも聖書とアイスティーを一杯持ってふたりと一緒に座った。レノラが死んだ夜以来、エマはホーリーゴースト・サンクティファイド・コールクリーク教会に行っていなかった。

「今年は秋が早く来そうだね」彼女はいい、聖書の読んでいたページに骨張った指を挟み、道路の向こう側のすでに赤さび色に変わりつつある木々を見た。「そろそろ薪《まき》を拾いはじめることも考えないといけないね、アーヴィン?」

アーヴィンはエマに顔を向けた。彼女はまだ斜面の木々を見つめていた。「そうだね」彼はいった。「あっという間に寒くなるからね」すべて元に戻るようなふりをして、エマをだます自分が嫌いだった。ふたりにさよならを告げたかったが、法執行機関が彼を追跡することになるかもしれないから、何も知らないほうがいい。その夜、みんなが寝たあと、アーヴィンは通学に使っていたジムバッグに服をいくらか詰め、車のトランクに入れた。ポーチの手すりに寄りかかり、石炭を運んで連なる山々を北へ向かって走る列車の音に耳を澄ました。家の中に戻ると、エマが針や糸を入れているブリキの箱に百ドル札を一枚忍ばせた。その夜は一睡もせず、朝になると、朝食にコーヒーだけ飲んだ。

隠れ場所に二時間ほど潜んでいたとき、リースターの娘が急いで畑を駆けてきた。いつもより十五分ほど早い。不安げな顔をして、しきりに腕時計を見ている。ティーガーディンが姿を見せ、わだちのついた農道で車を停めはじめたが、娘はこれまでの様子とは打って変わり、急いで車に乗ることはなかった。数フィート離れたところに立ったまま、ティーガーディンがエンジンを切るのを待っていた。「さあ、乗りなさい」アーヴィンには、牧師のそんな声が聞こえた。「たっぷり溜《た》まっているからな」

「すぐ帰るわ」彼女がいった。「まずいことになったの」

「どういうことだ？」

「妹に手を出しちゃだめよ」彼女がいった。

「おお、何だよ、パメラ、まったく心当たりがないぞ」

「いいえ、あなたはわかってない」彼女がいった。「あの子、お母さんにいっちゃったのよ」

「いつ？」

「一時間ぐらい前。抜け出せないかと思ったわ」

「あのアマ」ティーガーディンが悪態をついた。「手なんかほとんど着けてないぞ」

「あの子はそうはいってない」パメラがいった。びくびくした様子で農道を気にしている。

「具体的に何といった？」

「嘘《うそ》じゃないけどね、プレストン、洗いざらいしゃべったわ。出血が止まらなくて怯《おび》えていた」そういうと、パメラがティーガーディンを指さした。「妹が子供を生めなくなるようなことだけはないように祈ってたほうがいいわ」

「くそ」ティーガーディンがいった。車から降り、宿営地で反撃を計画している将軍のように、手をうしろで組んで何度か行ったり来たりした。ズボンのポケットからシルクのハンカチを出し、口を押さえた。「お母さんはどうすると思う？」彼がやっといった。

「まあ、ママのことだから、ベス・アンを病院に連れていったら、真っ先にくそったれの保安官を呼ぶでしょうね。ちなみに、保安官はママのいとこよ」

ティーガーディンがパメラの両肩に手を置き、目をのぞき込んだ。「私たちのことは何もいっていないだろうね？」

「わたしがばかだとでも思ってるの？　そんなことをいうくらいなら死んだほうがましよ」

ティーガーディンはパメラを放し、車に寄りかかった。そして、前方に広がる畑を眺めた。なぜもうだれも耕作していないのだろうと思った。荒れ果てた古い二階建ての家、草に埋もれた錆《さび》だらけの大昔の機械、腐った板で塞《ふさ》がれている、冷たくてきれいな水が汲《く》める手掘りの井戸。彼はそんなものを想像した。ほんの一瞬、この土地をもう一度整地し、質素な暮らしをしようかと思った。日曜に説教をし、平日にはまめだらけの手で畑を耕し、おいしい夕食のあと、夜にポーチに出て良書を読み、日よけの木がある庭で幼子が戯《たわむ》れる。もう帰るというパメラの声が聞こえ、やっと振り返ってみると、彼女の姿はなかった。その後、ひょっとしてパメラが嘘をついているということは考えられないだろうかと思った。彼を脅して妹と別れさせようとしているのではないか。あの娘ならやりかねないが、仮に彼女のいっていることが本当だとしたら、せいぜい一、二時間のうちに荷物をまとめてグリーンブライアー郡から出ないといけない。車のエンジンをかけようとしていたとき、だれかの声が聞こえた。「おまえ、とんでもない牧師だな？」

ティーガーディンが顔を上げると、ラッセルの息子が車のドアのすぐ外に立ち、拳銃のようなものを向けているのがわかった。彼は銃を所有したことなどなく、それに関する知識といえば、たいてい面倒を引き起こすということしかなかった。間近にいると、ラッセルの息子は大きく見えた。無駄な肉など一オンスもついていないのがわかる。黒っぽい髪、緑色の瞳《ひとみ》。シンシアならどう思うだろうかと思った。これだけ若い女をいただいてきたのだから、ばかげた思いなのはわかっているが、そのとき強烈な嫉妬《しっと》を感じた。自分がこの若造とは似ても似つかないと思うと、悲しくなった。

「いったい何をしている？」牧師がいった。

「あんたがさっき帰ったリースターの娘とやっているのを見ていた。その車のエンジンをかけようとしたら、その手を吹き飛ばす」

ティーガーディンはイグニッションキーから手を放した。「自分がいっていることがわかっていないようだな。私は彼女に指一本触れなかったぞ。話をしただけだ」

「今日はそうかもしれないが、しばらく前からずいぶん開発していたじゃないか」

「何だと？　私を見張っていたのか？」こいつはいわゆるのぞき魔《ヴォワィユール》かもしれない。ティーガーディンは、集めているヌーディスト専門誌で読んだ用語を思い出し、そう思った。

「この二週間、あんたが何をしていたか、ぜんぶ知ってる」

ティーガーディンはフロントガラスから、農道の突き当たりにある大きなオークの木を見た。本当なのだろうかと思った。この二週間で何回ここでパメラと逢引したか、頭の中で数えてみた。少なくとも六回。たしかにまずいことだが、同時に、少し安堵《あんど》もした。この若造も自分の妹がやられている場面までは見ていない。だが、この頭のいかれた田舎者が何をしていたのかもわからない。「実情はうわべとはちがう」ティーガーディンはいった。

「なら、その実情というのは何だよ？」アーヴィンは訊いた。そして、銃の安全装置を外した。

ティーガーディンは、あのませガキが放っておいてくれなかったのだと言い訳をはじめたが、言葉遣いに気をつけなければと自分を戒めた。この不良はパメラに惚《ほ》れていたのかもしれない、と思った。ひょっとして、そういうことなのかもしれない。嫉妬か。シェイクスピアが嫉妬について何といっていたか思い出そうとしたが、その言葉は出てこなかった。「なあ、おまえはミセス・ラッセルの孫じゃないか？」牧師は訊いた。ダッシュボードの時計に目を落とした。今ごろはとっくに家路についていたはずだが。べとついた汗が、ひげを生やしていないピンク色の顔から滴《したた》り落ちてきた。

「ああ、そうだ」アーヴィンはいった。「それから、レノラ・ラファティはおれの妹だ」

ティーガーディンがアーヴィンのベルトのバックルから目を離さず、顔の向きをゆっくり変えた。アーヴィンには、ティーガーディンの頭の中で歯車が回るさまが見えるかのようだった。彼はティーガーディンが生唾を呑み込むのを見ていた。「残念だった。かわいそうに、あんなことをしてしまって」牧師がいった。「毎晩、あの子の魂のために祈っているよ」

「赤ん坊のためにも祈っているのか？」

「それは誤解だよ、きみ。私は無関係だ」

「何と無関係なんだよ？」

ティーガーディンは車の狭い座席でもぞもぞし、ドイツ軍のルガーをちらりと見た。「きみの妹は告白したいといって、私の元に来て、子供を身ごもっていると打ち明けたのだ。私はだれにもいわないと約束した」

アーヴィンは一歩下がっていった。「ああそうかい、でぶのくそ野郎」そして、三度発砲し、運転席側の前後タイヤをパンクさせ、もう一発を後部ドアに撃ち込んだ。

「やめろ！」ティーガーディンが声を上げた。「やめろ、ばか野郎！」彼は両手を上げた。

「これ以上嘘をつくな」アーヴィンはいい、前に歩み出て牧師のこめかみに銃口を押し付けた。「あんたが妹を孕ませたことはわかってる」

ティーガーディンは銃から顔を背けた。「わかった」彼はいった。大きく息を吸った。「誓う、ぜんぶ責任を取るつもりだったんだ、ほんとだ、そしたら……そしたら、突然、自殺した。気がおかしくなっていた」

「いや」アーヴィンはいった。「妹は寂しかっただけだ」彼は銃身をティーガーディンの後頭部に押し付けた。「だが、心配するな、妹が味わったような苦しみを与えたりはしない」

「待てよ、頼む。嘘だろ、な、牧師を殺したりしないよな？」

「あんたは牧師なんかじゃないよ、げす野郎」アーヴィンはいった。

ティーガーディンは泣き出し、半ズボンをはいた少年だったころ以来、はじめて本物の涙を流した。「せめて祈りを捧《ささ》げさせてくれ」彼はすすり泣きながらいった。そして、両手を合わせた。

「おれが代わりに祈ってやった」アーヴィンはいった。「おまえらくそ野郎どもがいつも話してる特別なお願いをひとつ、神にしておいた。すぐに地獄へ落としてくれって」

「やめてくれ」ティーガーディンがそういった直後、銃が火を吹いた。銃弾の破片が彼の鼻のすぐ上から突き抜け、ダッシュボードに当たって乾いた音がした。彼の左足がブレーキペダルを何度か踏んだ。アーヴィンはティーガーディンの動きが止まるまで待ち、車内に手を入れ、ダッシュボードにめり込んだべとついた薬莢《やっきょう》の破片をつまみ上げ、草むらに投げ捨てた。さっき数発撃ったことを後悔したが、そのときの薬莢を探している時間はない。枝や草でつくった隠れ家を急いでばらし、灰皿代わりに使っていた缶を拾った。五分後には車に戻っていた。吸い殻が入っているその缶を側溝に投げ捨てた。ドイツ軍のルガーをダッシュボードの下にしまったとき、急にティーガーディンの若い妻を思い出した。おそらく今ごろはあの小さな家の中で、彼の帰りを待っているのだろう。ちょうどエマが今夜アーヴィンの帰りを待っているように。彼は座席に深く座り、しばらく目を閉じて、ほかのことを考えようとした。そして、エンジンをかけ、ラグドリッジの果てまで走り、左に折れてルート60に向かった。予想では、どこにも寄らなければ、今夜中にオハイオ州ミードに入れるだろう。そこから先は何も考えていない。

　四時間後、ウエストバージニア州チャールストンから約四十マイル離れたところで、ベルエアーが車体下部からけたたましい音を吐きはじめた。どうにかハイウェイを降り、ガソリンスタンドの駐車場に入ったが、その後、トランスミッションが完全にいかれた。アーヴィンは両手と両膝を突いて、残っていた液体の最後の一滴がミッションケースから落ちるのを見た。「くそったれ」彼はいった。起き上がろうとしたとき、だぶだぶの青いオーバーオールを着た痩《や》せた男がやってきて、手伝ってやろうかと訊いてきた。「こいつに取り付けられるトランスミッションがあれば、ぜひ頼みたいんだけど」アーヴィンはいった。

「うんともすんともいわなくなったか？」

「いかれちまった」アーヴィンはいった。

「どこへ行くんだ？」

「ミシガンへ」

「だれかに連絡したいなら、電話を使っていいぞ」男がいった。

「連絡する人なんかいないよ」いってすぐに、アーヴィンはその答えがまさに事実だと思った。彼は少し考えた。ベルエアーを捨てるのはすごく悔しいが、前に進まないといけない。犠牲を払う必要がある。アーヴィンは男に顔を向け、笑みを見せようとした。「こいつにいくら出す？」彼は訊いた。

男は車をちらりと見て、首を横に振った。「おれには使い道がない」

「エンジンはまだいけるよ。点火装置とプラグは何日か前に交換したばかりだ」

男はベルエアーの周りを歩き、タイヤを蹴《け》り、パテをチェックした。「どうかな」男はいい、白髪混じりの顎《あご》の無精ひげをなでた。

「五十ドルでどうだい？」アーヴィンはいった。

「やばいやつじゃないだろうな？」

「ちゃんとおれの名義だよ」

「三十出そう」

「それっぽっちか？」

「なあ、こっちも家に五人のガキがいるんだ」男がいった。

「わかった、それでいいよ」アーヴィンはいった。「持ち物だけ出させてくれ」彼は男がガソリンスタンドの事務所の中に戻るまで待った。トランクから鞄《かばん》を取り出し、最後にもう一度、車の中に座った。この車を買った日、アースケルとふたりでタンクが空になるまで乗り回した。はるばるベックリーまでドライブしてきた。何となく、今回の一件が終わるまでに、こいつのほかにもいろいろと失うような気がした。アーヴィンはダッシュボードの下に手を入れてルガーを取り出し、ズボンのベルトに挟んだ。その後、グローブボックスから権利書と弾薬の箱を取った。ガソリンスタンドの事務所にはいると、男がカウンターに三十ドルを出していた。アーヴィンは権利書に署名し、日付を記すと、三十ドルを財布にしまった。ザグナット（ピーナッツバターとココナッツを主成分とするキャンディーバー）とRCコーラ（クラウド・A・ハッチャーというジョージア州コロンバスの薬剤師が開発した飲み物）を一本ずつ買った。朝に祖母のキッチンで飲んだコーヒー以来、何も食べておらず、何も飲んでいなかった。途切れることのないハイウエイを行き交う車の流れを窓から見ながら、キャンディーバーにかぶりついた。「ヒッチハイクしたことあるかい？」彼は男に訊いた。

39

その日、ロイは五時ごろにオレンジ摘みを終え、日当を受け取った。十三ドルだった。交差点の店に行き、ピクルスを練り込んだパン一ポンド分、半ポンドのチーズ、ライ麦パン一斤、チェスターフィールド（紙巻き煙草）二箱、ホワイトポート二本を買った。毎日、給金があるのはいい気分だった。彼とセオドアの野営場所へ歩いて戻っているとき、ロイは金持ちになったような気分だった。ボスはそれまででいちばんいい人で、ロイは三週間、休むことなく収穫作業を続けていた。今日そのボスに、あと四、五日で作業は終わるといわれた。その知らせを聞いたら、セオドアはうれしがるだろう。海沿いに戻りたくてしょうがない様子だったから。先月で百ドル近く貯まった。こんなに貯まったのは、ずいぶん久しぶりだ。これからまともな服を買って、またふたりで説教して回るつもりだった。グッドウィルに行けば、十ドルか十二ドルで二着のスーツが買えるだろう。セオドアは昔のようにギターを弾くことはできないが、どうにかやっていける。

ロイは排水路を渡り、いじけたマグノリアの森の小さな木立の近くに設けた野営地へと向かった。セオドアが車椅子《くるまいす》のそばの地べたで眠っているのが見える。ギターが横に置いてあった。ロイはやれやれと首を振り、ワイン一本と煙草一箱を出した。そして、木の切り株に腰を下ろし、ひとくち飲んでから煙草に火をつけた。ボトル半分ぐらいのワインを飲んだあとで、ようやくセオドアの顔に蟻《あり》が這《は》っていることに気付いた。ロイはセオドアのそばに駆け寄り、仰向けにした。「セオドア？　おい、どうしたんだよ、目をあけてくれよ」ロイは懇願し、セオドアをゆすり、蟻を払った。

「セオドア？」

セオドアの体を起こそうとした直後に死んでいることに気付いたが、ロイはそれでも十五分ほど苦労して、やっとセオドアを車椅子に戻した。そして、砂地をハイウェイの方に押しはじめたが、数フィートほどでやめた。遠くで派手な車が走りすぎるのを見ながら、当局からいろいろと訊かれるだろうと思った。振り向いて、野営していたあたりを見た。ここにとどまる方がいいのかもしれない。セオドアは海が大好きだったが、日陰も好きだった。それに、この森はブラッドフォード・アミューズメンツにいたとき以来、家というものにいちばん近い場所だった。

ロイは車椅子の横の地べたに腰を下ろした。長年のあいだには、ふたりでいろいろと悪いこともした。彼はそれから数時間、セオドアの魂のために祈った。自分が死んだときにも、だれかが同じように祈ってほしいものだと思った。日が暮れるころ、ついに腰を上げ、サンドイッチをつくった。それを半分食べ、残りは草むらに放り投げた。もう一本の煙草を吸っていた途中で、ふと、もう逃げ回らなくてもいいのだと思った。家に帰って、自首してもいい。何でもやりたいことができる。ただ、もう一度だけどうしてもレノラに会いたかった。そういうことを、実際には知らない人にこれほど会いたいというロイの気持ちを、セオドアはどうしてもわかってくれなかった。たしかに、娘の顔がどんなだったかほとんど思い出せないが、それでも、娘はどんな人生を送ってきたのだろうかと千回も想像してきた。煙草を吸い終えるころには、気の早いことに娘にいうことを練習していた。

その夜、昔からの友と最後の酒を飲んだ。火を起こし、まだ生きているかのように、セオドアに語りかけ、同じ話を何度も繰り返した。フラップジャックとか、フラミンゴ・レディーとか、にきび食い《ジットイーター》とか、放浪生活で出会った、社会に入り込めない人々の話だ。セオドアが笑ったり、ロイのいい忘れを補ったりするのを、ロイは知らず知らずのうちに何度か待っていた。数時間がすぎると話も尽き、ロイはこれまでに感じたことのない孤独に襲われた。「コールクリークからずいぶん遠くへ来たものだな、おい？」最後にそういい残し、ブランケットの上に横になった。

彼は夜が明ける少し前に起きた。そして、常に車椅子のうしろにくくり付けてある一ガロン容器の水を布にかけて濡らした。セオドアの顔の垢《あか》を拭《ふ》き取り、髪を梳《と》かし、親指で目を押して閉じてやった。最後のボトルに少しだけワインが残っていたので、それをセオドアの膝に置き、ぼろぼろの麦わら帽子をかぶせた。数少ない持ち物をブランケットに包み、立ち上がると、セオドアの肩に手を置いた。目を閉じ、短い言葉をかけた。もう説教して回ることもないとは思ったが、それでもよかった。どのみち、たいした説教をしたこともない。セオドアの演奏を聞きにくる人がほとんどだった。

「一緒に来てくれたらいいのにな、セオドア」ロイはいった。通りかかった車に乗せてもらったとき、すでに二マイルも道路を歩いていた。

第六部　蛇

40

ありがたいことに、七月がそろそろ終わる。カールはまた旅に出るのが待ちきれなかった。彼はサンディーのチップを貯《た》めておいた二本の瓶を銀行に持っていき、紙幣に両替し、それから休暇に入るまでの数日で必要なものを買った――J・C・ペニーで買ったサンディーの衣装ふたそろえとフリルのついた下着、モーターオイル一ガロンと予備の点火プラグ、セールになっているのを見つけて衝動買いした弓のこ、長さ五十フィートのロープ、アメリカ《A》自動車《A》協会《A》が発行している南部諸州ロードマップ一部、セーラム二カートン、葉巻《ドッグ・ディック》一ダース。買い物を終え、車のブレーキパッド一式を整備士に取り付けてもらうと、カネは百三十四ドルに減ったが、それだけあれば、遠くまで行ける。それどころか、とキッチンテーブルの椅子《いす》に座ってカネを数え直しながら、思った。これだけのカネがあれば、一週間は王族のような暮らしができるさ。二年前の夏を思い出す。四十ドルしかないのにミードを出発したのだ。缶詰め肉と湿《し》気《け》ったポテトチップスばかり食べ、ガソリンは人の車のタンクから吸い上げ、うだるような車の中でずっと寝ていたが、モデルたちからあさったカネで十六日も旅を続けられた。それに比べたら、今回は上等だ。

　それでも、何かが引っかかっていた。ある夜、狩りに向けて気分を盛り上げようと写真の整理をしていたとき、去年の夏に撮った、サンディーが若い兵士に抱きついている写真が目に付いた。カールがその兵士を殺して以来、まるでその夜、サンディーの大切なものまで奪ったかのように、彼女はそれまでと同じではなくなった。カールは何となくそう感じていた。しかし、手に持っている写真には、それまで気付いていなかった、嫌悪《けんお》と失望の入り交じるサンディーの表情が写っていた。椅子に座ってじっくり見ていると、あの銃を買い与えなければよかったと思いはじめた。ホワイトカウのウエイトレスとのこともある。サンディーは自分が夜に職場にいるあいだ、どこに行くのかと訊《き》いてくるようになった。はっきり何かで非難されるようなことはないが、カールはサンディーが何かを耳に挟んだのかもしれないと思いはじめていた。ウエイトレスも前ほど仲良くしてくれなかった。気にしすぎているだけなのだろうが、モデルの処理だけでも充分に難しいというのに、餌《えさ》に襲われる心配までしなくてはいけないのか。翌日、セントラルセンターの金物店に行った。その夜、サンディーが寝たあとで、例の拳銃《けんじゅう》――サンディーはハンドバッグに入れて持ち歩くようになっていた――の弾を抜き、ホローポイント（先端を凹ませた銃弾）ではなく空包を込めた。考えれば考えるほど、どのみちサンディーがその銃を撃つ場面など想像できなかった。

旅支度で最後にしたのは、気に入っている写真を焼き増すことだった。カールはその一枚を折畳み、財布に忍ばせた。サンディーには教えていないが、旅に出るときには必ず持っていくことにしていた。サンディーがモデルの頭を膝《ひざ》に抱えている写真だ。最初の狩りで、コロラドでエロおやじを殺した夏に撮影した一枚だ。サンディーがやさしくて純真そうな表情を浮かべてモデルを見下ろしているこの写真を見ると、幼子イエスを抱く聖母マリアの宗教画を思い出す。サンディーのそんな表情は、一年目か二年目にはときどき見られたが、その後は完全に消えてしまった。おまけに、あの若造か？カールの記憶では、あのときはヒッチハイカーをただのひとりも拾わずに五日もすぎていた。カネが底をつきかけ、いい争ってばかりいた。サンディーは家に帰りたいといい、カールはまだ続けるといい張っていた。すると、シカゴから少し南の穴ぼこだらけの二車線道路で曲がり角にさしかかったとき、その男が親指を立てていた。まさに天からの授かりもののようだった。その若者はとてもひょうきんで、おもしろいことをいったりくだらない冗談を飛ばす男で、この写真をよく見ると、おどけて怒り出しそうな顔をしているのがわかる。それを見るたび、一緒に作品をつくる女として、サンディーほどの逸材はもう見つからないとも思った。

41

八月一日は暑い日曜の朝ではじまり、カールのシャツはすでに汗でぐっしょり濡《ぬ》れていた。キッチンの椅子に座り、汚れた木造部とコンロ奥の壁に染《し》みついたくさい油膜を見つめていた。時計を見ると、正午を示していた。四時間前に出発しているはずだったが、前夜サンディーが酒くさい息を吐きながら帰宅し、赤ら顔に醜い表情を浮かべてどたどたと玄関ドアから中に入り、これで最後の旅にすると延々くだを巻いていたのだ。午前中いっぱいかかってようやく酒が抜けた。外に出て車に乗るとき、サンディーは立ち止まり、サングラスを出そうとハンドバッグを探った。「ああ、もう」彼女がいった。「まだ吐きそう」

「街を出る前にどこかで携行缶にガソリンを入れないといけない」カールはサンディーを無視していった。支度を整えるサンディーを待っていたとき、彼はサンディーのせいでこの旅を台無しにさせはしないと決意していた。必要なら、ロス郡と彼女の詮《せん》索《さく》好きなくされ兄貴から離れたあとで、痛い思いをさせてもかまわない。

「まったく、一週間丸々あったじゃない」サンディーがいった。

「いいか、おい、いい加減にしろ」

カールはメインストリートのテキサコで車から降り、携行缶に給油しはじめた。けたたましいサイレンが空気を切り裂いたとき、カールは給油場を出ようとしているマスタングの前に飛び出しそうになった。振り返ると、ステーションワゴンのうしろに着けたパトロールカーの中にボーデッカーの姿があった。保安官はサイレンを切り、笑いながら車から降りた。「どうした、カール」彼はいった。「パンツを汚してなきゃいいが」横を通りすぎるとき、彼はステーションワゴンをちらりと見た。後部に荷物が山と積まれている。「ふたりで旅にでも出るのか？」

サンディーがドアをあけて降りてきた。「休暇旅行よ」彼女がいった。

「どこへ行くんだ？」ボーデッカーは訊いた。

「バージニアビーチだ」カールはいった。ぬめっとした感じがして下を見ると、片方の靴がガソリンでびしょぬれになっているのがわかった。

「去年もそこに行ったと思ったが」ボーデッカーはいった。彼はサンディーがまた体を売りはじめたのかと思った。そうだとしたら、前より慎重にしていたのは明らかだった。去年の夏に女が電話してきて以来、サンディーに関する苦情はひとつも入っていない。

カールはサンディーを見やり、いった。「ああ、あそこが気に入ってるから」

「おれもちょっと休みを取ろうかと思っていたところだ」ボーデッカーはいった。

「そこはいいところなんだな？」

「素敵なところよ」サンディーがいった。

「どんなところが気に入ってるんだ？」

サンディーはうしろを振り向き、カールに助けを求めたが、カールはすでに携行缶に顔を近づけて、満タンに給油していた。ズボンがずり下がり、のぞいている白い尻《しり》の割れ目がリーに見られないように願った。「素敵なところとしかいいようがないわ」

ボーデッカーはシャツのポケットからつまようじを取り出した。「どのくらい行ってるんだ？」彼はいった。

サンディーは胸の前で腕を組み、顔をしかめた。「どうして根掘り葉掘り訊くのよ？」頭がまたずきずきしてきた。ビールにウォッカを混ぜたりしなければよかった。

「理由なんかないさ」ボーデッカーはいった。「ちょっと気になっただけだ」

サンディーはしばらく兄の顔から目を離さなかった。本当のことを話したら、そのうぬぼれた顔にどんな表情が浮かぶのか、想像しようとした。「二週間くらい」サンディーはいった。

兄妹はカールが携行缶の栓を締めるさまをじっと見ていた。カールが支払いのために事務所に入ったとき、ボーデッカーは口にくわえていたつまようじを取り、鼻を鳴らした。「休暇旅行かよ」

「やめてよ、リー。あなたの知ったことじゃないわ」

42

ジェイミー・ヨハンセンのような人、髪を肩まで伸ばし、ゴールドの細いフープイヤリングを耳たぶから垂らしている人を拾ったのははじめてだ。ジェイミーが彼らの薄汚い車に乗るとすぐ、女の方がそういった。これほどわくわくすることはなかったとでもいうかのような口ぶりだった。ジェイミーは前年、マサチューセッツ州の自宅から家出した。最後に散髪したのもその年だった。彼は自分がヒッピーだとは思っていなかったが——放浪生活で出会った数少ないヒッピーは頭の回転が鈍いような感じだった——かまうものか。好きなように思わせておくさ。この六カ月、異性の服を着たがる家族《ファミリー》とフィラデルフィアの荒れ果てた猫屋敷で同居していた。クラークストリートのバス停のトイレで稼いだカネをもっと家族《ファミリー》に収めてもらうと年上の姉妹ふたりにいわれたとき、彼はついに家を出た。そんな婆《ばばあ》どもなどくそ喰らえ、と思った。ひどいメイクと安物のかつらの負け犬どものくせしやがって。マイアミにでも行き、この長くて美しい髪をいじって、ビーチで彼を見せびらかすだけで大喜びする金持ちのホモを見つけるさ。車のウインドウから外を見ると、レキシントンがどうのという標識が見えた。いったいだれがケンタッキー州にたどり着いたのかさえ、覚えていなかった。

そして、ジェイミーを拾ったこのふたりだ。この夫婦も負け犬どもだ。女の方はミラー越しにやたら微笑《ほほえ》みかけてきたり、舌なめずりをしたりと、自分がセクシーみたいに思っているふしがあるが、そんな女を見るだけでぞっとする。つんとくるくさいにおいが車内のどこかから漂っていて、そのにおいのもとはこの女だとジェイミーは思っていた。太った男の方はジェイミーの股間《こかん》を何度も盗み見ようと、前部席からしきりに振り向いてばかなことばかり訊いてくるので、ジェイミーのあれをしゃぶりたくてしかたないことがわかった。ほんの五、六マイルしか走っていないときに、ジェイミーはチャンスがあれば、こいつらの車を盗むことに決めた。こんなぼろ車でも、ヒッチハイクするよりはましだ。ゆうべ乗せてもらった男は、固くて黒い帽子をかぶり、指が白くて長かったが、過激な田舎ギャング団や餓死しそうな浮浪者連中のこと、そして、そういったやからが路上でつかまえたやさしい家出少年にどんな恐ろしいことをしたかといった話をして、ジェイミーを大いにびびらせた。前にも聞いた話——

若い男が生き埋めにされたとか、フェンスの支柱などの狭い穴に頭から打ち込まれたとか、野蒜《のびる》や風で落ちたリンゴで味付けしたどろどろのマリガンシチュー（あり合わせの材料でつくる煮込み料理）にされたとか——をいくつも披露したあと、けっこうな額のカネを出すから、きれいなモーテルにひと晩泊まってスペシャル・パーティーをしないかと誘ってきた。脱脂綿ひと袋とじょうごをどうにかして使うらしいが、ジェイミーは家出してからはじめて、大金の誘いを断った。翌朝、ベガーズナイト（ハロウィーンイブかサンクスギビングイブに行う子供が物乞いの真似をする行事）でよく見るカボチャのようにくりぬかれて、バスタブに浸《つ》かっているところをホテルのメイドに発見されないともかぎらない。あのいかれた野郎に比べたら、このふたりは『ダイナマイト夫婦』のようだ。

それでも、女がハイウェイから降り、男が妻とセックスしているところを写真に撮らせてくれないかと直球の質問をぶつけてきたときには、さすがに驚いた。そう来るとは思っていなかったが、ジェイミーはうまく話を合わせた。実のところ、女にはあまり興味はなかった。特に醜い女には。だが、でぶをいいくるめて服を脱がせられたら、車を盗むのは楽勝だ。自分の〝足〟は持ったことがない。ジェイミーは、ああ、いいけど、カネを出してくれるなら。そういって、男の背後に目を向け、死んだ虫の腸《はらわた》がこびりついたフロントガラスから外を見た。このとき、彼らは砂利道を走っていた。女は車のスピードを落とし、のろのろ運転をしながら、明らかに車を停める場所を探していた。

「あんたのような人たちは、フリーラブとかいうやつを信条にしてるのかと思ったが」男がいった。「いつだったかの夜のニュースでウォルター・クロンカイト（米のジャーナリスト。ＣＢＳイブニングニュースのアンカーマンを務めた）もいっていたな」

「だとしても、男は稼がないといけない、だろ？」ジェイミーはいった。

「たしかにそのとおりだ。二十ドルでどうだ？」女はギアをパーキングに入れ、エンジンを切った。彼らは大豆畑の端にいた。

「なあに、二十ドルくれるなら、ふたりまとめて相手するよ」ジェイミーはそういって笑みを見せた。

「おれたちふたりを？」太った男が振り向き、冷たい灰色の目でジェイミーを見た。

「おれがきれいだとでも思っているような口ぶりじゃないか」女がくすくすと笑い声を漏らした。

ジェイミーは肩をすくめた。車を盗んで走り去るときも、こいつらは笑っていられるだろうかと思った。「もっとひどいのも相手してきたさ」彼はいった。

「おお、それはどうかな」男はいい、車のドアを勢いよくあけた。

43

「シャツは一枚しか持ってこなかったの？」サンディーは訊いた。ふたりは旅に出て六日目で、ふたりのモデルと撮影していた。髪の長い少年とハーモニカ吹きの男だった。ハーモニカ吹きの方は、ナッシュビルに行ってカントリー・ミュージックのスターになる夢を抱いていたが、その夏たまたまカールがよく聴いていたジョニー・キャッシュの〝リング・オブ・ファイア〟を完膚なきまでにずたずたにしたあとで、その夢も潰《つい》えた。

「ああ」カールがいった。

「そうなの、それなら洗濯しに行かないと」サンディーはいった。

「どうして？」

「くさいのよ、だから」

二時間ほどあと、ふたりはサウスカロライナ州の小さな街で運よくコインランドリーを見つけた。サンディーはカールにシャツを脱ぐよういった。買い物袋に汚れた服を入れて持っていき、洗濯物を洗濯機に入れた。カールはたるんだ胸を生白い太鼓腹に垂らして表のベンチに座り、たまに通りすぎる車を眺めたり、葉巻をくわえたりしていた。サンディーも外に出て、カールとは反対側に腰かけ、サングラスで目を隠した。汗でブラウスが背中にくっついていた。頭をビルの壁に着け、目を閉じた。

「おれたちがしてやったことは、あいつにとっては最高の出来事だ」カールがいった。

何なの、とサンディーは思った。この人、まだハーモニカ吹きのくそったれのことを話してる。カールは朝からずっと、そいつのことをぺちゃくちゃしゃべっていた。

「その話はもう聞いたわ」サンディーはいった。

「いや、なにしろさ、あいつはぜんぜんまともに歌えなかったからな。しかも、口の中には歯が、何本だ、三本ぐらいしか生えてなかったよな？　カントリー・ミュージックのスターを見たことあるか？　あの連中は歯にカネをかけてる。無理だ、連中は笑って追い返すだけだ。あいつは国に帰って、くそブスを孕《はら》ませて、ぎゃーぎゃーやかましいガキどもに縛られて、それで終わりだ」

「何の終わり？」サンディーはいった。

「夢の終わりってことだ。ゆうべは夢も見られなかったかもしれないが、あいつにはいいことをしてやった。あいつはそんな夢を見ながら死んでいったんだからな」

「何なの、カール、いったいどうしたの？」洗濯機が止まる音が聞こえると、サンディーは立ち上がり、片手を差し出した。「乾燥機にかけるから二十五セント硬貨をちょうだい」

カールは小銭をいくらか手渡し、身をかがめて靴ひもをほどき、靴を脱いだ。靴下ははいていなかった。これでズボンをはいているだけになった。彼はポケットナイフを取り出すと、足の爪《つめ》の垢《あか》をほじくりはじめた。九歳か十歳のふたりの少年が自転車に乗り、角を曲がって走ってきたとき、彼はねばねばした灰色の塊をベンチの座面にぬりたくった。彼が顔を上げたとき、少年たちはふたりとも彼に手を振り、笑顔を浮かべた。ふたりがペダルを蹴《け》り、この世に心配事などひとつもないかのように笑いながら走り去るとき、ほんの一瞬、別人になれたらいいのにと思った。

44

旅に出て十二日目、ひとりに逃げられた。ダニー・マードックという前科者で、彼らが今回の旅行で選んだ四人目のモデルだった。右前腕に、うろこに覆《おお》われた二匹の蛇が墓石に巻き付く図柄の刺青があり、カールはこの男を殺したあと、その刺青を使って特別なことをしようと思っていた。ふたりは午後ずっとドライブしながら、一緒にビールを飲み、特大サイズのポークラインズ（豚の皮を揚げたスナック菓子）を食べたりして、くつろがせた。そして、サムター国有林に入ってほんの一マイルかそこらにある細長い湖のそばに、車を停める場所を見つけた。サンディーがエンジンを切ると、ダニーがすぐさまドアをあけ、車から降りた。背伸びとあくびをし、服を脱ぎ捨てながら、のんびり水際《みずぎわ》に歩き出した。「どこへ行く？」カールは声を上げた。

ダニーはシャツを地面に放り、振り返ってふたりを見た。「ヘイ、奥さんとやるのはかまわないが、その前に体をきれいにさせてくれ」ダニーはそういって、下着をずり下ろした。「でも、いっとくけど、おれのを使い古しのあそこに突っ込んだら、奥さんはあんたのじゃもう満足できなくなるぜ」

「まあ、いってくれるじゃない？」サンディーはそういいながら、ステーションワゴンの前部に回った。そして、フェンダーに寄りかかり、男が湖に飛び込むさまを見た。

カールはカメラをボンネットに置いて、にやりと笑った。「今のところはな」ふたりはもう一本ビールを回し飲みし、男が泳ぐさまを見ていた。腕を激しく動かし、足を蹴り、湖の真ん中ぐらいまで行くと、仰向けになった。

「ほんというと、面白そう」サンディーはいった。サンダルを脱ぎ捨て、草地にブランケットを広げた。

「ばかいえ、あんな泥水の穴。何がいるかわからないぞ」カールはいった。もう一本ビールをあけ、くさい車内を出てしばらく外の空気を楽しもうとした。しかし、やがて泳いでいる男に対する我慢も切れてきた。あの男は一時間以上も水浴びしている。カールは湖岸の水際に行き、戻ってこいとダニーに身振りを交えて声を上げはじめた。ダニーが水中に潜り、ガキみたいに奇声を上げたり水をはね上げたりするたび、カールはしだいに腹を立てていった。太ももの半分ぐらいまである一物をぶらつかせ、濡れた全身の肌にきらめく夕日をたたえて、にやつきながらようやく湖から出てくると、カールはポケットから銃を抜き、いった。「もうすっかりきれいになっただろうな？」

「何だってんだよ？」ダニーがいった。

カールは銃を振り回して指示した。「くそったれ、さっき話していたように、そこのブランケットに上がってこい。くそ、光がなくなるだろうが」カールはサンディーに向き直り、うなずいた。サンディーが頭のうしろに手を回し、ポニーテールをほどきはじめた。

「くたばれ！」男の怒声が聞こえた。

何が起きているのかカールが気付いたときには、ダニー・マードックはすでに道路を横切って森に逃げ込んでいた。カールは狙《ねら》いも定めずに二発撃ち、あとを追いかけた。滑ったり、つまずいたりしながら、森の奥深くに入っていったが、車に戻る道筋がわからなくなるかもしれないと思ってやめた。カールは立ち止まり、耳を澄ましたが、ぜいぜいという自分の息遣いのほかには何も聞こえなかった。太りすぎで、足も遅いから人を追いかけることなどできなかった。まして、午後になってからずっと、先週スパータンバーグのダウンタウンで三台のパトロールカーから走って逃げ切ったという自慢話に花を咲かせまくっていた逃げ足の速い男など、つかまえられるわけがない。そのときには夕闇《ゆうやみ》が迫り、あの男はひょっとしてぐるりと回ってサンディーが待っているかもしれないと、ふと思った。だが、装塡《そうてん》してあるのが空包だろうと、銃声ぐらいは聞こえるはずだ。もっとも、サンディーが不意をつかれたなら別だ。くそったれがこそこそしやがって。手ぶらで車に戻りたくはなかった。サンディーにいつまでもなじられるから。カールは少し逡巡《しゅんじゅん》したあと、拳銃を空に向け、二発撃った。

カールが藪《やぶ》をかき分け、真っ赤な顔であえぎながら道路の端から出てきたとき、サンディーは二二口径銃を持って、あけておいた運転席側のドアのそばに立っていた。

「ここを離れないといけない」カールは声を上げた。車のうしろの地面に広げていたブランケットをつかみ、草地に脱ぎ捨ててあった男の服と靴を急いでかき集めた。それを後部席に放り、助手席に乗った。

「何なのよ、カール、何があったの？」サンディーはいい、車のエンジンをかけた。

「心配するな、しっかり仕留めた」カールはいった。「空っぽな頭に二発たたき込んだ」

サンディーはカールに顔を向けた。「あの男を追いつめたの？」

カールはその声色に疑いを感じ取った。「少し黙っていろ」彼はいった。「考えないと」そして、地図を出し、指をあちこちに走らせて一分ぐらいじっと見た。「見たところ、州境から十マイルぐらい離れたところにいるようだ。引き返して、突き当たりで左に折れたら、ハイウェイに乗れるはずだ」

「信じられない」サンディーがいった。

「何だって？」

「あの男は鹿《しか》みたいに逃げていったのよ。あなたに追いつけるわけがない」

カールは何度か大きく息をした。「あいつは丸太の陰に隠れていた。危うく踏みつけそうになった」

「それなら、どうして慌《あわ》てて逃げないといけないの？」彼女がいった。「戻って写真を撮りましょうよ」

カールは三八口径銃をダッシュボードに置き、シャツの裾《すそ》を引っぱり上げ、顔の汗を拭《ふ》いた。まだ心臓がハンマーのように胸を叩《たた》いている。「サンディー、いいからくされ車を出せ、いいな？」

「逃げられたんでしょ？」

カールは助手席のウインドウから暗くなっていく森を見つめた。「ああ、逃げられたよ」

サンディーはギアをドライブに入れた。「もうわたしに嘘《うそ》をつかないで、カール」

彼女はいった。「それから、もうひとつ。話は変わるけど、今度ホワイトカウの売女《ばいた》にちょっかいを出しているなんて噂《うわさ》を聞いたら、後悔することになるわよ」そういうと、彼女はアクセルを踏み、二十分後には州境を越えてジョージア州に入った。

45

その夜のうちに、サンディーはアトランタの数マイル南にあるドライブインの端に車を停めた。ビーフジャーキーをひとかけ食べ、後部席に移って仮眠を取った。午前三時ごろ、雨が降りはじめた。カールは前部席にとどまり、車のルーフを叩く雨音を聞き、さっきの前科者のことを考えた。あの一件から得られる教訓がある、と思った。カールはあの臆病《おくびょう》なくそ野郎をしばらく放っておいたが、そんな短い時間ですべてがふいになりうるのだ。座席の下に置いておいた男の服を拾い上げ、ポケットなどを探りはじめた。壊れた飛び出しナイフと、サウスカロライナ州グリーンウッドの住所が内側に記されたブックマッチと十一ドルが入っている財布が出てきた。住所の下に、〝ごきげんなやつ《グッドヘッド》〟の文字も入っていた。カールはカネをポケットに入れたあと、残りをすべて丸め、駐車場を横切ってくずかごに捨てた。

朝になり、サンディーが目覚めたときも、まだ雨が降っていた。ドライブインでサンディーと朝食を食べながら、カールは周りにいる運転手の中に、ヒッチハイカーを殺したことのあるやつはいるだろうかと思った。ヒッチハイカーを殺したいと思っているなら、持って来いの仕事だろう。三杯目のコーヒーに口をつけたとき、雨が上がり、化《か》膿《のう》したでかいでき物みたいに太陽が空に吹き出た。支払いを済ませたころには、アスファルトの駐車場に幾筋もできていた雨水の川もすでになくなっていた。「きのうのことだが」車に歩いて戻るとき、カールはいった。「あんなことはすべきではなかった」

「あのときもいったけど」サンディーはカールにいった。「もう嘘はつかないで。つかまったら、あなただけじゃなく、わたしもやばいことになるんだから」

カールはサンディーの銃に空包を込めたことをまた考えたが、それについては何もいわないほうがいいと判断した。すぐに家に帰るし、サンディーの知らないうちに込め直せばいい。「つかまったりしないさ」彼はいった。

「へえ、まあ、きっと逃げられることもないと思ってたんでしょうけど」

「心配するな」カールはいった。「二度とそんなことにはならない」

ふたりはアトランタのあたりを流し、ロズウェルというところで給油した。家に帰るまでの持ち金は二十四ドルと小銭だった。カールがレジで支払いを済ませてステーションワゴンに戻ってきたちょうどそのとき、ぼろぼろの黒いスーツを着たやつれた男がおずおずと近づいてきた。「もしかして北へ向かっていないか？」男が訊いた。カールは灰皿に置いていた葉巻を手に取ってから、男に顔を向けた。スーツが数サイズ大きいようだ。ズボンの裾を引きずらないように、何度も折り返してある。上着の袖《そで》には、まだ紙の値札がついていた。薄っぺらな寝袋を鞄《かばん》にくくりつけている。六十歳といってもすんなり通るだろうが、この歩く旅人はそれより少なくとも何歳かは若いだろう、とカールは思った。どういうわけか、その男は説教師を思わせた。今ではめったにお目にかかれない本物の説教師だ。人々のカネを奪い取り、神をネタにして豪勢に暮らす欲にまみれた甘い香りのする連中ではなく、イエスの教えを本気で信じている男だ。いや、待てよ。それはいささか買いかぶりすぎだろう。たぶん、この爺《じじい》はどこにでもいる浮浪者だ。

「向かっていないともかぎらない」カールはいった。その気があるだろうかと、カールはサンディーに顔を向けたが、彼女はただ肩をすくめ、サングラスをかけ直した。

「どこに行きたいんだ？」

「ウエストバージニア州のコールクリークなんだが」

カールはゆうべ逃げた男のことを考えた。あのでかい一物をぶら下げたやつのせいで、この先も長いあいだ後味の悪さが残るだろう。「ええい、くそ、いいさ」カールは男にいった。「うしろに乗りな」

ハイウェイに出ると、男がいった。「ミスター、ありがたいよ。足がへたりそうだったから」

「なかなか乗せてもらえなかったのか？」

「乗っているより歩いている方が長かったのはたしかだ」

「ああ」カールはいった。「おれは見知らぬ人を乗せたがらない連中の気持ちがわからないね。いいことなのにな。だれかに手を貸すというのはさ」

「敬虔《けいけん》なキリスト教徒らしいことをいうのだな」男がいった。

サンディーは笑いをこらえたが、カールはかまわず続けた。「そうともいえるかもな」カールは男にいった。「だが、白状すれば、昔ほどには信奉してない」

男はうなずき、ウインドウの外を見つめた。「善き人生を送るのは難しい」彼はいった。「悪魔は加減を知らないらしい」

「名前は何ていうの、あなた？」サンディーは訊いた。カールは彼女に目を向けて微笑み、手を伸ばして彼女の脚に触れた。ゆうべあんなへまをしたから、このあと家に帰るまで、サンディーがファーストクラスのくそアマになるのではないかと恐れていた。

「ロイ」男はいった。「ロイ・ラファティだ」

「それで、どうしてウエストバージニア州に？」サンディーがいった。

「娘に会いに家に帰るんだ」

「いいわね」サンディーはいった。「最後に会ったのはいつ？」

ロイはしばらく考えた。ああ、こんなに疲れたことはない。「ほぼ十七年前だ」車に乗っているからか、眠くてしかたがない。礼儀知らずなことはしたくないが、いくらこらえようとも、目をあけていられなかった。

「そんなに長いあいだ、家を離れて何をしてたんだ？」カールはいった。一分ぐらい男の返事を待ったあと、彼は振り向いて後部席を見た。「くそ、寝ちまってる」彼はサンディーにいった。

「しばらく寝かしておきましょう」サンディーがいった。「それから、この人とするなんてごめんだわ。あなたよりひどいにおいがするもの」

「わかった、わかったよ」カールはいい、グローブボックスからジョージア州のハイウェイ地図を取り出した。三十分後、出口ランプを指さし、サンディーにそこで降りるようにいった。そこから、埃《ほこり》の舞う未舗装の田舎道を二、三マイル走り、やがてパーティーのゴミや壊れたピアノが散乱した待避所を見つけた。カールは男が乗っている方の後部席ドアをあけ、肩を揺すった。「おい、あんた」カールはいった。「起きろよ、見せたいものがあるんだ」

しばらくすると、ロイは背の高いタエダマツの下に連れて来られた。木の下の地面は乾いた茶色の針葉で覆われている。どれくらい移動してきたのか、よく思い出せないが、三日ぐらいか。ヒッチハイクはほとんど成功せず、足が水膨れで痛くなるまで歩いてきた。もう一歩も歩けないと思ったが、移動をやめたくもなかった。もう獣がセオドアの亡骸《なきがら》を見つけただろうか。すると、運転していた女が服を脱ぎ出すのが見えて、ロイは戸惑った。きょろきょろと乗ってきた車を探すと、太った男が拳銃を向けているのに気付いた。首からコードで黒いカメラをぶら下げ、火のついていない葉巻をくわえている。ひょっとして夢でも見ているのか、とロイは思ったが、おお、やたらリアルだ。この暑さで木々から染み出している樹液のにおいがする。女がピクニックで使うような赤い格子《こうし》縞《じま》のブランケットに座るのが見えた。すると、男が夢から引き戻すようなことをいった。「何だって？」ロイは訊いた。

「これからいい思いをさせてやるといった」カールは繰り返した。「妻はあんたのようなひょろ長い絶倫が好きなのさ」

「何をはじめるつもりだ、ミスター？」ロイはいった。

カールは嘆息を漏らした。「あきれたな、おい、ちゃんと聞けよ。今いったとおり、妻とファックしてもらう。そして、何枚か写真を撮らせてもらう。それだけだ」

「あんたの奥さんと？」ロイはいった。「そんな話は聞いたことがない。いい人だと思っていたが」

「四の五のいってないで施しを受け取れ」カールはいった。

ロイはサンディーに顔を向け、両手を広げた。「奥さん」彼はいった。「申し訳ないが、セオドアが死んだときに、これからはまっとうに生きると誓った。その誓いを曲げるつもりはない」

「そんなこといわないで、来て、ほら」サンディーはいった。「写真を何枚か撮ったら、あのおでぶさんはわたしたちを放っておくから」

「あんた、おれを見ろ。いろんなところを回ってきた。いいか、どこを回ってきたのかさえ、ほとんどわからない。本当にこの手で体を触られたいのか？」

「このくそ野郎、いわれたとおりにやれよ」カールはいった。

ロイは首を振った。「いや、ミスター。最後に寝たのは素敵な人だったから、これからもそのままにしておく。セオドアは彼女を怖がっていたから、公言しなかったが、プリシラは、彼女はまさにフラミンゴだった」

カールは笑い、葉巻を投げ捨てた。まいったな、ぐちゃぐちゃだ。「そうか、どうもいかれたやつを拾ってしまったらしい」

サンディーは立ち上がり、また服を着た。「さっさと先に行きましょう」彼女はいった。

ロイは振り向き、女が路肩に停まっている車に向かって歩き出すのを見た。ちょうどそのとき、銃口が側頭部に押し付けられた。「逃げようなんて思っても無駄だ」カールはいった。

「そんな心配は要らない」ロイはいった。「逃げ回るのはもうごめんだ」彼は目を天に向け、緑に茂ったマツの枝の隙間《すきま》から、小さな青空をのぞいた。一筋の白い雲がたなびいている。死ねばあんな風になるさ、と彼は思った。ふわふわと浮かぶだけだ。悪くないさ。彼はかすかな笑みを浮かべた。「もうおれを車に乗せたりはしないんだろう？」

「そのとおりだ」カールはいった。そして、引き金を絞りはじめた。

「ひとつだけ」ロイは差し迫った声でいった。

「何だよ？」

「レノラという名前なんだ」

「いったい何のことだ？」

「おれの娘だ」ロイはいった。

46

信じがたいことだが、小汚いスーツを着た頭のいかれた男は、ポケットに百ドル近くのカネを持ち歩いていた。ふたりはノックスビルの黒人地区のピッグシャックでバーベキューとコールスローを食べ、夜はテネシー州ジョンソンシティーのホリデイインに泊まった。いつものように、サンディーは翌朝もゆっくりしていた。出発の支度が整ったといってきたころには、カールはすっかり機嫌が悪くなっていた。ケンタッキーの若者の写真をのぞけば、今回の旅で撮った写真の大半はくそだった。何ひとつうまくいかなかった。三階の窓際の椅子に座って、駐車場を見下ろし、葉巻《ドッグ・ディック》がバラバラになるまで指で転がしながら、朝まで寝ないでくよくよ考えていた。お告げのことを考え続けた。見逃していたことがあったのかもしれない。だが、サンディーがほとんどずっとふくれていて、前科者が逃げたこと以外、何も目に入ってこなかった。もう二度と南部では狩りをするものかと思った。

ふたりは正午ごろにウエストバージニア州南部に入った。「なあ、今日が終わるまで、まだだいぶある」カールはいった。「もし可能なら、くそったれ、家に帰るまでに、フイルムもうひと巻き分、撮りたい。傑作をな」カールが車のオイルをチェックできるように、ふたりはトイレ休憩をしていた。

「どうぞ」サンディーはいった。「周りにはいろんな被写体があるじゃない」そして、ウインドウを指さした。「ほら、あの木にブルーバードが止まってる」

「おもしれえ」カールはいった。「おれのいいたいことはわかってるくせに」

サンディーは車のギアを入れた。「あなたが何をしようが、わたしはかまわないわ、カール。でも、今夜は自分のベッドで寝たいの」

「いいだろう」カールはいった。

その後の四、五時間、ヒッチハイカーにはひとりも出会わなかった。オハイオに近づくにつれ、カールはますます焦《あせ》っていった。望みを少しでも長く保ちたいばかりに、サンディーにゆっくり走れとしつこくいい、何度か車を停めさせて脚を伸ばさせたり、コーヒーを飲ませたりした。チャールストンの街中を通ってポイントプレザント（ウエストバージニア州西部のオハイオ州境と接する市）に向かっているころには、カールは落胆と無力感にさいなまれていた。あの前科者が実はお告げだったのかもしれない。そうだとしたら、それが意味するものはひとつだけだ。つかまらないうちにやめるべし。そう思いながら、オハイオ州へと続く銀色に輝く金属の橋を渡ろうと渋滞している車列に近づいた。そのとき、目鼻立ちの整った黒髪の若者がジムバッグを持って、七、八台ほど前の歩道に立っているのが見えた。身を乗り出し、車の排ガスと川の異臭を吸っている。車列が数フィート流れ、また止まった。カールたちの後方のだれかがクラクションを鳴らした。若者が車列の最後尾に顔を向け、日差しを受けて目を細めた。

「見たか?」カールはいった。

「でも、あなたのくされルールはどうするの? だって、オハイオに戻るところなのよ」

カールは若者から目を離さず、乗せてやれるほど近づくまで、だれも拾わないようにと祈った。「どこへ向かっているのか訊くだけ訊いてみようぜ。訊くだけなら問題ないだろ?」

サンディーはサングラスを外し、若者をよく見た。カールがどういう人かはわかっているから、乗せてやるだけでは済まないだろうけれど、見えるかぎりでは、これまで出会ったどの男よりよさげだ。たしかに、今回の旅では、相手《エンジェル》に恵まれなかった。

「いいわ」彼女はいった。

「だが、おまえにも話をしてもらう、いいな？　笑顔でも見せてやって、ほしがらせろ。こんなことはいいたくないが、今回の旅ではおまえは失敗続きだ」

「ええ、カール」彼女はいった。「仰《おお》せのとおり。後部席に乗ったらすぐにしゃぶってやったっていいくらい。それでうまくいくはず」

「まいったな、ほんと口が悪くなったな」

「かもね」サンディーはいった。「でも、こんなのは早く終わらせたいのよ」

第七部　オハイオ

47

車の流れがこれほど遅いところを見ると、前方で事故でもあったようだ。歩いて橋を渡るしかないとアーヴィンが思いはじめていたとき、一台の車が横に停まり、太った男が乗っていかないかと訊《き》いてきた。アーヴィンはベルエアーを売ったあと、ハイウェイまで歩き、インディアナポリスで開催される飼料と種苗《しゅびょう》のコンベンションに向かう途中だという肥料のセールスマン——皺《しわ》くちゃのワイシャツ、グレイビーソースのしみがついたネクタイ、大きな毛穴からしみ出る前夜のアルコール臭——に乗せてもらってチャールストンを抜けた。アーヴィンはルート35の少し先にあるニトロで降ろしてもらい、数分後には黒人一家のピックアップトラックに拾われて、ポイントプレザントの外れまで乗せてもらった。彼はトマトやサヤインゲンの籠《かご》が満載された荷台に乗っていた。黒人が橋の方向を指さし、アーヴィンはまた歩きはじめた。油が浮いて、青みがかった灰色に見えるオハイオ川の川面《かわも》が見える数ブロック先から、そのにおいがわかった。銀行の時計は五時四十七分を指していた。親指だけでこれほど早く移動できるとは、ちょっと信じられなかった。

黒いステーションワゴンに乗ったとき、ハンドルを握っていた女が顔を向けて微笑《ほほえ》みかけてきた。アーヴィンに会えて喜んでいるようにも見える。ふたりはカールとサンディーだと、太った男が名乗った。「行き先は？」カールが訊いた。

「オハイオ州のミードまで」アーヴィンはいった。「聞いたことあるかい？」

「あたしたち――」サンディーがいいはじめた。

「かまわんさ」カールがサンディーの言葉を遮った。「おれの記憶が正しければ、製紙工場の街だったな」そういうと、口にくわえていた葉巻を手に取り、女に顔を向けた。「実はこれからちょうどそこを通ろうとしていたところだ。だよな、おい？」これは啓示だ、とカールは思った。ミードに行くというこれほど顔立ちの整った若者を、川のドブネズミだらけのこんなところで拾えたのだから。

「ええ」女がいった。車がまた流れはじめた。渋滞は橋のオハイオ側で起きた事故のせいだった。二台のひしゃげた車が見え、割れたガラス片が路面に散乱している。救急車がサイレンを鳴らし、三人の車の前に飛び出し、危うくぶつかるところだった。警察が笛を吹き、片手を上げてサンディーを停止させた。

「何やってるんだ、気をつけろ」カールはいい、座席でもぞもぞした。

「あなたが運転する？」サンディーはいい、思い切りブレーキを踏みつけた。つなぎ服を着た男が路面のガラス片を急いで掃き寄せるあいだ、三人はさらに数分待った。サンディーはルームミラーの角度を少し変え、また若者の姿を見た。今朝お風呂《ふろ》に入ってきてよかったと思った。この若者のために、まだ充分きれいな体でいられる。まだあけていない煙草《たばこ》の箱を取ろうとハンドバッグに手を入れたとき、指先が拳銃《けんじゅう》に触れた。つなぎ服の男が路面の片づけをするさまを見ながら、カールを殺して若者と逃げたらどうかと空想した。おそらく年はせいぜい六つか七つ下だ。そのくらいの差ならどうにかなる。子供だってひとりかふたりできるかもしれない。サンディーはハンドバッグを閉め、セーラムの箱の包装を剝《は》がしはじめた。もちろんそんなことはしないが、それでも、考えるのは楽しかった。

「名前は何ていうの、あなた？」警察官が腕を振って彼らの車を通したあと、サンディーは若者に訊いた。

アーヴィンは安堵《あんど》のため息を漏らした。この女のせいで警察に呼び止められると思ったのだ。彼はまた女を見た。骨と皮ばかりで、不潔そうだ。顔には化粧を塗りたくり、何年も煙草を吸い、歯医者にも行っていないらしく、歯はくすんだ黄色に変色している。汗と垢《あか》の強烈なにおいが前部席から漂い、ふたりとも、今すぐにでも風呂に入った方がよさそうだった。「ビリー・バーンズだ」アーヴィンは答えた。肥料セールスマンの名前だった。

「素敵な名前ね」女がいった。「どこから来たの？」

「テネシー」

「で、どうしてミードへ？」カールは訊いた。

「ああ、ちょっと行ってみようかと思って」

「家族でもいるのか？」

「いや」アーヴィンはいった。「でも、ずっと前に住んでいたから」

「たいして変わっていないだろうな」カールはいった。「小さな街ってのは、たいがい変わらない」

「そちらはどこに住んでるんだい？」アーヴィンは訊いた。

「フォートウェインだ。休暇でフロリダに行ってきたところだ。知らない人たちとの出会いが好きなのさ、だよな、おまえ？」

「ええ、そうなのよ」サンディーはいった。

ロス郡境の標識をちょうど通過したとき、カールは時計を見た。ここまで来る前に停めてもよかったかもしれないが、このあたりに若者を料理できる安全な場所があることを知っていた。去年の冬、ドライブをしていて、たまたま見つけたのだ。ミードまであとほんの十マイルほどだし、六時も回っている。そこそこの日差しがあるのも、あと九十分ぐらいだ。これまで柱となるルールを破ったことはなかったが、カールはすでに腹を決めていた。今夜、オハイオで人を殺す。くそ、今回うまくいけば、そのルールをなくしてしまってもいいかもしれない。この若者が現れたのも、それを告げるためかどうか。考えている時間はなかった。彼は座り直して、うしろを向いていった。「ビリー、どうも膀胱《ぼうこう》が昔ほどもたなくなっているんだが。ちょっと停まって、用を足してもいいか?」

「ああ、もちろんだ。乗せてもらってるだけでもありがたいよ」

「ちょっと先に右に折れる道路がある」カールはサンディーにいった。

「どのくらい先?」サンディーが訊いた。

「一マイルぐらいだ」

アーヴィンは身を乗り出し、カールの頭越しにフロントガラスから前方を見た。案内標識があるようには見えず、助手席の男がこのあたりに住んでいたのでもなければ、この先で道路が分かれていることを知っているのはちょっとおかしいと思った。地図を持っているのかもしれないし、とアーヴィンは自分にいい聞かせた。また深く座り直し、すぎゆく景色を眺めた。山は小さくて、丸みを帯びているが、それ以外はウエストバージニア州によく似ている。だれかがティーガーディンの死体を見つけただろうかと思った。

サンディーはルート35を降りて、土と砂利の道に出た。交差点と接する大きな農場を通りすぎた。さらに一マイルほど走ったあとで速度を落とし、カールに訊いた。

「ここ?」

「いや、このまま行ってくれ」カールはいった。

アーヴィンは背筋を伸ばし、あたりを見た。さっきの農場から一軒の家も見ていない。ルガーが股間《こかん》につかえていて、位置を少しずらした。

「ここがよさそうだな」カールがようやくいい、荒れ果てた家へと続く車道《ドライブウェイ》を指さした。明らかに何年も空き家だった。窓のガラスがいくつか割れ、ポーチの床は一方が陥没していた。玄関のドアはあいていた。ひとつの蝶番《ちょうつがい》だけでつなぎ止められて、うなだれている。道路を挟んだ反対側にはトウモロコシ畑があり、暑くて乾いた気候のせいで、茎がしおれて黄ばんでいる。サンディーがエンジンを切ると、カールはすぐさまグローブボックスをあけた。高そうなカメラを取り出し、アーヴィンに見えるように掲げた。「おれが写真家だとは、思いもしなかっただろうな？」彼はいった。

アーヴィンは肩をすくめた。「そうだな」車の外の乾いた草の中から虫の羽音が聞こえる。無数の虫の音。

「なあ、おれは新聞に載ってるようなくそつまらない写真を撮るまぬけとはちがう。そうだろ、サンディー？」

「ええ」サンディーがいい、振り向いてアーヴィンを見た。「この人はちがう。本当に上手よ」

「こんな名前は聞いたことあるか？　ミケランジェロとかレオナルド……ああ、くそ、ど忘れしてしまった。だれのことかわかるか？」

「ああ、たぶん」アーヴィンはいった。本に載っていた『モナリザ』という絵をレノラに見せてもらったときのことを思い出した。その絵に描かれている顔色の悪い女の人にレノラが似てると思うかと訊かれて、レノラの方がその人よりかわいいよと答えてあげられてよかった。

「そうだな、いつか世の人がおれの写真を見て、さっきいった人たちが残した作品に劣らないできだと思ってくれたらうれしい。おれが撮る写真はさ、ビリー、アートなのさ。美術館に置いてあるようなやつだ。美術館に行ったことはあるか？」

「いや」アーヴィンはいった。「ないと思う」

「そうだな、いつか行くさ。で、どうだ？」

「何が？」アーヴィンはいった。

「ここで降りて、サンディーとふたりの写真を何枚か撮らせてくれないか？」

「いや、ミスター、やめとくよ。今日は長い一日だったし、なるべく早く移動しておきたいんだ。早くミードに行きたい」

「おい、いいじゃないか、ほんの数分で終わるよ。こういうのはどうだ？　こいつがおまえのために、裸になるってのは？」

　アーヴィンはドアハンドルに手を伸ばした。「もういいよ」彼はいった。「おれはハイウェイまで歩いて戻るから。しばらくここにいて、好きなだけ写真を撮ってよ」

「ちょっと待てよ、くそったれ」カールはいった。「気を悪くさせるつもりはなかった。だがな、頼んでるだけなんだから、いいだろ？」彼はカメラを座席に置き、ため息をついた。「わかった、用を足させてくれたら、すぐに車を出そうじゃないか」

　カールはその巨体を車から出し、後部に回った。サンディーが煙草を一本、箱から出した。アーヴィンは顔を上げ、サンディーが何度かマッチを擦ったときに、手が震えているのに気付いた。ある気持ちが、どんな気持ちかひとことではいい表せない気持ちが、ナイフのように腸《はらわた》にねじ込まれた。彼がオーバーオールのウエストバンドに挟んでいたルガーを抜いたとき、カールの声が聞こえた。「降りろ、おまえ」その太った男は後部席のドアから五フィート離れたところに立ち、長銃身の拳銃をアーヴィンに向けていた。

「カネがほしいなら」アーヴィンはいった。「いくらかは持ってる」彼は銃の安全装置を緩めた。「カネならやるよ」

「今ごろやさしくしようってか?」カールはいい、草につばを吐いた。「いいか、このうぬぼれ屋のげす野郎、今はそのカネを大事に持ってろ。くされ写真を撮り終わったら、サンディーとおれが片づけてやる」

「あの人のいうとおりにした方がいいわ、ビリー」サンディーがいった。「思いどおりにならないと、とても興奮してしまうから」彼女がちらりとうしろを振り向き、汚い歯を見せて微笑んだとき、アーヴィンはこくりとうなずき、ドアをあけた。その手に持っているものがカールの目に留まる前に、一発目の銃撃が腹をえぐった。銃弾の威力で体がくるりと回りはじめた。カールは三、四歩うしろによろめいた。銃を持ち上げて、若造に向けようとしたが、次の一発が胸をとらえた。彼は草むらにどさりと、仰向けに倒れた。握っている三八口径銃の重みはまだ感じられるが、指が動かない。

どこか遠くで、サンディーの声が聞こえる。彼の名前を何度も何度も呼んでいるらしい。カール、カール、カール。答えたかった。ちょっと休めば、このしくじりも挽回《ばんかい》できると思った。冷たいものが体の上に這《は》ってきた。背中の下の地面にあいた穴に、体がだんだん沈んでいっているように感じられ、怖くなった。そんな感覚が、息が吸い取られていくような感覚が怖かった。歯を食いしばり、呑《の》み込まれる前によじ登ろうともがいた。体を起こせているように感じられる。そうだ、ああ、まだ何とかなる。何とかしてからやめよう。自転車に乗って、彼に手を振りながら走り去ったふたりの少年が見える。もう写真はいい、とサンディーにいいたかったが、なかなか息ができなかった。すると、巨大な黒い翼の生えたものが上からかぶさり、また下に押し込み、これ以上滑り落ちないように左手で必死に草と土をつかんだのに、今度は止められなかった。

女が男の名を絶叫しはじめ、アーヴィンがそちらを向くと、女が前部席でハンドバッグから何かを取り出そうとしているのがわかった。「やめろ」アーヴィンは首を横に振りながらいった。彼は車から後ずさり、ルガーを女に向けた。「頼む」マスカラの黒い筋が顔を流れている。女がもう一度男の名を叫び、そして黙った。何度か大きく息をすると、カールの靴底をにらみつけたまま口をつぐんだ。片方の靴底に五十セント大の丸い穴があいていることに気付いた。カールはこれまで穴があいていることはいわなかった。「お願いだから」女が笑みを見せたとき、アーヴィンはそういった。「死ね」彼女は座席で拳銃を抜き、発砲する直前に、そう小声でいった。若者の体の真ん中に向けて撃ったものの、若者は何事もなかったかのように立っていた。彼女が慌《あわ》ててまた撃鉄を親指で起こしたが、二発目が放たれる前に、アーヴィンは彼女の首を撃ち抜いていた。二二口径の拳銃がフロアに落ちると同時に、銃弾が彼女を運転席側のドアに突き飛ばした。彼女は両手で喉《のど》を押さえ、銃創から噴き出る赤い流れを止めようとした。むせはじめ、座席に血へどを吐いた。目をアーヴィンの顔に向けた。その目は数秒のあいだ大きくなり、やがてゆっくり閉じた。何度かの不規則な息遣いのあと、最後のべとついたような呼気に、アーヴィンは耳を澄ました。女の弾が当たらなかったことが信じられなかった。ほんとかよ、こんなに近くで撃ったのに。

　アーヴィンは後部席に腰かけたまま、脚だけ外に出し、脚のあいだの草地に嘔吐《おうと》した。気が遠くなるほどの絶望が覆《おお》いかぶさってきて、どうにか振り払おうとした。彼は未舗装の道路に降り立ち、円を描いて歩いた。ルガーをまたズボンに挟み、男の横に膝《ひざ》を突いた。男の下側に手を入れ、尻《しり》ポケットから財布を抜き、素早く中を見た。運転免許証は見当たらなかったが、数枚の紙幣のうしろに一枚の写真を見つけた。不意に、また強烈な吐き気を催した。女が死んだ男を赤ん坊のように抱く写真だった。女は黒いブラとパンティーしか身に着けていない。男の右目の上に銃弾が穿《うが》った穴のようなものがある。女はかすかな悲しみを顔ににじませて男を見下ろしている。

アーヴィンはその写真をシャツのポケットに入れ、財布を男の胸に置いた。その後、グローブボックスをあけたが、道路地図と何巻きかのフイルムしかなかった。車が来はしないかとまた耳を澄まし、目に染《し》みる汗をぬぐった。「考えろ、くそ、考えろ」彼は自分に命じた。しかし、たしかなのは、ここから急いで立ち去らなければならないということだけだった。ジムバッグを取ると、何列もの干からびたトウモロコシのあいだを抜けて西へと歩きはじめた。畑に二十ヤードほど入ったところで立ち止まり、振り返った。急いで車に戻り、フイルムの入った容器を二本グローブボックスから取り、ズボンのポケットに押し込んだ。その後、バッグからシャツを取り出し、触れたかもしれないところをすべて拭《ふ》いた。虫がまた鳴きはじめた。

48

道路は歩かないことにしたので、アーヴィンがようやくミードに入ったのは深夜零時すぎだった。メインストリートを少し外れた街の中心部で、〝空室あり〟の表示がまだ出ているサイオトーインという不格好なモーテルを見つけた。それまでモーテルに泊まったことはなかった。アーヴィンとさほど歳《とし》の変わらない若い男がフロント係をしていて、片隅に置いてある小さな白黒テレビで『凸凹ミイラ男』という古い映画を退屈そうに観《み》ていた。部屋はひと晩五ドルだった。「タオル交換は二日に一度だ」フロント係がいった。

部屋に入ると、服を脱ぎ、穢《けが》れを落とそうと長々とシャワーを浴びた。神経が高ぶり、疲れ果て、ベッドカバーの上に横になり、ウイスキーを瓶からじかにちびりちびり飲んだ。忘れずに持ってきてほんとうによかった。壁にかけてある、十字架に磔《はりつけ》にされたイエスの小さな絵に気付いた。用を足そうと立ち上がったとき、その絵を裏にしてかけ直した。祖母のキッチンの絵を思い出してしまう。午前三時になって、やっとほどよく酔いが回り、眠りについた。

あの女の夢を見たあと、翌朝十時に目が覚めた。夢の中で、女はきのうの午後とまったく同じように拳銃をかまえて撃った。だが、そのときはアーヴィンの額に命中させ、死んだのは女ではなくアーヴィンだった。ほかの細かい点ははっきり覚えていないが、たぶん女は彼の写真を撮っていたような気がする。窓際《まどぎわ》に行き、駐車場が警察の車両で埋め尽くされているのではないかと怯《おび》えつつカーテンをめくって外をのぞいたとき、本当にそうだったらいいのにとさえ思った。車がブリッジストリートを行き交うさまを眺めながら煙草を吸ったあと、またシャワーを浴びた。着替えを終えると、フロント奥の事務所に行き、もうひと晩泊まれるかと尋ねた。ゆうべの若者がまだ勤務していた。半分寝ながら、ピンク色のチューインガムを気だるそうに嚙《か》んでいた。

「ずいぶん長いシフトを入れたんだな」アーヴィンはいった。

フロント係はあくびしながらうなずき、もうひと晩分の金額をレジに打ち込んだ。

「ほんとにさ」彼はいった。「おやじがこのモーテルのオーナーだから、大学がないときはおやじの奴《ど》隷《れい》みたいなものさ」彼はもらった二十ドル札のおつりを返した。「ベトナムに連れていかれるよりはましだけど」

「ああ、そうだな」アーヴィンはいった。おつりの小額紙幣を財布に入れた。「昔この辺にウッデンスプーンというレストランがあったよな。まだやってるか？」

「ああ」フロント係が正面出入り口のドアに歩いていき、通りを指さした。「あの信号機のところで、左に曲がる。バスターミナルの向かいにあるよ。チリがうまいね」アーヴィンはしばらくウッデンスプーンの出入り口の表に立ち、向かいのバスターミナルに目を向け、二十年以上前に父親がグレイハウンドから降りて、はじめて母親の姿を見たときの情景を思い描こうとした。店内に入ると、卵料理とトーストを注文した。きのうの午後にキャンディーバーを食べたきり、何も口にしていなかったが、あまり腹は減っていなかった。結局、顔が皺くちゃの年配のウエイトレスがやってきて、何もいわずに皿を片づけた。アーヴィンをろくに見もしなかったが、アーヴィンは席を立ち、一ドルのチップをテーブルに置いた。

外に出たとき、ちょうど三台のパトロールカーが回転灯をつけ、サイレンを鳴らして東へ走っていった。胸の中で心臓が一瞬止まったように感じられたが、その後、早鐘を打ちはじめた。アーヴィンは煉瓦《れんが》造りのレストランの側壁に寄りかかり、煙草に火をつけようとしたが、きのうの夜の女と同じように手が震え、マッチが擦れなかった。サイレンがしだいに遠ざかるにつれて、気持ちも落ち着き、どうにか火をつけた。

ちょうどそのとき、バスターミナルにバスが横付けされた。十人あまりの人が降りてくるさまを眺めた。軍服を着た者もふたりばかりいた。不機嫌そうに見えるえらの張った顔で、ねずみ色のシャツに黒いネクタイを締めたバスの運転手が、座席でそっくり返り、帽子のつばを引いて目を隠した。

アーヴィンはモーテルの部屋に戻り、その日はずっと緑色のすり切れた絨毯《じゅうたん》の上を行ったり来たりしていた。プレストン・ティーガーディンを殺したのがアーヴィンだと保安官事務所がつかむのは時間の問題だ。コールクリークから急に出ていくとは、とんでもなくばかなことをしたものだと思った。こんなわかりやすいことがあるか？床の上を行ったり来たりしていると、あの牧師を撃ったとき、死ぬまでつきまとわれるものを解き放ってしまったことが、ますますはっきりしてきた。腹の底では、すぐさまオハイオ州から出ていった方がいいとわかってはいるが、最後に一度、昔の家と祈りの木を見ないうちは、出ていく気にはどうしてもなれない。どんなことになろうと、いまだに彼の心をさいなむ、あのころの父とのことを清算してみないわけにはいかない、と彼は自分にいい聞かせた。どのみち、それができないうちは、束縛から逃れることもできないのだ。

また清い気持ちになれるだろうかと思った。この部屋にはテレビはなく、あるのはラジオだけだ。雑音が入らない局はカントリー＆ウエスタンの局だけだった。音を小さくしてかけたまま、眠ろうとした。ときどき、隣の部屋に泊まっている人が咳《せき》をして、血へどを吐いたあの女の人を思い出した。朝が訪れても、アーヴィンはまだあの女のことを考えていた。

49

「お悔やみ申し上げます、リー」ボーデッカーが近づいてくると、ハウザーはいった。「とんでもないことになってます」彼はカールとサンディーのステーションワゴンのそばに立っていた。ボーデッカーは到着したばかりだった。約一時間前に農夫が遺体を発見し、ハイウェイを走っていたワンダーブレッド（アメリカの食パンの商標）のトラックを呼び止めた。路上に四台のパトロールカーが縦に連なり、灰色の制服を着た男たちが帽子をうちわ代わりにして仰いで立ち、指示を待っていた。ハウザーはボーデッカーの保安官代理主任で、万引きやスピード違反以上の犯罪を任せられる唯一《ゆいいつ》の部下だった。ボーデッカーにいわせると、残りは教室がひとつだけの学校の前で交通指導さえできないような連中だった。

ボーデッカーはカールの死体を見下ろし、その後、車内の妹の死体を見た。ハウザーからの無線で、サンディーが死んだことは聞いていた。「何てことだ《ジーザス》」彼は上ずった声でいった。「何てことだよ《ジーザス・クライスト》」

「わかります」ハウザーがいった。

ボーデッカーは何度か大きく息を吸って気持ちを落ち着け、サングラスをポケットにしまった。「少しだけ妹とふたりにしてくれ」

「はい」保安官代理がいった。ほかの者たちがいるところへ歩いていき、低い声で何事かをいった。

ボーデッカーはあいた助手席側のドアのそばにしゃがみ、サンディーの姿を間近で見た。顔の皺、黄ばんだ歯、治りかけていた脚の痣《あざ》。これまでもひどいありさまだったが、それでも妹だ。彼はハンカチを取り出し、目をぬぐった。サンディーは露出の多いショートパンツとぴったりしたブラウスを着ていた。まだ娼婦《しょうふ》のようななりか、と思った。前部席に乗り、サンディーを抱き寄せ、肩口を見た。銃弾は首から入り、背中上部の背骨のやや左、射入口より二インチ下から出ていた。そして、運転席側のドアのパッドにめり込んでいた。彼はポケットナイフでその弾丸をほじくり出した。九ミリ弾のようだ。二二口径銃がブレーキペダルの近くに落ちているのに気付いた。

「おまえが到着したときから、後部ドアはこんなふうにあいていたか？」彼はハウザーに問いかけた。

ハウザーは路上の保安官代理たちから離れ、小走りでステーションワゴンに戻ってきた。「我々は何も動かしていませんよ、リー」

「ふたりを発見した農夫はどこだ？」

「病気の雄牛の面倒を見ないといけないとかで。でも、帰す前に話を詳しく聞いておきました。何も知らないようです」

「現場写真は撮ったか？」

「はい、保安官が到着したときにちょうど終わりました」

ボーデッカーはハウザーに銃弾を手渡し、またかがんで前部席に上半身を入れ、ハンカチで二二口径銃を拾い上げた。銃身のにおいを嗅《か》ぎ、弾倉を取り出すと、一発撃っているのがわかった。抽筒子《エキストラクター》をうしろに押すと、五発の弾薬が手のひらに落ちてきた。先端に皺が寄っている。「何だこいつ、空包だ」

「空包？　どうしてそんなことをするんです、リー？」

「わからんが、大きなまちがいだった。それはたしかだ」ボーデッカーは座席のハンドバッグとカメラの横に銃を置いた。そして、車から出て、カールが横たわっているところに歩いていった。カールは死んでいても右手で三八口径銃を、左手で草と土を握っていた。地面をかきむしっていたようだ。数匹の蠅《はえ》が傷口を這い、もう一匹は下唇に止まっている。ボーデッカーは銃を見た。「このまぬけ野郎、こいつは一発も撃っていない」

「撃つ前に風穴を穿たれたせいでしょうかね」ハウザーがいった。

「いずれにしても、カールを殺すくらいわけはない」ボーデッカーはいった。そして、顔を背けてつばを吐いた。「あいつほど使えないやつはいない」そういうと、死体の上に落ちている財布を拾い上げ、中に五十四ドルのカネが入っていることを確認した。

彼は頭を掻《か》いた。「とすると、強盗ではないということだな？」

「テイター・ブラウンがこの件にかかわっているとは考えられませんか？」

ボーデッカーの顔が紅潮した。「いったいどうしてそう思う？」

保安官代理が肩をすくめた。「わかりません。いろいろいってみているだけです。でも、このあたりでこんなことをしでかすやつが、ほかにいるでしょうか？」

ボーデッカーは立ち上がり、やれやれと首を振った。「ちがう、あのねちっこいげす野郎がやったにしては、この件はあからさますぎる。あいつがやるなら、被害者がこれほど楽に発見されることはない。必ず何日か蛆虫《うじむし》にたからせておくようにしていただろう」

「ええ、そうですね」ハウザーがいった。

「検死官はどうなってる？」ボーデッカーはいった。

「こちらに向かっています」

ボーデッカーはほかの保安官代理たちに向かって顎《あご》をしゃくった。「何か見つかるかもしれないから、あいつらにトウモロコシ畑を捜索させろ。それから、おまえは検死官の到着を待っていろ」ボーデッカーはハンカチで首筋の汗を拭いた。ハウザーが歩き去ってから、ステーションワゴンの助手席に座った。サンディーのハンドバッグのそばにカメラが置いてあった。ダッシュボードがあいている。丸まった地図の下に、数巻きのフイルムとひと箱の三八口径弾があった。ボーデッカーは振り返り、ハウザーがほかの保安官代理たちと話をしているのを確認し、フイルムをズボンのポケットに入れ、ハンドバッグの中を探った。テネシー州ジョンソンシティーのホリデイインの領収証を見つけた。日付は二晩前だった。ガソリンスタンドでふたりを見かけた日のことを思い返した。もう十六日前か、と思った。あと少しで帰れたのにな。

その後、草地に干からびた嘔吐の跡らしきものが残っていることに気付いた。蟻《あり》がそこを這い回っていた。ボーデッカーは後部席に腰かけ、嘔吐跡をまたぐように脚を地面に着けた。義弟が倒れている草地に顔を向けた。吐いたやつはこの席にこうして座って吐いた、とボーデッカーは思った。すると、カールは銃を持って外に立ち、サンディーは前部席、もうひとりが後部席にいたということか。ボーデッカーはさらに数秒、嘔吐跡を凝視した。カールが発砲する間もなく、何者かが三発撃った。その際、どこかの時点で、おそらく発砲し終えたあと、そいつはやたら動揺した。ボーデッカーはテイターのためにはじめて人を殺したときのことを思い出した。あの夜はやはり吐きそうになった。とすると、今回の犯人は人殺しには慣れていないが、銃の扱いを心得ているのはたしかだ。

保安官代理たちがシャツの背中の汗染みをこちらに見せて、排水溝をまたぎ、トウモロコシ畑をゆっくりかき分けていくさまを、ボーデッカーは見ていた。車が来る音がしたので振り返ると、検死官を出迎えようと道路を歩いていくハウザーの姿が見えた。「ばか野郎、おまえはこんなところでいったい何をしていたんだ?」ボーデッカーはサンディーにいった。前部席に身を乗り出し、イグニッションキーと同じ金属のリングにぶら下がっていた鍵《かぎ》二本を急いで外し、シャツのポケットに入れた。うしろからハウザーと検死官の声が聞こえた。前部席のサンディーが見えるところまで近づくと、検死官は足を止めた。「うわ《グッド・ロード》」彼はいった。

「神《ロード》はこの件とは関係ないさ、ベニー」ボーデッカーはいった。彼はハウザーに顔を向けた。「ウィリスをこっちに呼んで、ふたりで指紋採取をしろ。それが終わったら、車を移動させろ。後部席は入念にやれ」

「何が起きたと思う?」検死官が訊いた。そして、黒い鞄《かばん》を車のボンネットに置いた。

「おれの見立てでは、カールはうしろに座っていたやつに撃たれた。その後、サンディーがそこの二二口径で一発撃ったが、どのみち無駄だった。そのくされ銃に込められていたのは空包だった。それから、銃弾が射出した位置からすると、サンディーを撃ったやつはその時点で立っていたと思う」そういうと、彼は後部ドアから数フィート離れた地面を指さした。「おそらくこのあたりに」

「空包なのか?」検死官がいった。

ボーデッカーはそれには答えなかった。「死亡推定時刻は?」

検死官が片膝を突き、カールの片腕を持ち上げ、蒼白《そうはく》のまだらな皮膚を指で押した。

「そうだな、きのうの夜だ。とにかく、だいたいそのあたりだ」

ふたりとも立ったまま一分ほどサンディーを見ていたが、その後ボーデッカーは検死官に向けていった。「こいつをよろしく頼む、いいな?」

「もちろんだ」ベニーがいった。

「終わったら、ウェブスターに迎えにこさせてくれ。葬式のことはあとで向こうに寄って話すと伝えてくれ。おれは事務所に戻る」

「もうひとりはどうする？」ボーデッカーが歩き去ろうとしたとき、ベニーが訊いた。

保安官は足を止め、地面につばを吐き、太った男の死体を一瞥《いちべつ》した。「必要な処置をしたら、必ず貧民の墓に埋めるように手配してくれ、ベニー。墓石も、墓標も、何もつけないようにな」

50

「リー」通信指令係がいった。「ウエストバージニア州ルイスバーグのトンプソン保安官という方から電話です。至急折り返し連絡してほしいとのことです」そういうと、通信指令係は電話番号を書き留めた一枚の紙をボーデッカーに手渡した。

「ツィリス、これは〝5《ファイブ》〟か、それとも〝6《シックス》〟か？」

通信指令係が手渡した紙を見た。「いいえ、〝9《ナイン》〟です」

ボーデッカーは自室のドアを閉め、椅子《いす》に座り、机の引き出しをあけると、ハードキャンディーをひとつ取り出した。サンディーの死を目《ま》のあたりにして、真っ先に脳裏に浮かんだのは、一杯のウイスキーだった。彼はキャンディーを口に入れ、メモの番号にかけた。「トンプソン保安官ですか？　こちらはオハイオ州のリー・ボーデッカーです」

「連絡していただき恐縮です、保安官」田舎くさい訛《なま》りでいった。「そっちの調子はどうですか？」

「いいとはいえませんね」

「電話した理由ですが、ええと、そちらには関係ないかもしれませんが、ある人物がきのうの午前にこちらで人をひとり撃ち殺しました。被害者は牧師で、犯行に関係しているると思われる若者は、かつてそちらで暮らしていました」

「そうでしたか。犯行の手口は？」

「被害者が車に乗っていたときに、頭部を撃ったようです。銃を後頭部のすぐそばまで近づけたと思われます。現場はひどいありさまでしたが、被害者が苦しまずに済んだのもたしかです」

「どんな銃が使われたのですか？」

「拳銃です。おそらくルガーでしょう。ドイツ製のやつです。容疑者の若者がその銃を所有していることはわかっています。父親が大戦から持ち帰ったもののようです」

「その銃は九ミリ口径でしたっけ？」

「そうです」

「容疑者の名前は教えていただいてましたっけ？」

「いっておりませんでした。アーヴィン・ラッセルという名前です。ミドルネームはユージンです。私の知るかぎりでは、彼の両親はふたりともそちらで亡《な》くなったようです。父親は自殺だったとか。彼はそれから七、八年のあいだ、こちらのコールクリークの祖母のところに身を寄せています」

ボーデッカーは眉《まゆ》をひそめ、向かいの壁に貼《は》ってあるポスターやちらしを見つめた。ラッセル。ラッセル？　なぜその名前に聞き覚えがある？　「歳は？」彼はトンプソンに訊いた。

「アーヴィンは十八です。それから、根は悪いやつではありません。ずいぶん前から知っているのでわかります。また、聞くところによると、被害者の牧師は殺されても仕方ないことをしていたようです。年端《としは》もいかない少女と淫《みだ》らなことをしていたとか。しかし、そうだとしても、殺しはまずいでしょうが」

「その若者は車に乗っていますか？」

「五四年式の青いシボレー・ベルエアーを持っていました」

「容姿はどうですか？」

「ああ、中肉中背、黒に近い髪、目鼻立ちは整っています」トンプソンがいった。「アーヴィンはおとなしいやつですが、人に好き勝手させるようなやつではありません。ああ、ひょっとしたらこの件には関係ないのかもしれませんが、今のところ所在がわかっていないし、彼が唯一まともな手がかりなのです」

「車のナンバープレートやら何やら、情報が入ったら送ってください。こちらも探してみます。彼がそちらで姿を見せたら、こちらにも知らせていただけませんか？」

「わかりました」

「ひとつだけ」ボーデッカーはいった。「彼の写真はありませんか？」

「今のところはありません。祖母が持っているはずですが、今は協力してもらえるような雰囲気ではなく。手に入りしだい、複製してそちらに送らせます」

通話を切ったころには、いろいろと思い出していた。祈りの木と動物の死骸《しがい》のこと、それから、幼い男の子がパイの汁を顔にべったりつけていたこと。アーヴィン・ユージン・ラッセル。「思い出したぞ、小僧」ボーデッカーは壁に貼ってあるアメリカ合衆国の大きな地図の前に歩いていった。ジョンソンシティーとルイスバーグを見つけ、ルート35でウエストバージニア州を抜け、ポイントプレザントでオハイオ州に渡るルートを指でなぞった。ハイウェイを外れた、カールとサンディーが殺害されたおよその地点で指を止めた。このラッセルのガキが犯人だとしたら、三人はそのあたりで出会ったはずだ。だが、サンディーはバージニアビーチに行くといっていた。ボーデッカーはさらに地図を見た。ふたりがジョンソンシティーで一泊していたのは筋が通らない。帰るにはだいぶ遠回りになる。それに、あんな銃を持って何をしていた？

ボーデッカーはふたりのアパートメントに行き、キーリングから抜き取った鍵で中に入った。ドアをあけたとき、生ゴミの腐臭に襲われた。窓をいくつかあけたあと、部屋の中をざっと探したが、おかしなものは何も見つからなかった。いったい何を探すというのか、と思った。彼はリビングルームのカウチに腰を下ろした。グローブボックスから持ち出した容器入りのフイルム一本を出し、手のひらで転がした。十分ほどそうやっていると、このアパートメントのどこかがおかしいと気付いた。また部屋の中を探ってみたが、写真が一枚もない。カールはなぜ壁に写真を掛けていない？　飾っていなくても、その辺に落ちているはずじゃないか？　あのくそったれの写真マニアの頭の中にあるのは、写真のことだけだというのに。また探しはじめた。今度は丁寧に探し、まもなくベッドの下で予備のブランケットの陰に隠された靴箱を見つけた。

その後、カウチに座り、雨漏りのする天井の穴を呆然《ぼうぜん》と見つめた。漆喰《しっくい》がはがれ落ち、その下の三つ編みラグに積もっている。一九六〇年の春の日を思い返した。当時、保安官代理になって二年が経《た》ったころ、母親がようやくサンディーの退学に同意し、サンディーはウッデンスプーンでフルタイムで働いていた。見たところ、仕事に就いても、自分の殻から出てくる気配はほとんどなかった。相変わらずうしろ向きで、孤独のようだった。だが、男たちが閉店間際に店に来て、車に誘い出して一発やり、藪《やぶ》の中に降ろしてひとりで帰宅させているという話も、ボーデッカーの耳に入っていた。様子を見にダイナーに立ち寄るたび、私生児を身ごもったといわれるのではないかと思った。そして、ついにその日が来たが、彼が思っていたものとはちがった形になった。

〝魚食べ放題〟の日だった。「すぐに戻るから」サンディーは彼にいい、パーチがどっさり載った別の皿を持って、足病医のドック・リードムのテーブルに急いで行った。「話があるの」ドック・リードムは毎週金曜日に来店し、食べ切れないくらいの魚のフライを腹に詰め込もうとしていた。その日しかダイナーに来ることはなかった。好きなだけ食えるなどというのは、レストラン・オーナーが思いつくもっとも愚かなアイデアだ、と彼は患者にいいふらしていた。

サンディーはコーヒーポットをつかみ、ボーデッカーに一杯注いだ。「あのでぶ男のせいで走り回ってばかりよ」彼女が小声でいった。

ボーデッカーは振り向き、足病医がパン粉をまぶした長い魚のフライを口に押し込み、呑み込むさまを見た。「うえっ、嚙みもしないんだな？」

「しかも、一日中ずっと食べられる」サンディーがいった。

「それで、どうかしたのか？」

はつれたひと房の髪をうしろになで付けた。「あのね、人からいわれる前に自分でいっておかなきゃと思って」

やっぱりか、と思った。腹に子供がいるのか、潰瘍《かいよう》に悪い悩みの種がまた増えるのか。父親の名前さえ知らないのだろう。「まずいことにでもなっているのか？」ボーデッカーは訊いた。

「何のこと？ ひょっとして妊娠してると思ってるの？」サンディーは煙草に火をつけた。「あのね、リー。ばかも休み休みいってよ」

「そうか、なら何だよ？」

サンディーは彼の頭上に煙の輪を吐き出した。「婚約したの」

「結婚するという意味か？」

「まあ、そういうこと」サンディーはくすっと笑っていった。「ほかにどんな意味があるのよ？」

「嘘《うそ》だろ。相手の名前は？」

「カールよ。カール・ヘンダーソン」

「ヘンダーソン」ボーデッカーは復唱し、小さな金属のピッチャーからコーヒーにクリームを入れた。「学校で付き合ってた連中のひとりか？　プラグランのあたりにたむろしていた連中の？」

「ああ、何いってるの、リー」サンディーがいった。「頭の弱い連中ばかりよ。わかるでしょ。カールはこの辺の人じゃない。コロンバスの南の方で育った人」

「何をしている男だ？　仕事のことだが」

「写真家よ」

「ああ、というと、スタジオとか持っているのか？」

サンディーは煙草の火を灰皿でもみ消し、かぶりを振った。「まだ持っていない」彼女はいった。「そういう設備は手軽につくれるものじゃないから」

「そうか、それならどうやってカネを稼ぐんだ？」

サンディーは天を仰ぎ、ため息を漏らした。「ご心配なく。何とかやるから」

「つまり、働いていないということか」

「カメラとかそういう機器を見たもの」

「いいか、サンディー、フローレンスだってカメラぐらい持っているが、写真家とは絶対にいわない」ボーデッカーはキッチンに目を戻した。グリル料理のコックが扉のあいた冷蔵庫の前に立ち、Tシャツをまくし上げて、涼もうとしていた。コックのヘンリーもサンディーとやったのだろうかと思わずにはいられなかった。シェトランドポニーみたいに尻を追いかけていたそうだが。「いったいどこでそいつと出会ったんだ？」

「ここよ」サンディーがいい、隅のテーブルを指さした。

「いつだ？」

「先週だけど」彼女がいった。「心配しないで、リー。いい人よ」一カ月もしないうちに、ふたりは結婚した。

一時間後、ボーデッカーは刑務所に戻った。茶色の紙袋に入れたウイスキー・ボトルを持っていた。写真の入った靴箱とフイルム数巻きはパトロールカーのトランクの中だ。事務所のドアをロックし、コーヒーカップにウイスキーを注いだ。一年以上ぶりの一杯だったが、うまいとはとてもいえなかった。お代わりしようと思っていたときに、フローレンスが電話してきた。「事情は聞いたわ」彼女がいった。「どうして電話してくれなかったの？」

「しなきゃとは思っていたんだが」

「本当なの？　サンディーが亡くなったというのは？」

「役立たずのくそ野郎とそろってな」

「そんな、信じられない。休暇旅行に出かけていたんじゃなかったの？」

「カールはおれの予想をはるかに超えたろくでなしだったようだ」

「おかしなことというのね、リー。家に帰ってきたら？」

「まだ少し仕事がある。この様子だと、夜通しかかるかもしれない」

「だれの仕業かわからないの？」

「ああ」ボーデッカーはいい、デスク上のボトルを見た。「わかっていない」

「リー？」

「何だ、フロー」

「まさかお酒なんか飲んでないでしょうね？」

51

アーヴィンが翌朝コーヒーを飲みに行ったとき、ドーナツ・ショップの表のラックに新聞が出ていた。一部買い、部屋に持ち帰り、地元保安官の妹とその夫が殺害されたという記事を読んだ。バージニアビーチで休暇をすごして、戻る途中だったという。容疑者については書かれていなかったが、その記事にリー・ボーデッカー保安官の写真が掲載されていた。アーヴィンは、父親が自殺した夜に勤務していた男だと気付いた。くそ、とつぶやいた。彼は急いで荷をまとめ、部屋から出ようとした。しかし、立ち止まり、また中に入った。磔像《カルバリ》の絵を壁から外し、新聞紙に包んで鞄に入れた。

アーヴィンはメインストリートを西へ歩きはじめた。街外れで、ベインブリッジに行く木材搬出のトラックに拾ってもらい、ルート50とブレインハイウェイの交差点で降ろしてもらった。その後また歩き、ショッツブリッジでペイント・クリークを渡り、一時間後にノッケムスティッフの外れにたどり着いた。かつてトウモロコシ畑だったところに、真新しい牧場《ランチ》スタイルの家が二軒ばかり建っているが、それをのぞけば、どこを見てもほとんど記憶にあるとおりだった。アーヴィンはもう少し歩き、このくぼ地の真ん中の小さな丘に登った。モードの店はまだ角に建っていて、裏手には八年前と同じキャンピングカーがあった。その光景にほっとした。

中に入ると、キャンディーケース奥のスツールに、店番が腰かけていた。少し老《ふ》けて、端々に疲れが見えるが、あのときのハンクだった。「いらっしゃい」ハンクがいい、アーヴィンのジムバッグを見た。

アーヴィンは顎を引き、バッグをコンクリートの床に置いた。ソーダケース上部の扉を引き、ルートビアを一本取り出した。アーヴィンは栓をあけ、ぐいと飲んだ。

ハンクが煙草に火をつけていった。「旅しているようだな」

「ああ」アーヴィンはいい、クーラーに寄りかかった。

「これからどこへ?」

「まだ決めてない。ここの裏手の丘の上に、弁護士が所有していた家があったと思うんだけど。どこかわかるかな?」

「わかるさ。ミッチェルフラッツだろ」

「昔そこに住んでいたんだ」いったすぐあとで、アーヴィンはその言葉を引っ込めたいと思った。

ハンクがアーヴィンをしばらくじっと見て、こういった。「びっくりだな。おまえ、ラッセルのとこの息子だな？」

「ああ」アーヴィンはいった。「昔の家をちょっと見にいこうと思って」

「そうか、いいたくはないが、あの家は四、五年前に焼け落ちた。みんなどこかのガキの仕業だと思っている。その弁護士の奥さんと黒人のボーイフレンドは、弁護士を殺した廉《かど》で刑務所に入れられて、おれの知るかぎりでは、それからずっと裁判続きだ」

失望の波がアーヴィンを呑み込んだ。「何も残ってないのか？」彼は声が上ずらないように気をつけて訊いた。

「基礎ぐらいしか残ってないな。納屋《なや》はまだあるかもしれない。とにかく一部は残ってるだろう。今では草にすっかり覆われてる」

アーヴィンは板ガラスの窓から教会の方を見ながら、ソーダを飲み終えた。父が泥の中で狩人《かりうど》たちを追いかけ回した日のことを思い出した。この二日でいろいろなことが起きたから、今ではそんなにいい思い出でもないように感じられる。アーヴィンは塩クラッカーをカウンターに載せ、ボローニャ・チーズ・サンドイッチをふた切れ注文した。キャメルひと箱とマッチひと箱、それからソーダもまた一本買った。「さて」店番が商品を袋に入れ終わると、彼はいった。「何もないかもしれないけど、あそこに歩いて行ってみるよ。せっかくここまで来たんだし。まだ裏の森を突っ切って行っても大丈夫かな？」

「ああ、クラレンスの牧草地を突っ切ればいいよ。文句をいわれることはない」

アーヴィンは袋をジムバッグに入れた。彼がいるところから、ワグナーの古い家の緑色のブリキ屋根が見える。「ジェイニー・ワグナーという女の子は、まだこのあたりにいるかな？」アーヴィンは訊いた。

「ジェイニーか？　いや、たしか二年前に結婚したと思ったな。この前聞いた話だと、マッシービルの方で暮らしてるそうだ」

アーヴィンは顎を引き、出入り口のドアに歩きかけ、足を止めた。振り返り、ハンクに顔を向けた。「父さんが死んだ夜のこと、まだお礼をいってなかった」アーヴィンはいった。「とてもよくしてもらった。絶対に忘れないといっておきたかったんだ」

ハンクは微笑《ほほえ》んだ。下の歯が二本なかった。「パイを顔につけてたよな。ボーデッカーのやつ、それを血だと勘ちがいしてた。覚えてるか？」

「ああ、あの夜のことはぜんぶ覚えてる」

「ついさっき、ラジオであいつの妹が殺されたといっていた」

アーヴィンはドアノブに手を伸ばした。「ほんとかい？」

「妹のことは知らないが、兄貴の方がそうなりゃよかったのさ。あいつみたいな悪党はまずいないのに、この郡じゃあいつが法律だ」

「へえ」アーヴィンはいい、ドアを押しあけた。「またあとで寄るかも」

「今夜のうちに来たら、キャンピングカーの前でビールでも飲もうぜ」

「わかった」

「よお、ひとつ質問させてくれ」ハンクがいった。「シンシナティに行ったことあるか？」

アーヴィンは首を振った。「まだないけど、噂《うわさ》ならたくさん聞いてる」

52

ボーデッカーが妻との電話を終えた数分後、カールの死体から抜き取られた弾丸の入ったマニラ封筒を持って、ハウザーがやってきた。弾丸はいずれも九ミリ弾だった。

「サンディーに当たったものと同じでした」保安官代理がいった。

「だろうと思った。撃ったのはひとりだけだとな」

「それで、ウィリスに聞きましたが、ウエストバージニア州の法執行官が電話してきたとか。ひょっとして今回の事件と関係があるのですか？」

ボーデッカーは壁の地図に目をやった。車のトランクに入れておいた写真のことを考えた。だれよりも先にあの若者を探し出す必要がある。「いや。牧師がどうのという戯言《たわごと》だった。実をいえば、なぜおれたちに話そうと思ったのかよくわからない」

「そうでしたか」

「車に指紋はついていたか？」

ハウザーが首を振った。「後部席はきれいに拭《ふ》き取られていたようです。見つかった指紋はどれもカールとサンディーのものでした」

「はかに何か見つかったか?」

「いいえ。ケンタッキー州モアヘッドのガソリンスタンドのレシートが前部席の下にありました。グローブボックスには地図がどっさり。後部席にはくず、枕《まくら》、ブランケット、ガソリン缶とか、そういったものがありました」

ボーデッカーはうなずき、目をこすった。「家に帰って少し休め。今は何かが出てくるように祈るしかない」

その夜、彼は事務所でウイスキーを一本空け、翌朝、床で目が覚めると、声はかすれ、頭が痛くて吐きそうだった。夜のうちに、あのラッセルのガキと森を歩き、朽ち果てた動物の死骸に出くわした夢を見たらしく、まだ記憶が残っていた。トイレに行って用を足し、通信指令係に新聞とコーヒーとアスピリンを持ってくるよう頼んだ。駐車場に出る途中、ハウザーに呼び止められ、モーテルとバス停をチェックしてはどうかと進言された。ボーデッカーはしばらく考えた。この件は自分で対処したかったが、おおっぴらにするわけにはいかない。「悪くない手だ」ボーデッカーはいった。

「テイラーとコールドウェルにやらせろ」

「だれにやらせろと?」ハウザーがいった。眉間《みけん》に皺《しわ》が寄っていた。「テイラーとコールドウェルにだ。この頭のいかれたやつは、連中を見ただけで頭を吹き飛ばそうとするということを、しっかり教えておけ」ボーデッカーは保安官代理が文句をいってくる前にきびすを返し、ドアから出ていった。あいつらのような臆病者《おくびょうもの》なら、そんな話を聞けば、パトロールカーから降りもしないだろうと思った。

ボーデッカーは酒屋に行き、ジャックダニエルズのパイント瓶を一本買った。その後、持ち帰りでコーヒーを一杯買おうと、ホワイトカウに寄った。彼が店内に入ると、だれもが話をやめた。店を出るとき、ひとこと、殺人鬼逮捕に向けて全力を尽くしているなどといったほうがいいかもしれないと思ったが、いわなかった。コーヒーにウイスキーを垂らし、ループヒル・ロード沿いのごみ捨て場へ行った。トランクをあけ、写真の入った靴箱を出し、最後にもう一度、写真をぱらぱらとめくった。二十六人の男が写っていた。少なく見ても二百枚、いやもっと多くの写真が輪ゴムで束ねてあった。靴箱を地面に置き、ごみの山から見つけたフレデリックス・オブ・ハリウッド(ランジェリーなどの通信販売業者)のカタログからしみがついて皺が寄ったページを何枚かはぎ取り、靴箱に詰めた。その上に、容器に入ったフイルム三巻きを置き、マッチを擦った。暑い日差しを浴びて立ったまま、残っていたコーヒーを飲み、写真が灰になるさまを見た。最後の一枚が燃え尽きたあと、トランクからイサカ37を取り出した。そのショットガンが装塡《そうてん》済みであることを確認し、後部席に置いた。ゆうべからの酒のにおいが皮膚から漂っている。片手であごひげをなでた。陸軍にいたころから、ひげを剃《そ》り忘れたのは今朝がはじめてだった。

パトロールカーが砂利敷きの駐車場に停まったのを見て、ハンクは新聞を畳んでカウンターに置いた。ボーデッカーがボトルをあおっていた。記憶にあるかぎり、保安官がノッケムスティッフに来たのは、選挙に出馬したとき、ハロウィーンにかこつけて教会の前で子供たちに虫食いリンゴを配った夜以来だ。ハンクは手を伸ばし、ラジオの音量を下げた。ソニー・ジェイムズの〝ユア・ジ・オンリー・ワールド・アイ・ノウ〟の最後のくだりがちょうど終わったとき、保安官が網戸をあけて入ってきた。

「まだ店番をしていてよかった」ボーデッカーはハンクにいった。

「どうしてだい?」店番が訊《き》いた。

「頭のいかれたラッセルのやつがここの裏の森で自殺したときのことは覚えているか? おまえはそいつの息子と一緒にいたな。アーヴィンというガキだが」

「覚えてるよ」

「そのガキがゆうべか今朝、ここに来なかったか？」

ハンクはカウンターに目を落とした。「妹さんのことは残念だった」

「訊かれたことに答えろ、くそが」

「その子が何かしたのか？　まずいことに巻き込まれたとか？」

「そんなところだ」ボーデッカーはいった。そして、カウンターの新聞を手に取り、第一面をハンクの鼻先に突きつけた。

店番が額に皺を寄せて、黒地の見出しをもう一度読んだ。「そいつがやったのか？」

ボーデッカーは新聞を床に捨て、リボルバーを抜いて店番に向けた。「ふざけてる暇はないんだよ、このまぬけ野郎。やつを見たのか？」

ハンクは生唾《なまつば》を呑《の》み込み、窓に目を向け、タルバート・ジョンソンの改造車《ホットロッド》が速度を緩めて店の前を通りすぎるさまを追った。「どうするつもりだ？　おれを撃つのか？」

「撃たないと思わない方がいい」ボーデッカーはいった。「おまえのわずかばかりの脳みそをそのキャンディーケースにぶちまけたあと、小汚いミートスライサーの横の肉切り包丁を握らせてもいい。どこから見ても正当防衛だ。とち狂ったやつが殺人鬼をかばおうとした。一件落着だ。殺されたのはおれの妹だぞ」

「ああ、見たよ」ハンクはしぶしぶいった。「しばらく前にここに来た。ソーダを一本と煙草なんかを買っていった」

「どんな車に乗っていた？」

「車は見なかった」

「歩いてきたのか？」

「だろうね」

「ここを出てどっちに行った？」

「さあね」ハンクはいった。「よく気をつけてなかった」

「嘘をつくな。やつはどんなことをいっていた？」

　ハンクはアーヴィンが立ってルートビアを飲んでいたソーダケースのあたりを見た。

「昔住んでいた家がどうのとはいっていたけど」

　ボーデッカーは銃をホルスターに戻した。「ほらな？　案外すぐに思い出せるものだろう？」彼はドアをあけて出て行きかけた。「そのうちに手ごろな密告者になれるで」

　ハンクはボーデッカーがパトロールカーに乗り、ブラックラン・ロードに出るさまを見ていた。両方の手のひらをカウンターにつけて頭を垂れた。背後から、ささやき声ほどのか細い声で、ラジオ・アナウンサーがもう一曲、気持ちのこもったリクエストを紹介していた。

53

アーヴィンはフラッツのいちばん高いところで南へ向かった。今では森の外周に藪が密に茂っていたが、ものの数分で、父親とふたりで祈りの木へ行くときに歩いた獣道を見つけた。小屋のブリキ屋根が見え、先を急いだ。店番がいっていたとおり、家はなくなっていた。アーヴィンは鞄を置き、裏口があったところから〝中〟に入った。キッチンに出て、廊下を伝い、母が死んだ部屋へ行った。母の遺品とか自分がベッドルームに隠しておいたちょっとした宝物がないかと、黒い焼け跡や炭になった木材を足でどかせた。だが、錆《さ》びついたドアノブと思い出をのぞけば、何も残っていなかった。だれかが座って夜に一杯やっていたらしく、空のビール瓶が何本か、石の基礎の片隅にきれいに並んでいた。

小屋は骨組みだけになっていた。壁板はすべてはがれていた。屋根はところどころ錆びつき、赤いペンキは雨風のせいで褪《あ》せ、剝《は》がれていた。日が差す外から中に入ると、ウィラードが大切な血を運ぶために使っていた餌《えさ》用のバケツが、隅っこに落ちていた。アーヴィンはそれを出入り口のそばに持っていき、椅子の代わりにして座り、昼食を食べた。一羽のアカオノスリが気だるそうに空に円を描くさまを目で追った。そして、例の女が死んだ男と写っている写真を出した。人はどうしてこんなことをするのだろうか？ それから、どうして五、六フィートしか離れていなかったのに、女の放った弾が当たらなかったのだろうか、とまた思った。静寂の中で、父の声が聞こえた。「啓示が出ているぞ、息子よ。気をつけろ」アーヴィンは写真をポケットに戻し、束ねられたかびくさい藁《わら》のうしろにバケツを隠した。そして、また野原を歩きはじめた。

また獣道を見つけ、その後まもなく、ウィラードがあれほど熱心に手をかけていた広場に出た。今では雑草《スネイクルート》や野生のシダ類にほぼ覆《おお》われているが、祈りの木はまだあった。釘《くぎ》の錆が流れて赤黒い筋がついているものの、十字架も五つは立っていた。残りの四つは地面に倒れ、その周囲に、オレンジ色の花をつけたアメリカノウゼンカズラがくるくると蔓《つる》を伸ばしていた。父が最初に建てた十字架に、あの犬の亡骸《なきがら》の一部がまだ垂れ下がっているのが見えたとき、ほんの一瞬、心臓が止まった。アーヴィンは木にもたれ、母の死にいたるまでの日々を、父がどれほど母に生きてほしいと願っていたかを思い出した。母のためなら、何だってしただろう。血も異臭も虫も熱波もかまわなかった。何でもしていたのだ、とアーヴィンは思った。こうして、また父の〝教会〟に立っていると、不意に気付いた。ウィラードはシャーロットを守り続けるため、母が行くところならどこへでも行かなければならなかったのだ。これまで何年も、あんなことをした父が嫌いだった。母を亡くした息子のことなど、気にもかけていなかったのだろうと思っていた。ふと、墓地からの帰り道のことを思い出した。ウィラードはコールクリークのエマのところに行こうと話していた。それまで思いもしなかったが、そのとき、父は自分も旅立つことを精いっぱい伝えようとしていたのだ。すまないという気持ちを伝えようとしていたのだ。「しばらくそこにいてもいい」あの日、ウィラードはそういっていた。「おまえも気に入る」と。

アーヴィンは目の涙をぬぐい、ジムバッグを祈りの木の上に置き、犬が吊《つ》るされている十字架の前に行って膝《ひざ》を突いた。落ち葉をいくらか払った。頭蓋骨《ずがいこつ》は腐葉土になかば埋もれていて、二二口径のライフルにあけられた小さな穴が、ふたつの空っぽの眼窩《がんか》のあいだにまだ見えている。かびくさい首輪を見つけた。錆の浮いた金属のバックルまわりの革に、わずかな毛の塊が残っていた。「おまえはいい犬だったよ、ジャック」アーヴィンはいった。地面に落ちていた残りの亡骸——細い肋骨《ろっこつ》、座骨、片方の脚――を集め、まだ十字架にくっついていたもろい骨や皮を剝がした。それらを、集めていた骨の小さな山にそっと載せた。彼は木の枝のとがっている先を使い、十字架の根元の湿気《しけ》った黒土に穴を掘った。深さ一フィートほど掘ったところで、その墓の底に集めた亡骸をすべて丁寧に並べた。そして、ジムバッグのところに行き、モーテルから盗んできた磔《はりつけ》の絵を出して、十字架に打ち込んであった釘にかけた。

アーヴィンは祈りの木の反対側に戻り、父の隣で祈っていた場所にひざまずいた。

そして、ジーンズに挟んでいたルガーを抜き、祈りの木に載せた。暑さと湿気で、空気がどんよりとよどんでいた。十字架から吊るされているイエスを見て、目を閉じた。どうにかして神の姿を思い描こうとしたが、思いはあてどなくさまよい続けた。アーヴィンはついにあきらめ、両親が上から見守っている姿なら、楽に想像できると思った。これまでの人生すべてが、見てきたこと、いってきたこと、してきたことのすべてが、この瞬間のためにあったかのように思われた。ようやく子供のころの霊と寄り添えた。彼は祈りはじめた。母が死んで以来だ。「どうしたらいいか教えてください」

彼は何度もささやいた。一分ほどすると、不意に一陣の風が背後の丘を吹き下ろし、まだ木々から垂れ下がっている骨と骨が、ウインドベルのようにぶつかり合った。

54

ボーデッカーは、かつてラッセル一家が暮らしていた家へと続く未舗装の細道に出た。パトロールカーがわだちを踏むたび、緩やかに揺れた。彼はリボルバーの撃鉄を起こし、助手席に置いた。折れやすい若木や密集して生えている背の高い雑草を、ゆっくり踏みつけて進み、家が建っていたところの五十ヤードほど手前で停めた。セイバンモロコシの草むらの上に、石の基礎がかろうじて見える。さらに四十ヤードほど左に小屋の残骸もある。このごたごたを片づけたら、この土地を買おうかと思った。家を建て直し、果樹を植えてもいい。保安官の役目などマシューズに譲ってやるさ。フローレンスも喜ぶ。心配性だからな、あいつは。ボーデッカーは座席の下に手を入れ、ウイスキーのボトルを取ってひとくち飲んだ。テイターのことは何かしら手を打たないといけないが、できなくはないだろう。

とはいえ、再選を果たすなら、ラッセルのガキが必要になるかもしれない。小便くさい少女と関係したからといって、牧師を殺すようなやつは、ウエストバージニアの田舎保安官が何といおうと、頭が少しおかしいに決まっている。そんな若造を冷血漢に仕立て上げるのはたやすい。そして、人は毎度、英雄に投票するものだ。ボーデッカーはまたひとくちウイスキーをあおり、座席の下に置いた。「そんなことはあとで考えればいいさ」ボーデッカーは声に出していった。今はやることがある。もう選挙に出馬しないにしても、サンディーの秘密を世に知られるのは耐えられない。言葉にすることもできない。サンディーがあの写真でやっていたことは。

　車から降りると、ボーデッカーはリボルバーをホルスターに戻し、後部席のショットガンを手に取った。帽子は助手席に置いた。二日酔いで胃がむかむかしていて、最悪の気分だった。ショットガンの安全装置を外し、ゆっくりと車道《ドライブウェイ》を歩きはじめた。何度か立ち止まって耳を澄まし、また先に進んだ。静かで、数羽の小鳥がさえずっているだけだった。小屋にたどり着くと、日陰にはいり、うしろの家の残骸を眺めた。彼は唇をなめた。またひとくち飲みたくなった。一匹のスズメバチが頭上を飛び回っていたので、片手でたたき落とし、ブーツのヒールで踏みつぶした。数分後、森の端に沿ってさらに野原を歩いていった。枯れたトウワタやイラクサやゴボウが密集しているところを抜けた。あの夜、あのガキの父親が血を流して死んでいたところへ続く細道に出るまで、どれくらいあのガキのうしろについて歩いただろうかと、記憶を探った。振り返って小屋の方を見たが、思い出せなかった。ハウザーを連れて来ればよかったと思った。あいつは狩りが大好きだ。

通りすぎたかと思いはじめていたとき、草が踏みつけられたところに出た。鼓動が少しばかり速くなり、彼は目に入った汗を拭いた。身を低くし、草や低い木の隙間《すきま》から森の中をのぞくと、ほんの数フィート奥に、昔歩いた獣道がうっすらと見えた。肩越しに振り返ると、三羽の黒いカラスがカーカーと鳴きながら、野原を低空で飛んでいるのが見えた。ブラックベリーの茂みに引っかからないように頭を下げ、数歩進むと、獣道に出た。大きく息をし、ショットガンをかまえてゆっくりと丘を下りはじめた。胸の内で恐怖と興奮が入り交じり、身震いしているのがわかる。テイターのためにふたりの男を殺したときと同じ感覚だ。今度もあのときと同様すんなり済むよう願った。

55

風が止《や》み、骨の音も止んだ。別の物音が聞こえる。いつも聞こえる何でもない音が、谷底から伝わってきた。網戸が閉まる音、子供たちの声、芝刈り機の低い音。そのとき一瞬だけ、蟬《せみ》の甲高い鳴き声がやみ、アーヴィンは目をあけた。わずかに首を回したとき、背後でかすかな物音が聞こえたと思った。落ち葉が踏まれる乾いた音、それか、もろい枝が折れる音かもしれない。よくわからない。蟬がまた鳴きはじめたとき、祈りの木に置いていた銃をつかんだ。かがんだまま、野バラの茂みのうしろから、草に侵食された広場の左手に回り、丘を登りはじめた。三、四十フィート進んだところで、祈りの木の横にジムバッグを置きわすれたことを思い出した。しかし、すでに手遅れだった。

「アーヴィン・ラッセル？」大声がした。アーヴィンはヒッコリーの木の陰に隠れ、ゆっくり立ち上がった。息を殺し、幹の横からあたりを見ると、ボーデッカーの姿が見えた。ショットガンを持っている。はじめは、茶色のシャツとブーツの一部しか見えなかった。それから、その保安官がさらに数歩進むと、赤い顔もほぼすべて見えた。

「アーヴィン？ ボーデッカー保安官だ」保安官が声を上げた。「おまえに危害を加えるために来たわけではない、約束する。いくつか質問をする必要があるだけだ」アーヴィンはボーデッカーがつばを吐き、目に入った汗を拭くさまを見た。ボーデッカーがさらに数フィート奥に進むと、隠れていたハリモミライチョウが飛び出し、翼を激しくばたつかせて広場を走り出した。ボーデッカーはショットガンの銃口を上げて発砲し、すぐさまもう一発を薬室に送り込んだ。「くそ、おい、今のはすまなかった」ボーデッカーはいった。「鳥のやつが驚かせやがって。さあ出てきて話をしよう」そういうと、彼はじりじりと歩を進め、藪に覆われた広場の縁で立ち止まった。地面のジムバッグ、十字架から垂れ下がる額縁入りのイエスの絵が目に入った。こいつは本当に頭がいかれているのかもしれない、と思った。木漏れ日のおかげで、まだ骨がいくつかワイヤーで吊り下がっているのがわかる。「ここに来るだろうと思っていた。おれをここに連れてきた夜のことは覚えているか？ おまえの父親はとんでもないことをしたものだな」

アーヴィンはルガーの安全装置を解除し、足下の木の枯れ枝をつかんだ。それを木々の枝を避けて高く放り投げた。祈りの木の近くの木に落ちたとき、ボーデッカーがまた二発、続けざまに発砲した。そして、また一発、薬室に送り込んだ。粉々になった葉や木の皮が宙に漂っていた。「くそったれ、おれを怒らせるなよ」ボーデッカーが声を上げた。くるりと体を回し、狂気をたたえた目を四方に向け、さらに祈りの木ににじり寄った。

アーヴィンはボーデッカーの背後の獣道にそっと歩み出た。「その銃を置くんだ、保安官」アーヴィンはいった。「こっちは銃をあんたに向けている」

ボーデッカーは足を踏み出す途中で動きを止め、ゆっくり足を下ろした。ジッパーのあいたジムバッグに目を落とすと、『ミード・ガゼット』の朝刊がジーンズの上に置いてあるのがわかった。第一面の自分の写真が見つめ返している。声の聞こえ方からすると、あのガキは真うしろ、二十フィートほどうしろにいるのだろうと思った。ショットガンの実包はあと二発残っている。相手が拳銃《けんじゅう》なら、かなり分がいい。「おい、知っているだろうが、それはできない。いいか、法執行官になるやつが真っ先に教えられるルールのひとつだ。絶対に武器を手放すなとな」

「何を教わるかは、おれの知ったことじゃない」アーヴィンはいった。「銃を地面に置いて、離れろ」心臓がシャツを叩《たた》いているのがわかる。空気中の湿気が急に吸い出されたようだ。

「何だと？ そうやって、おれの妹とウエストバージニアの牧師を殺したみたいに、このおれも殺すのか？」

　ティーガーディンのことをいわれて、アーヴィンの手は震え出した。彼はふと考えた。「彼女が死んだ男を抱いている写真が、おれのポケットに入っている。その銃を手放したら見せる」保安官の背中がぴくりと動くのがわかり、アーヴィンはルガーを握る手に力を込めた。

「くそガキが」ボーデッカーは声を殺していった。また新聞に出ている自分の写真を見た。保安官に選出される少し前に撮られた写真だ。法の遵守《じゅんしゅ》を誓う少し前。笑ってしまいそうだった。そのとき、イサカをかまえて体を反転させはじめた。アーヴィンは撃った。

　ボーデッカーの銃も火を吹き、バックショットがアーヴィンの右側の野バラをざっくりと切り裂いた。アーヴィンは身をすくめ、また引き金を引いた。保安官は絶叫し、ショットガンを落として、枯れ葉に覆われた地面に前のめりに倒れた。アーヴィンは一、二分待ち、その後、恐る恐る近づいた。ボーデッカーは横向きに倒れ、地面を見つめていた。一発の銃弾が手首を砕き、もう一発は胴体の脇《わき》に当たっていた。見たところ、少なくとも片方の肺に穴が空いているようだった。苦しげな息継ぎのたびに、あふれる鮮血がシャツの前身ごろを濡《ぬ》らした。アーヴィンのくたびれたブーツがイサカを踏みつけるのを見て、ボーデッカーはホルスターから拳銃を抜こうとした。だが、アーヴィンは身をかがめてそれをつかみ、数フィート先に放り投げた。

彼はルガーを祈りの木の上に置き、できるかぎりやさしくボーデッカーを仰向けにした。「彼女があんたの妹だったのはわかるが、これを見てくれ」アーヴィンはいった。そして、財布から写真を取り出し、保安官に見えるように掲げた。「どうしようもなかった。誓っていう。おれは銃を下ろしてくれと何度もいったんだ」ボーデッカーは若者の顔を見上げ、サンディーと彼女が抱きかかえている死んだ男に目を向けた。ボーデッカーは顔をゆがめ、被弾していない方の手で写真をつかみ取ろうとしたが、力が入らず、かすかに動かすことしかできなかった。やがて力が抜けたかと思うと、妹と同じように咳《せ》き込んで血を吐いた。

保安官が生にしがみつく音を聞いていると、何時間もすぎたかのように感じられたが、実際にはほんの数分で息を引き取った。もう引き返せない、とアーヴィンは思った。だが、この調子で続けるわけにもいかない。悲しくむなしい部屋のドアが、カチリとかすかな音とともに閉まり、二度とあかなくなった場面を想像し、少しは気持ちが落ち着いた。ボーデッカーが最後の湿った息を漏らす音が聞こえたとき、アーヴィンは腹を決めた。ルガーをつかみ、ジャックのために掘った穴の前に行った。湿った土に膝を突き、灰色の金属の銃身をゆっくりなでながら、何年も前に父がこの銃を持ち帰ったのだとしみじみ思った。やがて、その銃を犬の骨と一緒に穴に入れた。その後、両手で土を運んで穴を埋め直し、平らに均《なら》した。彼は落ち葉と小枝をまぶして墓の痕跡《こんせき》を隠した。救世主の絵を外し、新聞に包んでジムバッグに戻した。いつかいい場所があれば、そこにかけよう。父も喜ぶだろう。彼はサンディーの写真とフイルムふた巻きをボーデッカーのシャツのポケットに入れた。

　アーヴィンはもう一度首を巡らし、苔《こけ》むした祈りの木と朽ちかけた灰色の十字架を見た。この場所を見ることは二度とない。それをいうなら、おそらくエマやアースケルの顔を見ることもない。彼はきびすを返し、獣道を歩きはじめた。丘の頂上にたどり着くと、クモの巣を払いのけ、ほの暗い森から出た。雲ひとつない空は見たこともないほど深い青で、野原は光を受けて燃えているように見えた。どこまでも続いているかのようだ。彼は北のペイントクリークの方に歩きはじめた。急げば、一時間ぐらいでルート50に出られる。運がよければ、だれかが乗せてくれるだろう。

謝辞

以下の方々と団体に心からお礼を申し上げる。その存在なしには、本書が世に出ることはなかった。ジョーン・ビンガムと国際ペンクラブ《PEN》には、二〇〇九年ＰＥＮ／ロバート・ビンガム・フェローシップでたいへんお世話になった。オハイオ・アーツ・カウンシルには、二〇一〇年にインディビジュアル・エクセレンス・アワードをいただいた。オハイオ州立大学には、二〇〇八年学長奨学金をいただいた。友人のミック・ロスゲブには、火器に関する助言をいただいた。ドクター・ジョン・ギャビスには、血液に関する質問に答えていただいた。そして、グリーンブライアー・ヒストリカル・ソサエティのジェイムズ・Ｅ・タルバートには、ウエストバージニア州ルイスバーグの情報をいただいた。私のエージェントと読者には格別の謝意をお伝えしないわけにはいかない。インクウェル・マネジメントのリチャード・パインとナサニエル・ジャックにお礼を申し上げる。そして最後に、その信頼、我慢強さ、ご指導に対して、私の編集者ジェリー・ハワード、またダブルデイのほかの素敵な面々にもお礼を申し上げる。

ノワールの到達点、さらにその先へ

滝本　誠

二〇〇八年、それまで聞いたことのない単語をタイトルにした短篇集が上梓《じょうし》され、話題となった。ドナルド・レイ・ポロックの『*Knockemstiff*』である。ノッケムスティッフ、（ぶちのめして）ボッコボコ？　ルイス・キャロル風の奇天烈《きてれつ》造語タイトルか、とおもいきや、なんとこれがアメリカ・オハイオ州に実在する地名であった。冗談ですよね、嘘《うそ》でしょレベル。日本でいえば……やめておこう。

ポロックは他ならぬこの地の生まれであり、いってみればご当地作家ということになるが、しかし、かれをもってしても地名の由来に関して、口を濁すしかないらしい。短篇集タイトルがここからきている収録作「Knockemstiff」でポロックが登場人物に語らせるのは、次のようなどうにもいかにも怪しい説である。

その昔、一人の男をめぐって二人の女（妻と愛人）が教会の前で摑《つか》み合い、殴り合い、どちらかが発した、knock the other one stiff という宣告を説教伝道師が耳にして云々《うんぬん》。これでは風聞の域をでない。

　地名の質問がもっとも多い、というかだれもそこ以外に興味を持ちようがないと知っての、土地の人間が考えた受け狙《ねら》いの作り話にちがいない。ガツンと一発で効く麻薬系隠語説もあるとどこかでみたが確かなことはわからない。要するに、役所もまじめにとりあつかってこなかったことが見え見えの二束三文の土地ということだけは確か。

　さらに、いわゆる〈Small Town〉の定義からも逸《そ》れて、極小限界集落〈Tiny Town〉とでもいうべき土地であるらしい。短篇集収録作のいくつか、ここかしこでノッケムスティッフをポロックは、Sonofabitch、Shit と呼び、こきおろしている。フォークロアに接近する気持ちいいほどののしりというにしても、昨今、ここまで自分が深く関係する土地にこだわりぬく作家は珍しい。愛憎の捩《ねじ》れというべき、この感情の発生点はどこか?

　ポロックにピックアップされたことで、ノッケムスティッフは実に不名誉な土地として、その名が広く知られることとなった。いくらフィクションとはいえ、とうぜん、地縁、血縁者もいるわけで、いろいろと差しさわりがあり、生きていくうえでなにかと気まずいのではあるまいか?

さすがに、次のようなエクスキューズをあとがきで書くことになる。実際の土地からインスパイアを受けたが、登場人物はすべてフィクションです、と。要するに昨今のフィクションすべてにつく、トラブル回避の一文である。さらに、自分も同地区で育ちましたが、実際は家族とも隣人とも互いに助け合うGood Peopleでした、と念押しする。

Good People！　この言葉をきくとついつい眉《まゆ》に唾《つば》を付け、黒い感情に導かれるのは、小生も似たような僻村《へきそん》の出身で、そこでどのような感情が育つか知悉《ちしつ》していることに加え、フラナリー・オコナーの辛辣《しんらつ》な短篇、「Good Country People」（「善良な田舎者」須山静夫訳／新潮文庫、一九七四年初版）を学生時代に読んだときの、いまも鮮やかな不快、快哉《かいさい》といっていい不快のためである。ポロックもオコナー同様、逆《さか》撫《な》で目的でGood Peopleを使ったのではあるまいか？　Good Peopleの心理の裏をまさぐり、なめつくして、異様、異質、異物をとりだす邪悪なくして、ノワールの限界をさらに先へおしすすめることなどできまい。

もう少し、短篇集について触れておきたい。冒頭を飾る「Real Life」に『怪獣王ゴジラ』が不意打ち的に登場するからだ。『ゴジラ』（一九五四年）のアメリカ公開版

『Godzilla, King of the Monsters!（怪獣王ゴジラ）』が、ドライヴ・イン・シアターで人気作として上映されている。『怪獣王ゴジラ』は、アルフレッド・ヒッチコック『裏窓』（一九五四年）で話題の人となったレイモンド・バーを急遽《きゅうきょ》、新聞記者役として拘束、一日で撮影しまくり、ゴジラの東京襲来を回想するスタイルに編集しなおした驚嘆のヴァージョンだ。とにもかくにも、アメリカのＳＦ的想像力の片隅に、現在につながるゴジーラ・イメージを巣くわせることに成功したのはこのヴァージョンである。

この『怪獣王ゴジラ』上映のドライヴ・イン・シアターに主人公一家が車を乗り入れるわけだが、トイレ、ショップなどの併設小屋で、別の家族とのけんか沙汰《ざた》となる。流血の異常な興奮が、上映中の映画とシンクロする。血まみれで帰宅したわたし（七歳）は、鉄塔を食いちぎるゴジーラのように、自分の傷を噛《か》み、裂き、ほとばしる血を楽しむ。

「Real Life」は、こうして、ノッケムスティッフの名に恥じない荒々しい暴力を、あいさつ代わりのように示すわけだが、同時に快楽希求の態度におけるポロックのたまらない変態性もラストで垣間《かいま》見《み》ることになる。

「Real Life」ほか『*Knockemstiff*』収録作の多くの時代設定は二十一世紀ではなく、二十世紀末ですらない。たとえば、「Real Life」の登場人物が購入した〈新車〉が、1965シボレー・インパラということは、時代は一九六〇年代半ばということになる。狂騒の〈シックスティーズ〉のどまんなかを遠い背景にしてくりひろげられる、ど田舎の近しいものがたり、この時代背景性がポロックなのだ。あこがれのように、この時代をとらえ、暗く、暗く、暗くそこに潜り、躍動させる。ポロックの想像力の楽園は、かれにとっての思春期といっていい〈シックスティーズ〉なのだ。時代の狂騒からあまりに離れた土地に育ち、そこに拘束され続け、変化に乗り遅れた故《ゆえ》の、その時代への奇妙な回帰熱といえるもの。作家のアイデンティティとして、ポロックが錨《いかり》を投げたのが、〈シックスティーズ〉なのだ。土地としては、ノッケムスティッフ、時代としては、〈シックスティーズ〉にこだわりぬき、そこを、地獄を楽しむ時空とすること。

　ポロックは一九五四年生まれ、ということは一九四九年生まれの筆者より五歳若いことになる。高校を中退して食肉包装工場で働いたあと、三十年以上にわたって製紙工場で長くその職に就く。オハイオ州立大学のワークショップほかで文学修行、最終的にフィクション部門で大学のMFAを受けた。この情報は『*Knockemstiff*』刊行時のものだが、現在も、新規に加えることなど特になにもない。

それにしても、ポロックの才能開花は遅咲きだ。遅咲きというより、季節はずれの狂い咲きをみているかのような不思議な想《おも》いにとらわれる。

遅咲き、狂い咲きの頂点、
『悪魔はいつもそこに』

短篇集から三年後に刊行された初の長篇『*The Devil All the Time*（悪魔はいつもそこに）』においても、ポロックはひらきなおったかのように、ここでも容赦なく、故郷を貶《けな》し続ける。まず、〈プロローグ〉で実に素っ気なく、

「……オハイオ州南部のノッケムスティッフという、岩だらけの細長いくぼ地……」

さらに、〝第一部 生贄《いけにえ》〟ではこれまた、ノッケムスティッフに近い主要タウンである、オハイオ州ミードに関して次のように記述する。

「……腐った卵のようなにおいが漂う取るに足らない製紙業の街……」

製紙工場はポロックが長く働いた、かれにとっては生活の資として欠かせない業種であり、ここにみた二つの土地（&周辺）が、子供時代、成人後のかれの〈全世界〉

といっていいのだ。続けて、バス運転手の口を借りて、「……ミードのようなところに住むくらいなら、拳銃《けんじゅう》自殺するほうがまし……」とまで言わせていて、ここまでくると笑うしかない。

『悪魔はいつもそこに』において、この生気のない、なにもない荒《すさ》んだ光景のなかに、ポロックは悪魔、濃厚な邪悪を呼び込むのだ。驚くべきは、登場人物の邪悪、悪魔性の提示がおそろしく自然で、過度な人工性、作り事のあざとらしさがまるでない。心理の展示法が手馴《てな》れていて、おぞましさの表出になんら不備がないということである。

少年時代のアーヴィン・ユージン・ラッセルと父親ウィラードの関係が強烈、子供は逃げられず、たまったものではない。ウィラードが森に設置した十字架への供物《くもつ》の腐乱が、ウィラードを狂わせ、村、山、とにかく地域のあらゆる腐臭の集積場となっていく描写が、反吐《へど》がでるほどに巧《うま》い、自分の反吐も捧《ささ》げたいほどに。かれを狂わせたのは第二次大戦で戦った日本軍による、アメリカ兵士を生きたまま剝《は》いで架刑にするという現場の生々しい記憶であった。ポロックにとっての〈日本〉のイメージは、ゴジラと米人架刑というなかなかに酸鼻をきわめたものであるらしい。

短篇集から、長篇『悪魔はいつもそこに』へのテーマ、アイデアの流れにひとつ興味深いことがある。女性カメラマンが主人とともに、カリフォルニアから遠路、ノッケムスティッフにたどり着いて、静かな田舎の写真を撮りまくる「Knockemstiff」のエピソード。この夫婦の立場を入れかえ、とてつもない狂態をふたりに与えたとき、『悪魔はいつもそこに』のカール＆サンディーのヘンダーソン夫妻となる。このホラーな再利用は度肝を抜く類《たぐい》のものだ。再利用の場合、普通は、コンセプト、ニュアンスの深化という方向にいくが、ポロックの場合は、あらたにおそるべき混迷の闇《やみ》を攪《かく》拌《はん》してみせる。

この殺人夫婦のありよう、特にカールの写真作品に、一九六〇年代以降にアメリカで表面化する多種多様な趣味的大量殺人者、その加虐《かぎゃく》の記録写真、あるいは、ジョルジュ・バタイユの性と死の高揚理論の超俗ポルノ化などが集約されていて、その爛《ただ》れ具合が心楽しい。

写真のモデルとなる男を誘い込む役割の妻サンディー・ヘンダーソンの兄が悪徳保安官リー・ボーデッカーという、いささかトンデモ設定だがストーリーには最高の布陣といっていい。だれを参照したか？ ロール・モデルは？ といえば、これはもう『内なる殺し屋』（一九五二年）、『ポップ１２８０』（一九六四年）ほかに登場の、ジム・トンプスン・ノワールにおける保安官の最悪のコラージュであることはまちがいない。ポロックは、楽屋オチのように、トンプス（ソ）ンの名前をさりげなく数か所で出している。最終章では、リーと、殺人事件の情報交換までする。もっとも、これはこちらにトンプスンに過剰な思い入れがあるために起こる贔屓《ひいき》の引き倒しならぬ、ノッケムスティッフ現象かもしれぬ、ご容赦。

それにしても、『悪魔はいつもそこに』はエモい、エロい、エグいのエ項目三要素すべてを備えており、少なくともこれほどの味わいが交錯するノワールに最近出会ってはいない。というか、どこであれ、いつであれ、おいそれとこのような黒々とした蠱惑《こわく》の暗黒譚《たん》がたやすく転がっているとはとても思えない。短篇集からわずか三年後の初長篇で、この悪夢の構想、その文体の高い濃度を、どこでどのようにポロックは獲得したのか？　ステップを抜いてのホップからの信じがたい大ジャンプ、急激な成熟をポロックはみせることができたのか？

筆者の一九六〇年代的なくされアタマに浮かぶのは次の光景である。ブルース・ギタリスト、シンガーのロバート・ジョンソンが一九三〇年代初頭に遭遇したとされる、才能をネクスト・レベルに一挙に引き上げる天啓を意味する〈十字路の悪魔〉。都市伝説に近いが、エリック・クラプトンやジム・モリソンほかの言及で、悪魔ブームもあって、シックスティーズに大復活した。

おそらくポロックもノッケムスティッフ、あるいはミード周辺のどこかの廃《すた》れて侘《わび》しい夜の十字路で、この悪魔に会ってしまったのではないか。かれにとって、〈十字路の悪魔〉の教えは、まさに〈十字架〉の悪魔を構想せよ、であり、そして、それを含む四つのおおきな物語を、一点（主人公）に交差させる作劇の魔術でもあろう。悪魔との出会いなくして、一突きで、ビリヤード・テーブルのすべての玉（登場人物）が、地獄の穴に次々に吸い込まれ、暗黒に堕《お》ちる、奇《き》蹟《せき》のような〈玉突き死ノワール〉が生まれるわけがない。

テーブルと書いたが、ポロックの新作は、タイトルを『*The Heavenly Table*』といって、さらに多数の犯罪の交差が楽しめる作品となっている。舞台は今回も、オハイオ州南部に展開する。

ネットフリックス配信作
『悪魔はいつもそこに』、作家本人がナレーション！

ドナルド・レイ・ポロック発見の時系列は、実は著書刊行順ではなく、ネットフリックス作品（二〇二〇年）からはじまっての、遡《さかのぼ》りといっておかなくてはならない。

配信にすごいノワールがあるという情報をキャッチしたのは、昨年の春、たまたま別件で連絡をとりあった新潮文庫編集者、竹内祐一氏のメールからだ。それが『悪魔はいつもそこに』というわけである。いつもそこ（ネットフリックス）にありながら、ながく気づくことはなかったわけだ。さっそく見て文字通りぶっとんだ。特に、ファンであった不思議テイストの演者、ミア・ワシコウスカが、狂える説教師のかわいそうな妻というちょい役で登場、あのような運命にみまわれることに素直に動揺したものである。彼女が出演を決めたというだけで作品が輝く、その種の嗅覚《きゅうかく》女優の一人である。彼女の出演で初耳のアントニオ・カンポス監督への不安も消えた。芸能ゴシップ的には、ホームカミングのスパイダーマン（トム・ホランド）が、教会潜伏のザ・バットマン（ロバート・パティンソン）のダークサイドをあばく、というこれはこれで、酒の肴《さかな》にふさわしい異次元、かつ妙に納得のいくキャスティングであった。少年スパイダーマンの父親ビル・スカルスガルドは、ペニーワイズであるし……。驚いたのは、ナレーションが作者自身、つまりドナルド・レイ・ポロックであったこと。おそろしくクールな声質でなかなかに巧い。原作を読んでから見るとわかるが、映像は原作のエッセンスを1ミリも逃してはいない。その理由はポロックの参画にもあったようだ。

ともかく、ネットフリックスがすべてのはじまりで、そのあとは世界がむかうべきところへむかった。原作の邦訳という最高に素敵な流れである。

ライオネル・ホワイト『気狂いピエロ』にはじまる、〈海外名作発掘 HIDDEN MASTERPIECES〉シリーズが新潮文庫でスタートしたことが幸運だった。その担当編集者、前述の竹内氏は、早川書房時代、ジム・トンプスン『ポップ一二八〇』の「ミステリマガジン」翻訳掲載にかかわったマニアック。まだまだ謎めいたポロック氏のファッキンな担《かつ》ぎ上げに、死にかけの身ながら、こうして戯言《たわごと》、駄文でかかわれて、クソうれしい。

（カテーテル術後のネバー・モア・ランドのうつつ域にて記す。

令和五年三月六日、映画評論家）

ドナルド・レイ・ポロック著作リスト

【小説】

Knockemstiff（2008）＊18篇収録の短篇集
収録作品／Real Life、Dynamite Hole、Knockemstiff、Hair's Fate、Pills、Giganthomachy、Schott's Bridge、Lard、Fish Sticks、Bactine、Discipline、Assailants、Rainy Sunday、Holler、I Start Over、Blessed、Honolulu、The Fights

The Devil All the Time（2011）本書 ＊二〇二〇年、アントニオ・カンポス監督によりNetflixオリジナル作品として同題映画化

The Heavenly Table（2016）

本書は本邦初訳の新潮文庫オリジナル作品です。

悪《あく》魔《ま》はいつもそこに

新潮文庫　ホ - 24 - 1

Published 2023 in Japan
by Shinchosha Company

令和五年五月一日発行

訳者　熊《くま》谷《がい》千《ち》寿《とし》

発行者　佐藤隆信

発行所　株式会社 新潮社

郵便番号 一六二―八七一一
東京都新宿区矢来町七一
電話 編集部(〇三)三二六六―五四四〇
読者係(〇三)三二六六―五一一一
https://www.shinchosha.co.jp

価格はカバーに表示してあります。

乱丁・落丁本は、ご面倒ですが小社読者係宛ご送付ください。送料小社負担にてお取替えいたします。

印刷・株式会社光邦　製本・株式会社大進堂

ISBN978-4-10-240291-7 C0197